푸른 누리 기자단 출신 '푸른울림'

BlueEcho... ing

BLUE ECHO
Korea Youth Union Club

book Lab

Being (B~lue~ E~cho~...ing)

초판 1쇄 인쇄 2014년 04월 21일
초판 1쇄 발행 2014년 04월 28일

지은이   푸른울림 19인
펴낸이   손 형 국
펴낸곳   (주)북랩
출판등록   2004. 12. 1(제2012-000051호)
주소   서울시 금천구 가산디지털 1로 168,
            우림라이온스밸리 B동 B113, 114호
홈페이지   www.book.co.kr
전화번호   (02)2026-5777
팩스   (02)2026-5747

ISBN   979-11-5585-207-1 03810 (종이책)
ISBN   979-11-5585-208-8 05810 (전자책)

이 도서의 국립중앙도서관 출판시도서목록(CIP)은 서지정보유통지원시스템 홈페이지(http://seoji.nl.go.kr)와
국가자료공동목록시스템(http://www.nl.go.kr/kolisnet)에서 이용하실 수 있습니다.
(CIP제어번호 : 2014012677)

저자 : 푸른울림 19인

(1기: 길여은, 김민경, 김종현, 김채은A, 김채은B, 김태리,
박영지, 이원종, 이지욱, 임지원, 정준엽, 한 결,
2기: 박근모, 이원상, 이지혁, 임시현, 정재엽, 한지성, 한윤성)

book Lab

"모두가 알고 있는 것과
행동하는 것은 다르다"

　우리들은 흔히 알고 있다는 사실만으로 만족해 버리는 경우가 많습니다. '알고 있으니, 이젠 알았으니, 됐어' 하면서……

　하지만 알고만 있어서는 아무것도 변하지 않는 것 같습니다. 우리들이 알고 있는 것을 아주 조금만 실천하고 행동하기 시작하면 그 미약한 움직임이 우리들을 변화시키고 우리들 주위를 변화시키고 결국 나비효과처럼 커질 수도 있다는 것을 알게 되었습니다.

　저희 '푸른울림'은 2009년 구세군 자선냄비를 통해 거리모금 봉사연주를 첫 시작으로, 구세군 외에도 노인요양원과 행복플러스카페에서 지속적으로 봉사연주 및 봉사활동을 전개하고 있습니다. 재능기부의 특성 때문에 일반 봉사와는 달리 많은 시간과 연습을 필요로 하기 때문에 힘들기도 하고 봉사연주 후에는 기사작성 후 인터넷신문에 올리거나 각자 맡은 파트에서 느낀 점 등을 써서 취합한 공동기사를 기고해 많은 독자들도 봉사에 대해 보다 쉬운 접근을 할 수 있도록 이끌어 주고자 했습니다. 이를 통해 독자들 중 실제로 푸른울림과 같은 재능기부 봉사활동이 만들어져서 보람된 순간들도 많았습니다.

　2010년부터는 군포 ,김포, 광명시립 요양원을 지속적으로 방문하여 봉사연주와 식사보조 활동 등을 하고 있습니다. 이외에도 장애우 협력시설인 행복플러스카페에서 장애우들과 함께하는 음악회를 개최하기도 했고 일일찻집을 열어 모은 기금 전액을 장애우 시설에 기부하기도 했습니다.

　또한 인터넷카페를 통해 많은 활동들을 기획하여 올리고 모집하며 함께

하고 있으며, 무엇보다도 봉사가 어렵고 힘든 게 아니라 마음의 소리로도 함께 할 수 있음을 알리려고 노력하고 있습니다. 초등학교 때부터 시작해서 지금 중·고등학생이 된 '푸른울림'은 지난 6년간 이러한 봉사활동을 통해 많은 것을 배울 수 있었고 앞으로도 이 활동을 지속적, 연계적으로 이어나갈 것입니다.

　막 깨어진 거친 돌도 매일 매만지고 쓰다듬을 때·반짝이고 매끄러운 보석이 된다고 합니다. 우리들은 스스로 깨어진 거친 돌에서 매일 노력하고 서로를 격려해가며 사람들과 함께 호흡하며 우리들이 가진 조그마한 것들을 함께 나누고자 합니다.

우리들은 아직도 현재진행 중…

　아직 알고는 있지만 실천하지 못하고 있는, 행동하기를 망설이고 있는 친구들에게 이제는 함께 행동하기를! 함께 이루어가기를 바라는 마음으로 이 책을 만들었습니다.

　우리들의 작고 미약한 활동들이지만 우리들의 푸른소리가 계속되어져 어렵고 힘들고 지친 사람들의 가슴속에 격려와 사랑을 담아 줄 수 있기를 소망해봅니다.

Anything you're good at contributes to happiness

당신이 잘하는 일이라면 무엇이나 행복에 도움이 된다

- 버트랜드 러셀 -

1985.2~1989.2기독교방송칼럼니스트

1989.구세군사관학교교수2.29.

2002.REGENT신학대학박사

2010.호주남군국부서기장관

2013.구세군대한본영사령관

박종덕 사령관

구세군은 매년 12월 성탄 시즌이면, 추운 날씨에도 불구하고 자선냄비를 통해 세상에서 가장 낮은 곳에 있는 이웃들을 위해 모금활동을 펼치고 있습니다. 구세군은 자선냄비 모금으로 국내는 물론 해외 심장병 어린이 무료수술, 소득이 적은 가난한 가정에 대한 의료지원, 거리 노숙인을 위한 재활 및 자활 지원, HIV/AIDS 감염자와 알콜 및 약물중독자를 위한 재활프로그램 등을 위해 다양한 사업들을 펼치고 있습니다. 구세군의 모금과 나눔 캠페인인 자선냄비 모금운동에 '푸른울림'은 자선냄비 재능기부봉사단 '레드엔젤-84'의 단원으로서 2009년 자선냄비 거리모금 봉사연주를 시작으로 인연을 맺었습니다. 그리고 매년 12월 중 자선냄비가 있는 곳엔 재능기부로 함께 동참해왔으며, 이 귀한 재능기부로 인하여 2011년에는 구세군자선냄비와 함께하는 아름다운 나눔상에 선정되기도 하였습니다.

그동안 '푸른울림'은 재능기부로 구세군 자선냄비과 함께 모금과 나눔 운동에 참여해 왔습니다. 이는 세상을 행복하게 하는 아름다운 울림이었고, 세상을 더욱 푸르고 밝게 만들어가는 귀한 봉사였습니다. 아름다운 사람들이 함께하는 봉사단이기에, 앞으로도 **구세군 자선냄비 종소리가 널리 퍼지듯, 사랑의 온기를 세상에 널리 퍼트리는 '푸른울림'이 될 줄로 믿습니다.** 아울러 그동안 청소년들의 귀하고도 아름다운 나눔 봉사현장 기록을 책으로 엮어서 발간하게 되었다니 진심으로 축하드립니다.

앞으로도 귀한 나눔의 행보에 '푸른울림'과 구세군 자선냄비는 우리 주변의 어려운 이웃들이 힘들어 할 때마다 가장 먼저 달려가는 이웃사랑 실천의 통로와 연합이 되길 소망합니다.

서울대 경제학과 우등졸업

서울대 경제학과 대학원 우등졸업

2003 47회 행정고시 재경직렬 합격

2005~2010 외교통상부 통상교섭본부 근무

2010~현재 공정거래위원회 근무

문종숙 사무관

푸른울림 여러분, 정말 반가워요

'푸른울림'의 활동에 대해 작은 책자를 만들고, 그 책에 실을 글을 부탁받았을 그 당시에는 정말 해주고 싶은 말이 많았단다. 누군가 나에게 '너의 인생 중 언제로 다시 돌아가고 싶은지?' 묻는다면 난 진심으로 '고등학생 때요' 라고 답할 것 같거든. 바로 지금의 너희 때로…

물론 그때도 공부하느라 별보고 학교가고 별보고 집에 오는 생활을 반복하였고, 공부 잘하는 아이들만 모아놓은 학교 특성상 아주 친한 친구들과도 성적표가 나오는 날은 서먹서먹해지고 그랬었지만, 대학과 대학원을 마치고 커리어우먼으로 10년을 살다보니, 지금 너희 때가 가장 빛나고 아름다운 시기인 것 같다는 생각이 든다.

그래서 정말 해주고 싶은 말이 많았는데, 푸른울림의 그간 활동을 소개해놓은 자료를 보고, 정말 입이 딱 벌어졌단다. 내가 해주고 싶은 말들을 이미 너희들은 실천으로 다 옮기고 있었거든. 푸른울림의 모토인 **'모두가 알고 있는 것과 행동하는 것은 다르다'** 라는 것을 너희는 이미 너무 잘 알고 있는 것 같아. '요즘 아이들은 자기만 알고 이기적이다' 라는 말들을 많이 해. 생각해보면 우리 때도 그런 말들을 많이 들었던 것 같은데... 어른들이 항상 아이들에게 하는 말 인가봐. 그래도 그 말을 잔소리로만 듣지 말고, 그 뜻을 곱씹어보면 우리보다 못한 사람들을 생각하며, 함께 살아가라는 뜻인 것 같아. 사회는 혼자 사는 것이 아니니깐. 또한 형, 오빠, 누나, 언니가 자기보다 약한 동생들을 돌봐주는 것처럼, **보다 많이 가진 사람이 보다 적게 가진 사람을 생각해준다면 우리 사회가 보다 행복해지지 않을까라고 생각해.**

그런 면에서 공부를 잘하고 그래서 이 다음에 사회에 나가서도 안정된 삶을 살 너희들이 너희들보다 어려운 사람을 생각해줬으면 좋겠다는 말을 해주고 싶었어. 지금은 공부하느라 많이 바쁘겠지만 그래도 마음의 여유를 갖도록 노력하면서 주변도 챙겨달라고.

그런데 너희들, 이미 너무나 많은 착한 일들을 해오고 있구나. 특히 그 대상이 나이 드신 노인분들부터 장애우, 희귀병 어린이, 새터민에 이르기까지 다양해서 그 점에서도 많이 놀랐단다. 어른들도 용기를 내지 못해서 쉽게 다가가지 못하는 분들까지도 너희가 속속들이 세심히 봉사해드리고 있다는 점에서 나도 나 자신을 뒤돌아보고 많이 반성하게 되네. 너희가 어른이 돼서도 지금 너희가 가진 따뜻한 마음과 열정, 타인에 대한 배려심을 잃지 않았으면 좋겠어. 진심으로!

그리고 너희와 가장 가까운 사람에게도 따뜻한 마음과 열정, 배려심을 잃지 않았으면 좋겠어. 가끔은 너무 가까워서, 너무 친해서, 정말 소중한 사람들한테 함부로 하게 되는 경우가 있어. '가까우니깐, 친하니까… 이런 나를 이해해 주겠지. 나는 공부하느라 힘드니까' 라는 생각으로 가족과 친구들에게 이유 없이 짜증내고 있진 않은지 한번쯤 생각해줬음 좋겠다. 특히 부모님께 감사하는 마음을 잊지 말고 가끔은 '엄마, 아빠! 고마워요' 라고 말씀드려보렴. 너희 자신들보다 너희를 더 사랑하시는 분이시잖아. 공부하느라 많이 힘들겠지만, 너희는 이미 충분히 멋지고 훌륭하다는 것도 잊지 말고!!

KEEP GOING!!

고려대학교 법학과 졸업

2000년 제42회 사법시험 합격32기 수료

2001년~2002.사법연수원 제32기 수료

2003년~2006. 육군 법무관

2006년~현재 서울 중앙지방법원 판사

김형철 판사

　창밖으로 보이는 밝은 햇볕이 어느새 봄이 왔음을 손짓하고 있습니다. 새로운 시작을 알리는 이 계절에 '푸른울림' 청소년 여러분들의 지난 5년간의 봉사활동이 씨줄과 날줄로 엮어져 한 권의 책으로 탄생함을 축하합니다.

　'배우는 자보다 깨닫는 자가 더 크고, 깨닫는 자보다 나가서 실천하는 자가 더 큰 자다.' 라는 말씀처럼 아는 것을 행하기는 참으로 쉽지 않은 일입니다. 그럼에도 '푸른울림' 청소년 여러분들이 지난 5년간 꾸준히 봉사연주 등을 통해 도움이 필요했던 많은 분에게 즐거움을 드리고 더 나아가 모금활동을 통해 조그마한 정성들을 모아 물질적인 도움까지 기부했던 모습에 많은 감동을 받으며 큰 박수를 보내드립니다.

　'봉사' 란 처음에는 남을 위한다는 마음으로 시작하지만 결국에는 그 과정에서 스스로가 더 큰 행복을 느끼게 되면서 오히려 '내가 나에게 주는 선물' 임을 깨닫기도 합니다. 저는 이것이 '푸른울림' 청소년 여러분들처럼 아름다운 마음에 주는 하늘의 선물이라고 생각합니다.

　인생을 살아가는 것에 있어 수학공식처럼 정답이 있지는 않았습니다. 그러나 인생을 올바르게 살아가기 위해서는 지식보다는 지혜가 더 필요하고, 삶의 지혜는 많은 경험과 고민을 통해서 얻어진다고 생각합니다.

저는 초등학교 때부터 시작된 여러분들의 봉사경험과 그 시간 속에 소중한 친구들과 나눈 많은 대화가 값을 매길 수 없을 만큼 귀중한 자산이 되어 여러분들의 인생을 좀 더 풍요롭게 만들 거라 믿어 의심치 않습니다.

앞으로도 '푸른울림' 청소년 여러분들이 지금처럼 아름다운 마음을 계속 간직하여 성숙하지 못한 우리 사회의 많은 '어른'들에게 마음의 울림을 전할 수 있는 훌륭한 젊은이로 자라나 주시길 기원합니다. 그리고 그 길에 제가 여러분들의 멘토로 자그마한 도움이라도 될 수 있다면 큰 영광이겠습니다.

다시 한 번 '푸른울림'의 책 발간을 축하드립니다.

프롤로그

격려사 _박종덕, 문종숙, 김형철

1. 우리들의 푸른소리(공동기사) /17

2. 구르기(산문)

Theater monopoly _김채은A / 88

가장 인상 깊었던 푸른울림의 활동들 _김종현 / 92

Curly hair, why not? _길여은 / 95

인류멸망 보고서 _김태리 / 97

선생님의 세 개의 뱃지 _김민경 / 102

UP DREAM _한윤성 / 104

비상하는 나비처럼 _한 결 / 107

올림픽을 응원하며 _한윤성 / 110

VIRUS _길여은 / 112

3. 도움닫기(보고서)

116 / 대장균 배양과 그람염색 _임지원

121 / 고슴도치 탐구 _이지혁

126 / 성적에 대한 우리들의 생각 _이지욱

130 / 호기심 팍팍! 고체 연료 만들기 _이지혁

135 / TIM BURTON 전시관람 감상문 _박영지

140 / 꽃보다 지구 _김채은B

144 / 금강산 관광, 시급히 재개해야 하는가 _길여은

148 / '맞춤 아기', 선과 악의 경계선은 어디인가 _한지성

4. 멀리뛰기(인터뷰)

김철균 청와대 뉴미디어 비서관님과의 인터뷰 _이지욱 / 154

유병우 외교관 할아버지와의 인터뷰 _정준엽 / 159

행복을 마시는 카페, 나눔을 마시는 카페 _김민경 / 166

왜곡되는 역사, 위안부 할머니들의 생생한 증언 _김채은B / 171

마음이 따스한 이상대 검사님과의 인터뷰 _이지욱 / 175

20년 후, 37살의 나와 만나다 _김채은A / 180

5. 숨고르기(시, 서평)

188 / 숨바꼭질 _박영지

190 / '국경 없는 괴짜들'을 읽고 _박근모

191 / About World Scholar's Cup _임지원

193 / '돌아온 외규장각 의궤와 외교관 이야기'를 읽고 _박근모

194 / 수학자 페트로스가 골드 바흐의 추측에 미쳐야만 했던 이유 _박영지

197 / 좋다 _임시현

198 / 진정한 행복 -파우스트 _명작 소설을 읽고 _이원상

200 / 다시 찾은 나의 꿈〈세상이 당신의 드라마다〉를 읽고 _김채은A

203 / 야구장 _정재엽

204 / 승리 _이원상

6. 점프(창의체험)

산출물 대회를 준비하며 얻은 교훈 _김종현 / 206

가슴 먹먹한 우리 땅 독도 _김태리 / 208

알로하! 하와이를 만나다 _김채은B / 213

꿈도담기자단, 한국공항공사로 취재가다! _임시현 / 219

지구촌 체험관으로 고고씽~ _한윤성 / 222

I have a dream _이원종 / 224

경제의 새내기, 증권에 도전하다 _정재엽 / 231

라디오에서 균형된 시각을 기르다 _이원종 / 233

하나고등학교를 다녀온 뒤 _한지성 / 236

기자들의 친구, 방송! BCPF 콘텐츠 캠프를 가다 _정준엽 / 239

다빈치 뮤지엄을 다녀와서 _한지성 / 243

우리들의 특별한 여름방학 이야기 _한 결 / 246

7. Flying high(봉사)

250 / 크리스마스 이브에 펼쳐진, 꿈같은 날 _이원상

254 / 소아암 환자들의 마음을 감싸주는 모발기증 _한 결

257 / '귀천'을 기다리는 사람들, 샘물 호스피스 봉사활동 _임지원

260 / The true meaning of volunteer work found in Philippines _김태리

265 / 아름다운 동행, 아름다운 선율 _정준엽

269 / 따뜻한 마음을 배우고 온 사랑의 김장 나누기 체험 _이지혁

272 / 푸른교사, 나의 미래를 보다 _이원종

275 / My role model _김민경

부록

19인의 가슴에 멘토가 되는 말 말 말~

' 가장 어리석고 못난 변명은 '시간이 없어서'라는 말이다 '

- 토마스 에디슨

' 비관론자는 모든 기회 속에서 어려움을 찾아내고
  낙관론자는 모든 어려움 속에서 기회를 찾아낸다 ' - 윈스턴 처칠

' 알은 남이 깨면 요리가 되지만 스스로 깨면 새 생명이 된다 '

- 김난도

' This, too, shall pass away… ' 이것 또한 지나가리라…

- 지혜서 '미드라쉬'

' 끊임없는 물방울이 돌을 뚫는다 ' - 홍자성의 채근담 '수적천석'

' 입술의 30초가 가슴의 30년이 된다. 말 한마디가
  누군가의 인생을 바꿀 수 있다 '

- 유재석 어록

1. 우리들의 푸른소리

공동기사 푸른울림 엮음

(길여은,김민경,김종현,김채은A,김채은B,김태리,
박영지,이원종,이지욱,임지원,정준엽, 한 결)

청와대어린이 신문'푸른누리'에 기재되었던 푸른울림의 실제기사들을 발췌수정한 것임

사랑으로 하나 된 구세군 체험

푸른누리 신문 제 25호 기사

　지난 12월초에 우리 '푸른울림(舊 푸른누리오케스트라)'은 정말 뜻 깊은 시간을 가졌다. 구세군 자선냄비 체험 기자들과 함께 하는 봉사연주를 부탁받았기 때문이다. 우리의 첫 봉사연주! 며칠 동안 떨리는 마음으로 함께 모여 연습을 하고 바로 전날 밤에는 한결이네 집에 모여 연습을 하게 되었다. 　밤 9시부터 연습을 시작했는데 구세군의 의미에 맞게, 선곡된 곡들은 대부분 크리스마스 분위기가 물씬 풍기는 곡들이었다. 곡들이 친근하고 별로 안 어려워서 다들 잘 따라했는데, 악기가 다 다르고 처음이라 불협화음이 생겼지만, 그럴 때마다 서로 잘 알려주어 음악을 만들었다. 간식도 먹고 밤12시 넘게까지 연습을 한 후 아침 7시에 일어나 아침을 먹고 다시 연습을 했다. 오전에는 다른 친구들도 모두 함께 만나서 보배선생님과 함께 본격적으로 음악

만들기에 돌입했다. 그리고 나서 우리는 부푼 마음으로 광화문으로 향했다.

　광화문은 바로 옆에 청계천이 있어 오고가는 사람들이 엄청 많았는데, 많은 사람들을 보니 열심히 해서, 푸른누리 기자들이 봉사해주니까 결과가 더 좋다는 말을 듣고 싶다는 생각이 들었다. 구세군 측에서 주신 겉옷과 푸른누리 기자 모자를 쓰고 악기들을 준비했다. 우리 오케스트라가 먼저 "크리스마스에는~~"이라는 곡으로 연주를 시작했다. 체험기자들이 서서 딸랑딸랑 종을 울리며 "어려운 사람들을 도와주세요" "크리스마스와 연말을 따뜻하게~" 하고 외치고, 우리 오케스트라는 열심히 악기를 연주했다. 결이와 지원, 여은이는 플루트를 맡았고, 태리, 원종, 태희는 바이올린, 마포채은은 건반 그리고 나머지 친구들은 노래를 맡았다. 길을 오가는 분들이 우리의 모습을 보며 구경도 하고 사진도 찍고 또, 성금도 기탁해 주셨다. 우리들에게는 처음 봉사연주여서 정말 더욱더 소중한 시간이었던 것 같다. 어떤 말부터 먼저 시작해야 할지 모를 정도로, 즐겁고 보람되고 짧고도 길었던 1시간이었다. 그런데 날씨가 점점 추워지고 바람이 세져서 악보도 날아가고 또, 무엇보다 손가락이 점점 꽁꽁~얼어갔다. 다리도 춥고 발도 시렸고 콧물도 나오고, 연주하기가 점점 힘들어졌지만, 마음속으로 이런 생각을 했다. '오늘은 별로 춥지도 않은 것 같았는데 한 시간 동안 밖에 나와 있으니 정말 추운 것 같다. 나는 고작 1시간이지만, 어려운 분들은 온 겨울 내내 이렇게 추울 텐데 얼마나 길고 힘든 겨울일까?' 라고. 그렇게 생각하고 나니 더 이상 춥다는 생각이 안 들었고 또, 옆에 같이 하는 친구들을 보니 점점 힘이 더 났다. 연주하고 노래하고 소리 높여 모금했던 다른 친구들도 말은 안했지만 아마 모두가 같은 마음이었을 것이다. 그래서 연주하는 내내 우리는 즐겁게 할 수 있었던 것 같다. 우리의 모습을 보고 더 많은 분들이 성금을 기탁해

주셨으면 좋겠다는 생각이 들었다. 옆에 있는 자선냄비에 오가는 분들이 정성을 담아주시니까 자선냄비가 난로처럼 데워져 따뜻해지는 느낌이 들었다.

처음에 구세군이 생겨나게 된 계기도, 지역의 어려운 사람들을 돕기 위해서였다고 한다. 대부분의 사람들이 구세군은 겨울에만 나와서 성금을 모금하여 불우한 이웃을 돕는 단체라고 생각하는데, 성금 모금은 12월에 하지만, 그 외의 시간에는 여러 지역사회에 복지시설을 만들어 사회사업을 한다고 한다. 그리고 누구나 구세군 가족이 될 수 있다. 성금 기탁 뿐 아니라 여러 가지 자원봉사를 통해 구세군에 참여할 수 있다고 한다.

많은 사람들이 <나눔>을 어렵고 특별한 것이라 생각한다. 성금을 기탁하고 어려운 분들을 돕고 하는 것은 돈이 많은 사람들만 할 수 있다고 생각한다. 하지만, 내가 생각할 때 나눔은 결코 특별한 것도 아니고, 특별한 사람만 하는 것은 더더욱 아니다. 또 한 번에 이루어지는 것이 아니라 십시일반으로 되는 일인 것 같다.

정성과 사랑은 모을수록 눈덩이처럼 커지는 것 같다. 오늘 우리가 했던 봉사는 한 시간이었지만, 같은 뜻으로 뭉친 친구들과 한마음으로 함께 한, 어느 때보다도 뜻 깊고 소중한 <나눔>과 <사랑>을 배운 귀한 시간이었다. 비록 아직은 부족한 연주였지만, 모두가 하나가 되어 사랑을 실천했던 시간이었다. 추운데도 열심히 서서 외쳐주었던 체험기자들, 그리고 구세군 자선냄비 봉사로 첫무대를 꾸민 오케스트라 친구들 모두의 가슴에 영원히 기억에 남을 추억이 될 것이다. 오후가 되어 하나둘씩 켜지는 가로수의 조명들이 오늘따라 더 따뜻하게 반짝이는 이유가 뭘까?

(참여기자: 김태리, 길여은, 김채은A, 김채은B, 김민경, 이원종, 임지원, 한 결)

푸른산타의 행복한 나눔

푸른누리 신문 제 26호 기사

' 메리 크리스마스 되셨나요? 덕분에 따뜻했답니다 '

성탄절인 25일 이른 아침 8시, 푸른울림 친구들이 하나 둘 모여들기 시작했다. 바로 성탄절과 연말 공연을 위한 연습 때문이었다. 지난 구세군 공연을 함께 한 우리들은 청소년 자원봉사단체에서 기획한 연주회 봉사활동에 동참하기로 한 것이다. 청소년 자원봉사단체는 이번 크리스마스를 맞이하여 경기도 시흥에 위치한 ' 천사의 집' 이라는 노인요양시설을 찾아 소외된 어르신들을 위한 방문 연주회 봉사를 기획하고 있었다. 또한 '사랑의 봉사클럽' 이라는 청년봉사단들의 참여가 어우러져 뜨거운 나눔의 현장을 마련한 것이다.

긴장된 연습 시간 그리고 정이 흐르는 환상의 하모니!

지난 12월 12일 구세군 자선행사 연주가 끝나고 2주 동안이나 연습을 하지 못해서 걱정이 되었지만, 다들 잘해주었다

가슴 속에 진한 감동을 선사한 나눔 연주 공연

짧지만 집중적인 연습을 한 우리는 40여분을 달려 시흥 산 속의 "천사의 집"에 도착했다. 사회를 맡은 김채은 기자와 한결 기자가 인사로 우리들의 사랑의 소리는 시작되었다.

이렇게 푸른울림의 성탄절 공연의 첫 곡인 "하울의 움직이는 성 OST-인생의 회전목마"의 연주가 시작됐다. 첫 곡이 끝나니 할머니, 할아버지의 박수가 터져나왔다. 그 소리에 힘입어 우리는 신나는 캐롤송 연주를 하였고 그 사랑의 소리는 천사의 집에 따뜻하게 울려 퍼졌다. 우리의 봉사연주가 끝나자 많은 사람들은 '앵콜앵콜~'을 외치는 소리로 가득했고, 앵콜곡을 5번이나 연주를 하고 나서야 공연을 끝낼 수 있었다. 처음 공연을 기획 할 때 약 1시간 연주시간을 예상했지만, 많은 앵콜 덕분에 1시간을 훌쩍 넘기고 봉사연주를 끝낼 수 있었다.

▲참여대는 손길이
작을 담아 카드를
만들고 있는 푸른들리기

▲푸른들리기
나눔선물이 이멀로
호아하이수신 예술산들

나눔으로 맺은 인연... 추억으로 간직하다.

또 푸른울림은 이곳 할아버지 할머니 천사들에게 더 멋진 추억과 함께 사랑을 남기고 싶어, 커다란 카드를 만들어와 함께 사진을 찍어 남겼다. 또 공연을 끝내고 안마와 작은 인터뷰 그리고 아름다운 음악으로 인해 우리는 할머니 할아버지 천사님들과 정을 나눌 수 있었다. 이 봉사 연주에 함께 참여한 우리들은 부족한 음악 봉사였지만 이렇게 작은 봉사라도 너무 행복하고 뿌듯했다. 특히 천사님들의 미소는 이 세상 어느 미소보다 밝고 환했다며, 봉사는 아무리 힘든 노동이라도 사랑만 있으면 봉사를 할 수 있다는 것을 알았다고 참가 친구들은 입을 모아 이야기 했다. (참여기자 : 김채은A, 임지원, 한 결)

푸른울림의 사랑이 아프리카로…

푸른누리 신문 제 28호 기사

1월 9일 10명의 푸른울림 친구들은 연습실에 모였다. 오케스트라&합창단을 연습하기 위한 모임이었지만 동시에 나눔을 실천하기도 한 자리였다. 10명의 우리들에게는 특별한 미션이 주어졌다. 그것은 1월 30일까지 아프리카 신생아 모자를 떠오는 것이다. 아프리카는 기온차가 심해서 신생아들이 많이 얼어 죽는다고 한다. 그래서 우리들이 신생아들에게 따뜻한 모자를 떠서 아프리카로 보내기로 한 것이다.

우선 어떻게 신생아 모자를 만드는지 알아볼까?

1.우선 코를만들어야겠죠? 80코를 우선 만들어요!

2. 겉뜨기 5줄이 나오게 떠야해요!

3.겉뜨기 5줄이 나왔으면 안뜨기부터 시작해서

안뜨기→겉뜨기 번갈아 가면서 뜨거나 안뜨기로만 반복해서 뜨면 됩니다.

4. 맨 처음은 그냥 네모난 모양이겠지만 꽤 많이 떴을 때 두 코씩 뜨면 점점 줄어들어요.

5.마지막으로 모자의 형태를 만들기 위해 이을 때 코바늘로 이어주면 됩니다.

이렇게 간단한 것 같지만 막상 해보면 어렵고 복잡한 손뜨개 강의를 들은 푸른울림 친구들은 3주간의 시간으로 여러 개의 모자를 뜨기로 했다. 모자를 뜨다가 가끔 귀찮아지기도 하지만 자신이 뜬 모자가 아프리카의 신생아들에게 가서 신생아의 생명을 구하고 신생아가 따뜻하

게 자신이 뜬 모자를 쓴다는 그 뿌듯함 때문에 손이 계속 갔다.
3주 후. 예쁘게 잘 떠진 모자들.

　　알록달록 예쁘다. 다 만들고 나니 너무나도 뿌듯한 기자들이다. 만
들다가 알록달록 중간에 무늬도 만들어보고 방울도 예쁘게 만들었다.
영어편지를 정성스레 쓰는 푸른누리 기자들! 푸른울림!
예쁘게 꾸미고 크게 자신의 이름도 써놓고 응원의 메세지도 보내준...
푸른울림의 친구들! 이 편지와 모자는 유니세프로 가서 아프리카에 전
달된다고 한다. 우리 푸른울림의 따뜻한 사랑의 메시지는 계속된다!
(참여기자 : 길여은, 이원종, 한 결, 김민경, 김태리, 김채은B,
　　　　　　 김채은A, 박영지, 임지원)

울려 퍼지는 나눔의 소리

푸른누리 신문 제 36호 기사

5월 5일 오후 1시, 푸른울림 봉사연주단은 오랜만에 연습실에 모였다. 5월 7일 <군포 노인요양전문센터>에서 있을 공연과 7월 11일에 있을 <김포 연세 요양센터>의 봉사연주 연습이었는데 기쁘기도 하고 어르신 앞에서 하는 큰 공연이라 걱정도 되었다.

군포 요양센터에서 진행 할 봉사연주는 어버이날을 맞이한 <효 대잔치>인데, 먼저 그 곳은 중증을 앓고 계신 분들, 치매가 심하신 연세가 많으신 분들이 생활하는 곳이라 우리들이 조심해야 하는 부분들을 교육받았다. 조용히 다녀야하고 호기심 어린 눈으로 오래 쳐다보거나 휠체어에 계신 분들을 허락 없이 만지지 말기 등 섬세한 마음에 배려가 필요하다고 하셨다. 되도록 흥겨운 곡을 선택하여 즐거운 분위기를 만들기 위한 작전 회의를 시작되었다. 먼저 우리는 <꿈을 말해요> 코너를 마련해 모든 기자들이 자신의 꿈을 얘기하는 글을 써보았는데 마음이 따뜻한 의사, 경영학 교수, 세상을 알려주는 기자, 선생님 등 친구들의 당찬 포부와 따뜻한 마음을 알 수 있는 순서도 함께 준비했다. 다음은 감사의 마음을 표현하는 '어버이 은혜' 를 시작으로 할머니 할아버지들께서 좋아하실 만한 ' 무조건, 어머나, 찰랑찰랑' 등의 트로트를 선보이기로 하였다.

드디어 5월 7일 어버이날 전날, 우리는 '군포 노인요양전문센터' 에서 하는 '효 대잔치' 에 공연을 하기 위해 출발했다. 평소에 연습하던 가요나 클래식과는 다른 트로트를 하니 왠지 새롭기도 하고 긴장 반, 기대 반으로 '군포 노인요양전문센터' 에 갔다. 많은 시간을 쏟아 우리들은 트로트 악보를 연습하고 노래하고 춤을 추었지만 그래도

실수라도 할까봐 긴장이 되었다. 첫 순서로 '하울의 움직이는성 ost' 를 연주했을 때는 카네이션을 어르신들께 달아 드리는 시간도 가져서 더욱더 뜻 깊은 공연이 시작되었다.

드디어 우리가 어르신들의 마음을 사로잡기위해 준비했던 트로트의 시간이 다가왔다. 옷에 반짝이는 장식을 달고 노래팀 친구들이 신나는 반주에 맞춰 춤을 추기 시작했다. 얌전히 연주하고 노래하던 우리가 갑자기 180° 돌변해서 춤을 추니 어르신들도 리듬에 맞추어 박수를 쳐주셨다. 그러나 객석으로 눈을 돌린 우리들은 당황하지 않을 수 없었습니다. 할아버지 할머니께서 하나같이 무표정으로 박수만 치고 계셨기 때문이었다. 물론 공연이 끝난 후 몇몇 분들은 덕담도 해주시며 어떤 분은 눈물도 흘리셨지만, 그 무서운 치매와 뇌졸중, 중풍 때문

연주하는 단원들

에 많은 어르신들은 기쁜데도 웃지도 울지도 못하시고 그저 무표정으로 우리를 쳐다보셨다. 그러나 비록, 표현할 순 없어도 어르신들은 마음으로 그 누구보다 흥겨우셨을 거라고 말씀해주셔서 한시름 놓을 수 있었다. 무대에 올라가기 전에 긴장했던 마음이 눈 녹듯이 사라지고 무대와 한 몸이 되어 열심히 노래하며 어른들이 기뻐하시기를 간절히 빌었던 우리들의 마음이 할아버지 할머니께도 닿아 즐거움으로 몸 이곳저곳 아픈 곳이 빨리 나으셨으면 좋겠다.

몇 달 뒤 7월 11일, 우리들은 이번에는 김포 연세요양원을 방문했다. 요양원은 집에서는 병이 심하여 도저히 고칠 수 없는 병을 앓고 있는 어르신들이 치료와 보살핌을 받기 위하여 지내는 곳이다.

요양원에는 할머니, 할아버지들이 계셨는데 대부분이 거동이 불편하셔서 휠체어를 타고 계셨다. 우리들의 연주를 보러 한자리에 모이셨는데 여러 번 봉사연주를 했음에도 불구하고 어르신들이 우리의 음악을 듣고 조금이라도 마음의 위안이 받으시기를 바라는 마음에 떨렸다. 시작을 하기 전에 한결 명예기자가 연주계획을 설명하였다. 어르신들은 박수를 쳐주셨고, 하울의 움직이는 성에 이어 스마일보이를 연주 할 때 까지도 별 반응이 없으시던 어른신들은 트로트를 연주하는 순간 손뼉을 치며 호응을 보였다. 아마 트로트는 어르신들 세대에서 들으셨던 거라서 기억에 더욱 남아 반가우셨으리라 생각이 들었다. 연주를 끝내고 기뻐하시던 어르신들의 모습을 생각하니 더 열심히 연습을 하자고 다짐하며 요양원을 나선 푸른울림 단원들 하나하나의 마음속에는 오늘 함께 마음을 나눈 할아버지 할머니의 수줍은 미소가 가득 남아 있을 것이다.

(참여기자: 임지원, 길여은, 박영지, 이지욱, 김태리, 김채은A, 김채은B, 한 결, 정준엽, 김종현, 이원종, 길민상, 김민경)

행복한 나눔을 전하는 카페

푸른누리 신문 제 40호 기사

'행복플러스 카페' 라고 들어보셨나요? 장애우들의 행복플러스! 행복플러스카페는 장애우들이 만든 장애인 생산품과 함께 잔잔한 음악과 차 한잔을 마실 수 있는 '가게' 이자 '카페' 입니다. 이 곳 에서 나오는 수입은 모두 장애우들을 위해 쓰인다고 하는데요, 가끔 가족공연, 연주 등을 한다는 주민들을 위한 공연 무대도 조그맣게 준비되어 있어 언제든 공연을 할 수 가 있습니다.

저번 7월18일, 푸른울림은 '행복플러스 카페' 에서 행복을 나누어 주는 공연을 했습니다. 공연전날 17일에는 밤 9시 까지 열심히 연습하고, 공연당일 18일에는 아침10시부터 피나는 연습을 했으며, 협연자들도 함께 즐겁게 연습을 할 수 있었습니다. 서로 얼굴을 마주하고 악기와 노래로 함께 나눔의 즐거움을 예약하고 있는 시간, 힘들고 지친 몸과는 다르게 정말 무척이나 즐거웠습니다. 드디어 무대에 오르는 순간 !! 우리들의 콩닥콩닥 뛰는 심장소리도 하나의 음악이 되어 울러 퍼지는 것 같습니다. 공연이 시작되고, 많은 곡들을 연주하였습니다. 신나는 최신곡도 연주해보고 각자 개인곡도 연주했으며 플룻 메들리도 했었습니다. 또, 아리랑을 연주했을 때는 국악팀인 가야금, 대금, 피리와 함께 연주를 하였는데 우리의 국악과 관현악의 만남 또한 뜻 깊은 시간이 되었습니다. 합창단 팀은 모두 신나게 노래를 부르며 흥을 돋우었습니다. 마지막에는 준비하지도 않았는데 모든 분들이 '앵콜! 앵콜!'을 외치셔서 앵콜을 하기도 했었습니다. 무려 1시간동안이나 연주를 하니 모든 멤버들은 모두 쓰러질 듯 힘들어 보였습니다. 그러나 얼굴만은 모두 행복하고 들뜬 모습이었습니다. 이때, 2기 기자 한 분이 저희들에게 인터뷰를 부탁해오셨습니다. 기자단 공지에 푸른울림의 봉사연주 일정이 공지 되었지만 정말로 찾아올 줄은 꿈에도 몰랐던 2기기자의 깜짝 출연에 정말 기뻤고 고마울 따름이었습니다. 기꺼이 인터뷰에 응해드렸고, 공연이 끝난 순간이라 모두가 들뜬상태여서 무척이나 소란스럽고 어지러운 분위기였지만 우리들의 봉사연주활동을 되새김 할 수 있는 소중한 시간이었습니다. 이번 공연은 좀 색다르게 진행 되었습니다. 늘 해왔던 봉사연주하고는 다르게 티켓, 포스터, 팜플렛 등을 김현우 자원봉사자 선배님이 직접 제작해서 봉사해주셨고 푸른누리 인터넷신문에서는 저희 봉사연주를 공지에 띄워 주셔서 많은 분들이 와주셨습니다. 관람객 중에는 취재를 하러온 2기기자분도 계셨고, 기자 분들의 친구들이나 가족 분, 선생님 등 많은 분들이 저희의 봉사연주를 함께 해주셨습니다. 티켓 값은 만원, 이 돈은 모두 장애우들을 위해 쓰일 것입니다. 또한 이날은 일일 찻집형태의 장애우 사업을 위한 모금 공연이었기에 특별하게 행운권을 추첨하는 시간도 가졌습니다. 바쁜 시간에도 기꺼이 와주셔서 함께 나눔에 동참한 분들에게 조그마한 선물이라도 드릴 수 있어서 더욱 더 의미 있는 시간이었고 모두들 하나 된 마음으로 따뜻한 오후를 보낼 수 있었던 것 같습니다. 벌써 '푸른울림'이 창단 된지 반년이 넘게 지났습니다. 10월 24일에 첫 연습을 시작했을 때는 실력도 부족한 듯 하고 멤버도 몇 명 없었으며 연주곡도 마땅치 않았습니다. 그때는 이렇게 우리가 지금도 봉사연주를 하며 보람을 느끼고 즐거워 할 줄은 꿈에도 몰랐습니다. 수많은 봉사연주와 연습을 통해 많은 것을 얻을 수 있었고 봉사를 한 뒤의 뿌듯함을 느낄 수 있었으며, 보통 봉사와는 다르게 음악으로 사람들에게 즐거움을 줄 수 있다는 생각에 즐거움은 두 배가 되었습니다.

감기처럼 전염성이 강한 나눔의 기쁨을 알게 해줬던 봉사, 행복플러스 카페에서 한 이번 공연 또한 정말 잊지 못할 것입니다.
(참여기자 : 김민경, 한 결, 임지원,
　김태리, 　이원종, 　길여은, 　박영지,
　김채은B, 　김채은A)

연세대학교
경영대학홍보대사 인터뷰 및 대학탐방

푸른누리 신문 제 42호 기사

8월 6일 금요일, 오랫만에 7명의 푸른울림 친구들은 아침 일찍부터 서둘러 준비하고 기대에 부푼 가슴을 안고 신촌으로 향했다. 이원종기자가 기획한 '연세대학교 경영대학 홍보대사 인터뷰 및 멘토링' 행사가 있기 때문이다. 얼마 후 우리들은 속속 도착하였다. 예정보다는 약간 늦어졌지만 10시 35분에 정식적으로 홍보대사와 만남을 가지고 각자 자기소개를 하였다. 처음 볼 때부터 왠지 쉽게 친해질 것 같은 느낌이 들고 친근한 느낌이 들어 좋았다. 첫 순서인 경영대 홍보 UCC영상에서는 '꽃보다 남자'를 패러디한 네 명의 경영학 홍보대사들이 나와서 각자 연세대학교를 소개해 주었다. 마치 앞으로의 즐거움을 말해 주듯이 흥미롭고 경쾌한 홍보 UCC였다. 경영대학에 관한 간단한 소개가 끝나고 드디어 인터뷰와 멘토링 시간이 되었다.

< 연세대 경영대학 홍보대사'비전'과의 신나는 인터뷰 현장 >

Q1. 연세대학교 경영대학 홍보대사는 어떠한 방식으로 선발되나요?
A1. 경영대학 홍보대사에는 인연과 비전 이렇게 두 가지로 나뉘게 되는데, 참고로 저희는 비전이고요. 먼저 경영대학 학생만 선발하여서 교수님과 면접 등 여러 가지 시험을 보고 통과하게 됩니다.

Q2. 홍보대사로 주로 어떤 일을 하시나요? A2. 홍보는 크게 대외홍보와 대내홍보로 구분되는데요, 대외홍보는 학교 외에서 하는 것으로, 여러 가지 행사를 통해 홍보하고, 대내홍보는 학교 내에서 하는 것으로, 교내 학생들의 자부심을 올리기 위한 행사들이 대부분입니다.

Q3. 연세대학교의 상징인 독수리가 있는데요. 연세대학교의 독수리에 대해 소개 해 주세요. A3. 파란색에는 하늘처럼 훨훨 난다는 뜻이 있더라고요. 연세대학교의 이념이 '진리, 자유' 여서 독수리가 자유를 뜻하고 파란색이 진리를 뜻한다고 하더라고요. 그래서 진리와 자유를 표현한다고 합니다.

Q4. 연세대 경영대는 대한민국 1%인재들과 많은 훌륭한 사람들을 배출해 낸 곳인데요. 연세대 경영대학을 나온 동문중. 대표적인 인물이 누가 있나요? A4. 대표적인 인물로는 김우중씨와 손범수 아나운서. 오상진 아나운서, 가수 김광진, 김영화 등 많은 동문들이 다양한 업계에 종사하고 있습니다.

Q5. 연세대 경영대학이 다른 대학들에 비해 가지고 있는 장점이 있나요? A5. 'Blue Butterfly' 라는 장학금 제도가 있어 많은 학생들이 장학금 혜택을 받을 수 있고, 다른 학교들에 비해 Global 화가 잘 되어있어 어딜 가든 외국인 학생들을 만날 수 있을뿐더러, NYU, Conell 대학교 등 세계의 많은 대학교에 가서 수업을 들을 수도 있습니다.

Q6.혹시 연세대에 오기까지의 롤 모델은 누구였으며, 만약 있다면 그 이유도 말씀해주세요. A6. 롤 모델은 모두 딱히 없습니다. 대학은 이제 자신의 미래, 해야 할 일을 찾아야하는 시기라고 생각합니다. 롤

모델을 만들어 그 롤 모델을 닮아가려고 노력하는 것도 좋지만, 그보다도 자신이 진짜 하고 싶은 일을 찾아서 자신이 자신만의 롤 모델이 되어 꿈을 이루기 위해 노력하는 것이 좋다고 생각합니다.

Q7.지금은 대학생이 되었지만, 중학생 때를 돌이켜 보며 꼭 했으면 좋았을 것과, 하지 말았어야 할 것이 있다면 무엇인가요? A7.1 이길훈 홍보대사 : 언어영역은 공부한다고 해서 한순간에 성적을 올릴 수 있는 과목이 아닙니다. 많은 학생들이 언어영역을 포기하는 이유이기도 하고요. 중학생 때부터라도 독서를 많이 하고 영어공부를 하루에 조금씩이라도 해둔다면 고등학교 올라갔을 때 많은 도움이 될 것입니다.

A7.2 전준호 홍보대사 : 저는 중학교 3학년 때부터 좋아한 한 여성분이 있었어요. 너무 좋아한 나머지 잠시 공부에서 손을 놓은 시기도 있었고요. 지금 생각해 보면 그때 공부를 조금이라도 더 하는 게 나았을 것 같아요. 그런 것은 대학교 와서 충분히 할 수 있으니까요.

A7.3 윤태완 홍보대사 : 저는 중학교 졸업하기 전까지 심각한 게임 중독 이었어요. 하루 종일 게임만 했다 해도 과언이 아닐 정도였죠. 하지만 고등학교에 와서 공부를 하기로 마음먹고 제가 하고 있던 게임들의 비밀번호를 모두 제가 맞힐 수 없도록 바꿔 놓고 공부를 했어요. 그렇게 독하게 마음먹고 공부하니 연세경영대학에 올수 있게 되었죠.

Q8. 고등학교 때 공부를 하면서 힘들 때마다 어떻게 극복하셨죠?

A8. 모든 것은 끝이 있기 마련이잖아요. 공부 또한 언젠가 끝이 있을 거라고 생각하며 참으며 공부했죠. 그런데 막상 대학교에 와보니 공부에는 끝이 없다는 생각이 들더라고요(웃음). 학교에서 공부할 양과 내용이 더 많아져요. 하지만 자기 전공에 대해 자세하게 배우는 것이기 때문에 지루하다고, 힘들다고 생각해 본 적은 한 번도 없어요. 제가 여러분께 해드리고 싶은 말은 그 순간순간을 즐기란 것이에요. 공부를 힘들다고 짜증난다고 느끼면 밑도 끝도 없이 싫어하게 돼요. 이

왕 하는 것, 공부도 즐기며, 좋아하며 하는 것이 낫겠죠?

Q9. 연세대학교는 우리나라 많은 학생들이 꿈꾸는 명문대 중 하나입니다. 이 학교에 들어오기 위해서 어떤 노력을 했나요? A9. (이길훈 홍보대사) 개인적으로는 2004년 수능을 봐서 2005년 재수를 했는데요, 요즘 정시보다 수시가 늘어가고 있는 추세라는데, 저는 2005년 정시로 들어왔어요. 저는 연세대학교에 들어오기 위해서 제 공부 방식을 찾기 위해 정말 노력을 했고요. 아, 그리고 요즘 수시와 정시 비율은 거의 8:2로 수시가 늘고 있으니 잘 알아보고 거기에 맞는 공부 방법을 미리 준비하면 많은 도움이 되리라 생각 돼요.

Q10. 고등학교와 대학교의 가장 큰 차이점은 무엇이며, 공부방법이 달라졌다면 어떻게 달라졌나요? A10.고등학생 3학년, 수능 공부 할 때는 거의 다 암기로 하잖아요. 물론 대학교도 암기로 하는 공부가 아예 없는 것은 아니지만, 고등학생 때 보다는 훨씬 많은 것을 배우고 가는 것 같아요. 또, 대학생 때는 팀으로 활동하는 것이 적지 않아서 팀원들과의 조화가 중요해 인적자원의 활용이 활발해지죠. 고등학교와 비교했을 때 대학교의 가장 큰 차이점은 자율성과 책임성입니다. 대학교는 과를 정하는 것, 공부하는 방법, 심지어는 출결까지 자유인데(물론 출결에 대한 책임이 있긴 하지만), 그러므로 자신에 대한 책임감이 더욱 커지는 것이죠. 그러니까 어렸을 때부터 학원이나 과외 등 다른 곳에 의존하지 않고 자기에게 잘 맞는 자신의 공부 방법을 찾아서 공부하는 것이 좋다고 생각해요.

Q11. 홍보대사 분들의 예전의 꿈과 지금의 꿈, 그리고 자기만의 공부 방식이 있다면 알려주시고 후배들에게 해주고 싶은 말씀이 있다면 부탁드립니다. A11.1 전준호 홍보대사 (05학번) : 후배들에게 사춘기에 대해서는 스스로 견디는 것이 필요하다고 꼭 말해주고 싶어요. 이때가 되면 이성에 대한 호기심, 부모님에 대한 반항, 공부에 대한 지겨움

등 많은 형태로 사춘기를 맞이하게 되는데요. 사춘기를 겪어가면서 자신이 어떻게 극복해 나가는지, 사춘기를 통해 자기 스스로를 알아가는 것도 좋은 경험이 될것 같아요.

A11.2 윤태완 홍보대사(1학년, 홍보대사 7기) : 만약 게임이나, 다른 것에 중독이 되어있다면 기숙사생활이나 기타 다른 방법을 찾아서 중독 되어 있는 것을 차단시켜주는 것도 좋은 방법인 것 같아요. 사춘기 때는 누구나 방황의 시간을 가지니까 혼자만의 문제라고 생각하지 말고 그 시기를 잘 활용하면, 좋은 본보기로 활용할 수 있는 것 같아요. 그리고 저는 공부 방법에 대해서 학원보다는 자기 혼자 공부하는 것이 좋다고 생각해요. 학원에서 공부하면 꼭 다 자기가 아는 것 같지만 스스로 읽고 풀고 외우고 자기 것으로 만드는 시간이 없다면 학원에서의 시간은 다 무용지물이 되고 말거든요. 대부분학생들은 학원 다니느라 자기만의 공부하는 시간을 가질 수 없는 것 같아요. 학원을 안 다니면 괜히 불안해 하는 친구들도 있지만 꼭 스스로 혼자 공부하는 시간을 가지는 게 좋다고 생각합니다.

A11.3 노승연 홍보대사 (09학번) : 저는 아직 장래희망이 뚜렷하지 않아요. 저는 굳이 자기 꿈을 지금 억지로 정할 필요는 없다고 생각해요. 왜냐하면 그렇게 자신의 꿈을 너무 억지로 정하면 자기 꿈에 별다른 도움이 되지 않는 경험은 안 할려고 할 수도 있어서 여러 가지 체험하는데 제약이 생길 수 있기 때문이죠. 제 경우는 다른 친구와는 달리 학원이 도움이 된 것 같습니다. 내신과 공부를 별개로 해서 학교와 학원에서의 공부를 다르게 생각했어요. 내신은 스스로 공부하고 선행 부분은 학원도움을 받아 하는 게 적절한 방법이라고 생각합니다.

A11.4 이원행 홍보대사 (10학번) : 요즘 많은 남학생들의 부모님들이 컴퓨터 게임에 대해 걱정을 하시는데, 저는 어린 학생시절에 컴퓨터 게임을 안 했어요. 그럴 시간에 저는 밖에 나가서 친구들과 어울리

며 운동을 했죠. 컴퓨터가 걱정이라면 각자 좋아하는 운동이나 취미생활을 할 수 있도록 이끌어 주면 저절로 컴퓨터에서 멀어질 거에요. 운동이나 취미생활을 해서 에너지를 발산시키고 나면 정말 공부집중도가 높아지는 것 같아요. 그리고 꿈을 위해서라면 중학교 때부터 공부나, 체험, 봉사등 모든 것을 열심히 하라는 조언을 해주고 싶어요.

A11.5한선민 홍보대사 (홍보대사 7기) : 모든 학생들에게 좋아하는 일을 장래희망으로 삼으라고 말하고 싶어요. 자기 직업에 흥미가 없으면 안 되잖아요? 또, 중학생 때 공부 방법을 습득해 놓는 것이 대학 때까지 도움이 될 것이라고 장담합니다!

A11.6 이혜원 홍보대사 (08학번) : 저는 경험을 많이 하라고 말씀을 드리고 싶어요. 모든 경험들이 결국 밑바탕이 된다는 것을 반드시 명심하고, 예를 들면 이런 청와대 어린이 기자 같은 활동을 모두 적극적으로 참여했으면 좋겠어요. 또, 공부는 흥미를 가지고, 자기목표에 맞게 재미를 붙이려 노력을 해야 더 잘할 수 있게 되는 것 같아요.

A11.7 김주성 홍보대사 (10학번) : 저는 짧게 한마디 해드리고 싶어요. "모든 것을 크게 보아라." 장래희망, 공부 방법 모두 하나에만 얽매이지 않고 여러 방법으로 시도해 보면서 공부를 해야 돼요. 세상을 폭넓게 보아야 성공할 확률도 그만큼 높아지니까요.

인터뷰가 끝나고 나서, 우리 푸른울림과 경영대학원 홍보대사들은 2명의 홍보대사와 2명의 기자가 한 팀이 되어서 연세대학교를 탐방했다. 우리가 인터뷰를 한 장소이자, 연세대학교에서 가장 높은 위치에 있는 대우관, 잠시 비를 피해 들어간 연희관, 함께 사진을 찍은 언더우드 동상, 윤동주 시비, 광혜원 등 모든 건물들이 우리에게는 새롭고 멋질 따름이었다. 특히 새로 지었다는 연세대의 자랑중의 하나인 신 중앙 도서관에 들어가 보았는데 얼마 전 공사를 해 모든 것이 새것이어서 정말 공부하고 싶은 그런 분위기를 조성하고 있었다. 딱딱한 도서관의 이미지를 벗고 예쁜 색들의 의자와 책상들로 밝은 대학생들의 분위기를 더욱 강조시키고 있었다. 우리들은 도서관의 뿜어져 나오는 열기와 연세대의 푸른 정취를 느끼면서 머리에 좋은 기운을 불어넣어 2학기 때는 더 잘해야겠다고 다짐을 했다.

마지막으로 백주년 기념관 옆에 있는 학생회관의 식당에 모여 맛있는 식사를 했다. 그리고 서로 여러 대화도 나눌 수 있었는데 같은 팀이 된 홍보대사 분들은 우리들을 마치 오랫동안 봐왔던 것처럼 편하게 대해주셨다. 인터뷰할 때나 탐방할 때와는 또 다른 모습이었다. 오늘 연세대학교탐방은 친구들이랑 같이 가게 된 것도 의미가 있지만 새로운 인연을 만났다는 것에 너무 행복하였다. 사실 이번 탐방을 통하여 우리들이 새로운 인연을 가지고 끝까지 품고 살아갈 만한 멘토와 인연을 만들었으면 좋겠다고 생각하였기에 다시 한 번 연세대학교 경영대학홍보대사 8人에게 감사의 맘을 전해본다. 이번 탐방으로 우리들은 정말 노력과 결과는 비례한다는 것을 알게 되었고 항상 멀리, 높이 볼 수 있는 그런 시야를 가질 수 있도록 노력해야겠다고 생각했다.

(인터뷰기자 – 이원종, 임지원, 김민경, 김채은A, 한 결, 길여은)

푸른 소리 온 누리에!

푸른누리 신문 제 47호 기사

지난 11월, 푸른누리 기자단 중 인터넷 카페를 통해 모집하여 활동하게 된 '푸른울림'이 드디어 1주년이 되었다. 그래서 1주년을 기념하여 우리들의 소감을 정리해보았다. 다음은 청소년 연합 봉사연주단 '푸른울림' 친구들의 소감들이다.

작년 11월 첫 연습 때, 우리가 언제쯤 멋진 화음을 만들어 볼 수 있을까 하며 함께 한 첫 곡은 '하울의 움직이는 성'의 주제가인 '인생의 회전목마'였다. 이때는 초등학교 때라서 시간이 많은 편이라 거의 한 달에 세 번 정도 만나 연습했고 첫 번째 구세군 연주할 때는 한결 기자 집에서 1박2일 합숙훈련도 하며 서로 어색했던 친구들과도 우정을 쌓아갈 수 있는 계기가 되었고 멋진 화음도 완성해 갔다. 이때가 바로 얼마 전 일인 것 같은데 벌써 해가 바뀌어 봉사 활동도, 기자활동도 함께한 지 1년이 되어간다. 이런 우리의 만남이 2년,3년, 고등학교, 대학교 때도 계속 쭉 갔으면 하는 바람이다.― **임지원 기자(1기)**

작년 12월, 악기까지 꽁꽁 얼게 만든 추운 겨울에 거리에서 구세군 봉사연주를 하던 게 생각납니다. 저로선 친구들과 처음 만나자 마자 하는 봉사라 어색할 수도 있겠다는 생각이 들었지만 모두들 처음 봤는데도 친근하게 대해 주어서 날씨는 추웠지만 마음만은 더욱 따뜻한 봉사를 할 수 있었습니다. 처음엔 서울까지 늘 연습 가는 것도 힘들고 해서 '푸른울림' 활동을 그만둘까 생각해 본적도 많았습니다. 그러나 봉사를 할 때 모두 힘든 건 마찬가지일 텐데도 서로 챙겨주고 늘 웃음을 잃지 않는 모습들을 보면서 오케스트라 봉사를 끝까지 하고 싶다고 생각했습니다. 그렇게 봉사연주를 해온지 어느 덧 1년이 되었습니다. 참된 봉사를 하며 더욱 성숙해진 우리 '푸른울림'! 앞으로 2주년 3주년…항상 한 결 같은 마음으로 열심히 해서 10주년을 향해 달렸으면 좋겠습니다!— **길여은 기자(1기)**

　나비는 태어나면서부터 날 수 있는 게 아니라고 한다. 맨 처음 태어났을 때는 나비의 날개가 쭈글쭈글해져서 날지 못하다가 어느 일정 온도로 체온이 올라가면 날개가 펴지면서 멋지게 비상 할 수 있다는 것이다. 우리들도 처음에는 날지 못하는 나비처럼 보잘 것 없고 실력도 뛰어나지도 않은 그냥 음악을 취미로 하고 있는 평범한 학생이었다. 이제는 우리들의 따뜻한 마음이 데워지고, 소중한 눈빛들이 반짝이며 어느 정도 날 수 있는 온도가 되었다. 서로를 믿고 배려하고 함께 날 수 있도록 지켜주는 우리들의 마음처럼, 언젠가는 따뜻한 사랑의 소리를 전하며 멋지게 비상할 수 있을 것 이다. 아무것도 모르고 보낼 수도 있었던 1년을 푸른누리 기자활동을 연장해서 나누리 기자활동을 하게 해주신 편집진님의 노력으로 '푸른울림' 봉사활동도 더 활발히 할 수 있었고, 지금은 우리가 오히려 봉사활동을 통해 더 많은 걸 배우게 되었다. 몇 번 하다 말겠지 생각하셨던 부모님들도 열심히 모이는 우리들의 모습을 보며 지금은 우리들보다도 더 봉사활동에 열심이시다. 전염성이 강한 봉사를 알게 해 준 의미 있는 1년이기에 더 뜻깊은 것 같다. — **한 결 기자(1기)**

　벌써 우리 푸른누리가 2주년, 또 '푸른울림'이 1주년이 되었네요. 1년 동안 느낀 게 너무 많아요! 많은 봉사활동을 하기까지 수많은 연습과 친구들이 바쁜 주말에 시간을 내서 악기연주를 연습하는 모습이 너무 멋있어요. 봉사활동을 하며 우리나라 곳곳에 악기소리를 퍼져나가게 하는 우리 친구들! 너무 자랑스러워요. 그리고 오늘날의 우리가 있기까지 보이지 않는 곳에서 열심히 응원 해주시는 분들! 너무 너무 감

사드립니다. 푸른누리 화이팅! 푸른울림 파이팅!—김채은B기자(1기)

처음 시작할 때는, 모두 실력이 뛰어나지는 못하지만 그저 열심히 하자는 생각으로 악착같이 연습했어요. 연습장소도 많이 옮기고, 푸른누리 기자들과 함께한 구세군 때부터 시작해서 지금까지! 이제는 실수도 이렇게 저렇게 해서 자연스럽게 넘어가고, 진행도 직접 시키지 않아도 알아서 눈치껏 하게 되었어요. 시간이 지나서 생각해보면, 정말 이 자리까지 오는데 우여곡절이 무지 많았던 것 같아요. 멤버들 모집하는데도 시간이 걸렸고, 몇 번만 하고 힘들다고 포기하는 친구들도 있었어요. 하지만 정말 열심히 하고 있으니까 지금부터도 정말 멋진 봉사연주 많이 할 거예요. '푸른울림' 창시자인 한 결 이와 더불어 원년멤버 지원, 남산채은, 민경, 여은, 영지, 태리, 그리고 원종! 지욱! 그리고 2기 기자인 준엽과 종현! 지금까지 해왔던 것처럼 열심히 하자고! 푸른울림의 1주년을 진심으로 축하합니다!—김채은A기자(1기)

푸른누리 기자로 활동을 하면서 많은 친구들을 만났습니다. 친구들을 만나서 오케스트라로 들어온 지 어느덧 1년이 되었습니다. 봉사활동을 하면서 정말 많은 것을 배우고 느끼게 될 줄 몰랐습니다. 그 중 나에게 큰 교훈을 준 것은 아이티 모금 활동이었습니다. 추운 날씨에 우리들은 목이 쉬어라 아이티에 있는 아이들을 도와달라고 소리를 질렀습니다. 가던 길을 가로 막아 설명을 해도 바쁘다며 무시하는 사람들, 하지만 모금활동에 적극적으로 참여 하신 분들께 정말 감사했습니다. 하지만 저에게 봉사의 참된 의미를 가르쳐주시던 분들은 바쁘다며 지나친 사람들입니다. 지하철이나 길거리에는 언제나 모금함을 들고 모금활동을 하시는 분들이 많습니다. 저의 기억을 돌이켜보니 모금함에 돈을 넣어준 적은 많지가 않았습니다. 그때 모금활동을 하는 사람들은 얼마나 힘이 들었을까.. 미안해지기 시작했습니다. 이제는 길을 가다가 아니면 식당에서 모금함이 있으면 항상 적은 돈이라도 넣고 있습니다. 이렇게 나에게 이타적인 생각을 배우게 해준 푸른 누리와 '푸른울림'에게 너무나도 감사합니다!― **김민경 기자(1기)**

저희 오케스트라가 앞만 보고 정신없이 달려온 시간도 벌써 1년이 되었습니다! 그 시간동안 친구들과 같이 봉사활동하면서 많은 것을 느꼈습니다. 많은 사람들을 만나면서 가슴 아프기도 하였고, 피곤하기도 하고, 실망했던 적도 있습니다. 저에게 가장 실망했던 때를 뽑으라면 아마 지난 3월 2기 출범식초청 봉사연주일 것입니다. 거의 모든 준비가 끝나고, 모두 청와대를 간다는 기대감에 들떠있을 때에 국가의 좋지 않은 일이 생겨서 그만 보류되었습니다. 우리뿐만 아니라 모든 기자들이 실망했을 것이라 생각 합니다. 좋은 연주를 2기 기자들에게 들려주고 싶었는데 말입니다. 어찌되었든 저희 오케스트라, 많이 사랑해 주시고 많은 관심 부탁드립니다! 또 '푸른울림' 1주년! 많이 축하해주세요!!― **이원종 기자(1기)**

많은 사람들이 <나눔>을 어렵고 특별한 것이라 생각한다. 성금을 기탁하고 어려운 분들을 돕고 하는 것은 돈이 많은 사람들만 할 수 있다고 생각한다. 하지만, 내가 생각할 때 나눔은 결코 특별한 것도 아니고, 특별한 사람만 하는 것은 더더욱 아니다. 또 한 번에 이루어지는 것이 아니라 십시일반으로 되는 일인 것 같다. 정성과 사랑은 모을수록 눈덩이처럼 커지는 것 같다. 지난 1년간 우리가 했던 봉사는 짧은 시간이었지만, 같은 뜻으로 뭉친 친구들과 한마음으로 함께 한, 어느 때보다도 뜻 깊고 소중한 <나눔>과 <사랑>을 배운 귀한 시간 이었다. 조그마한 노력들일지라도 그 하나하나가 모여 또 다른 사람들과 나눌 수 있는 희망이 된다는 것을 믿는다. ―**김태리 기자(1기)**

'푸른울림' 활동으로 함께 좋은 친구들과 보람찬 봉사활동을 하고 있어서 자랑스럽게 생각합니다. 좋은 실력과 열심히 노력하는 친구들을 보며 배운 점도 많았고, 좋아하는 취미도 계속하게 되었습니다. 뿐만 아니라 2기 기자친구들도 함께 해서 더 좋았어요. 아침에 일어나서 연습하러 오는 길은 기분이 좋고 함께 연습하는 것도 재미있었어요. 제 실력이 많이 부족하지만 열심히 연습해서 소외된 사람들에게 위로가 되는 그런 연주를 하고 싶어요.—**박영지 기자(1기)**

함께 연습을 해보았는데 모두들 정말 열심히 연습했고 즐거웠던 것 같았습니다. 저는 일렉기타를 담당하고 있는데 열심히 연습해서 봉사활동을 하면 정말 보람 있고 뜻 깊을 것 같습니다. 앞으로도 좋은 봉사연주로 소외된 사람들에게 푸르른 희망을 실어주고 싶습니다.

— 이지욱 기자(1기)

나에게 있어서 봉사연주는 무엇보다도 평소에 심심하셨을 할아버지 할머니께 즐거운 시간을 갖게 해드린 것이 무엇보다도 보람된 일이었다. 연습을 하면서 많은 형 누나들과 친구가 될 수 있었고 다 같이 모여 즐거운 대화를 나누면서 간식을 먹을 때도 굉장히 즐거웠다. 그래서 난 내가 바이올린을 배운 것이 참 잘한 일이라고 생각하게 되었다. '푸른울림' 형, 누나들과 더 친해지면 좋겠다.— **김종현 기자(2기)**

'푸른울림'에 입단한지 벌써 일년이 되었다. 오케스트라 형, 누나들처럼 잘하지는 못했지만 연주를 하면서 많은 보람을 느꼈다. 또 나는 유일한 첼로 연주자라는 자부심을 가지고 있다. 특히 입단한지 몇 달만에 가졌던 첫 연주회가 인상에 남는다. 요양소에 가서 어르신들을 기쁘게 해드린 일이다. 직접 가보니, 그분들이 너무 안쓰러웠고, 그분들을 기쁘게 해드리려면 더 많은 연습을 해야 한다고 느꼈다. 연주가 끝나고 느끼는 보람은 뭐라고 말할 수 없었다. 더 연습하여 형 누나들과 친해지고 봉사연주도 더 많이 하여 봉사의 즐거움을 느낄 수 있도록 노력하는 단원이 되어야겠다.— **정준엽 기자(2기)**

학교 학원공부 하느라 바쁜 와중에도 늘 밝은 얼굴로 달려와 정말 즐겁게 연습하는 모습을 보면서 제가 더 많은걸 배워가곤 합니다. 항상 지금의 초심을 잃지 않고 건강한 청소년들의 밝은 미래를 이끌어 가는 '푸른울림'이 되길 바랍니다. 파이팅! — **조보배 선생님**

봉사연주공연에 참석했던 모든 기자들이 작성하진 못했지만 1년 동안 함께 해준 푸른누리 기자님들과 편집진님, 그리고 아낌없이 믿고 격려해주시는 부모님들 감사합니다. '푸른울림'의 작은 날개짓이 모여 모여 커다란 나비효과를 가져와 우리사회의 밝은 빛을 내는데 조금이라도 도움이 되기를 소망해 봅니다

아름다운 동행의 푸른 산타

푸른누리 신문 제 49호 기사

지난 11월 29일 제 2회 "자선냄비 문화나눔! 페스티발"이 자원봉사자들과 함께하는 '아름다운 동행'이라는 이름으로 구세군 아트홀에서 진행되었다. 우리 '푸른울림'도 초청을 받아 봉사연주에 출연을 하게 되었는데 맨 처음 공연초청을 받고는 학교 시험기간과 겹쳐서 걱정도 되었지만 기자들이 공연연습과 병행해 공부도 열심히 하는 모습을 보고 역시 '푸른울림' 답다고 생각했다. 특히 노래팀의 핸드벨 연습은 처음이었는데 정말 기대가 되었다. 처음 공연 연습을 하며 우리는 많은 생각을 했다. 각자 다른 악기를 가지고 화음을 만들어 가며 곡을 완성했을 때 과연 우리 연주가 다른 사람들에게 기쁨을 줄 수 있을지 걱정이 되었다. 하지만 모두 즐거운 마음으로 열심히 연습을 하였기 때문에 좋은 봉사연주를 할 것이다.

드디어 11월 29일, 우리들은 떨리는 마음으로 구세군 아트홀을 향해 출발했다. 분장실에서 옷을 갈아입고 한 명 한 명 도착하는 반가운 얼굴들을 마주보며 악기를 꺼내들고 연습을 시작했다. 그 뒤로 우리는 쉴 틈도 없이 악기를 하는 친구들은 악기 연습을, 그리고 노래하는 친구들은 노래를 연습을 했는데 정말 이제는 눈빛만 봐도 서로의 마음을 알 수 있을 정도이다. 두 번째로 연주되는 "크리스마스에는 축복을"은 이번 공연 전에 다른 공연에서도 한 번 연주 한 경험이 있어 많이 연습하지 않아도 능숙하게 곡을 소화해 내는 푸른울림 이었다. 바이올린, 첼로, 일렉기타, 키보드, 플룻 등 많은 악기와 노래팀의 핸드벨의 소리가 정말 잘 어울렸다. 푸른울림의 마지막 곡, "징글벨 락"은 조용한 분위기에서 신나는 분위기로 넘어가는 곡이었다. 마지막 곡인 만큼 우리는 더욱 열심히 연습하는 모습을 보여줬다.

리허설을 하는 푸른누리 오케스트라

　이리저리 악기별로 자리를 정한 뒤 각자 자기자리를 맞춰 보았고 우리들은 시상식을 하는 동안 스크린 뒤에 콩콩 뛰는 가슴을 안고 차례를 기다리고 있었다. 무대 뒤에서는 조용히, 무조건 조용히 있으라는 스탭분의 말에 모두들 경직된 자세로 숨소리조차 제대로 내지 않고 있었다. 머릿속으로만 행여 까먹을까 외우고 또 외웠던 악보를 되뇔 뿐이었다. 꽤나 길었던 시상식이 끝나고 드디어 공연이 시작됐다.

공연 장면

< 구세군 자선냄비 아름다운 동행에서 봉사연주하는 푸른울림 >

귀여운 꼬마 합창단들의 노래와 함께 자선냄비 종소리를 시작으로 , 크리스마스에는 축복을, Jingle Bell Rocks 등을 크리스마스 분위기에 맞게 경쾌하게 연주하며 즐거웠다. 연주하는 내내 구세군 자선냄비에 사람들이 기부를 해주셔서 우리들은 더욱더 신나게 연주를 했던 것 같다. 연주는 역시 나 혼자 하는 게 아니라 우리가 함께 하는 것이라는 걸 느꼈다. 처음엔 별다른 반응이 없어 썰렁했던 관중들도 어느덧 같이 박수를 쳐가며 오케스트라 연주를 즐겨주었다.

드디어 몇 주간 열심히 연습했던 우리들의 봉사연주가 끝이 났다. 무척 멋있고 잘하는 무대보다 열심히 노력해서 좋은 봉사연주를 할 수 있어서 좋았다. 많은 관중들 앞에서 또 그렇게 큰 무대에 서보기는 처음이었던 푸른울림… 푸른누리 2기 후배들이 지켜보고 있어서, 또 좋은 의미의 봉사연주 공연이었기에 더욱 열심히 하지 않았나 싶다. 푸른울림 생긴 지 1주년 만에 이렇게 뜻 깊은 공연에 참가 할 수 있게 되었고 이제는 관객들과 함께 음악을 즐길 줄 아는 그런 푸른울림 친구들이 된 것 같아 뿌듯하고 자랑스러웠다. 지금까지 열심히 열정적으로 해왔고, 지금도 항상 열정적이며, 앞으로도 열정적일 '푸른울림'의 미래 또한 기대가 된다.

이 날 받은 출연료를 구세군 자선냄비에 기부했다

공연을 다 한 뒤 모든 관객들이 집으로 돌아갔을 때 즈음에 우리에게도 모금함에 돈을 넣을 기회가 주어졌다. 우리가 최초로 출연료라는 것을 받은 것이다. 첫 출연료라서 너무 감동이었다.

그 출연료를 어떻게 사용하는 게 바람직할까 의논해서 구세군 냄비에 '푸른울림' 이름으로 기부를 하기로 결정했다. 봉사연주 공연을 하고 나온 출연료로 자선냄비에 기부를 해, 더욱 의미 깊었던 공연이 아니었을까 생각한다. 이번 겨울에는 많이 추울 것이라고 한다. 우리가 기부한 얼마 안 되는 돈들이 쌓이고 쌓여 불우이웃들에게는 따뜻한 겨울이 되기를 바란다.

102년째 되는 한국 구세군에서 우리가 연주한다는 것 자체에 우리는 두근거렸고 더 더욱 기부를 하는데 우리가 동참할 수 있다는 것이 기뻤다. 내가, 우리가 이런 일을 함에 따라 다른 사람들의 인생이 밝아질 수 있다는 생각을 하며 행복하게 연주하였다.

공연 후 푸른울림 단원 중 정준엽 기자는 남아서 '보니하니' 방송 촬영을 해 '푸른울림'과 구세군의 뜻 깊은 날을 소개하는 영광을 누리기도 했다. 밤 아홉시부터 30분간 충정로역 길거리에서 자선냄비 옆에서 구세군 옷을 입고 2010년의 구세군 활동을 시작하며 사람들의 도움을 기다리는 첫 종을 쳤다. 길에 많은 사람들이 지나다니지는 않았지만, 몇몇 사람들은 사랑의 온정을 구세군 냄비에 담아주었다. 무척 그분들께 감사하는 마음을 느꼈다고 한다. 봉사를 마치고 난 정준엽 기자는, "봉사활동과 촬영을 해보니 우리 주위에는 어렵고 가난하며 추운 사람들이 많다는 것을 알았고, 어렵고 가난한 사람들이 많은 만큼 그들을 도와주는 사람들 또한 많이 있다는 것을 느꼈다. 나의 조그마한 힘이라도 가난한 이들의 생활에 보탬을 주고 싶다는 생각을 심어준 계기가 되었다." 라고 느낌을 전했다.

우리는 1년 전 구세군자선냄비 거리행사 때도 봉사공연을 했었는데 추운거리에서 외친 사랑의 소리와 함께 구세군 자선냄비에 대해 배우고 자원봉사에 대해 알게 해준 시간이었다. 뜻 깊게도 일년이 지난 지금, 구세군에서 주최하는 '아름다운 동행' 행사에서 봉사연주 공연을 하고 이제 우리의 정성을 구세군 냄비에 담아보니 더 마음이 새롭고 따뜻해졌다. 이제 더 추워지는 겨울, 거리에서 구세군 냄비를 보면 많은 분들이 함께 나눔을 실천해주시길 바라는 마음뿐이다. 왜냐면 아주 작은 정성들이 모여 큰 사랑을 베풀 수 있기 때문이다.

2010년 구세군 페스티발 '아름다운 동행'처럼 나눔을 실천하는 사람들을 격려하고 함께 어울리며 문화축제를 함께 한다는 게 정말 멋진 일인 것 같다. 또한 이렇게 즐겁게 연주하고 행복을 나누고 함께 할 수 있어서 너무나 행복한 하루였다. 이날 우리들의 연주가 계속되는 동안 빨간 구세군냄비는 따뜻한 마음들이 모아져서 따뜻하게 데워지고 있었을 것이다. 우리들의 마음도 함께 데워져 그 곳에 온 사람들의 마음속을 행복과 나눔의 따뜻함으로 가득 채워주었기를 가만히 소망해본다.

(참여기자 : 정준엽, 김채은B, 김채은A, 임지원, 김민경, 이지욱,
　　　　　한 결, 박영지, 이원종, 길여은, 김종현,)

인터뷰 — 사랑비의 주인공 가수 김태우씨의 달콤한 나눔

푸른누리 신문 제 49호 기사

 2010년 11월 29일 구세군페스티발 "아름다운 동행"에 노개런티로 봉사출연해주신 사랑비의 주인공인 가수 김태우씨와 '푸른울림'과의 뜻 깊은 만남이 있었습니다. 이날 '푸른울림'도 축제에 함께 출연하는 영광을 얻기도 했는데요. 봉사연주 공연이 끝나자마자 김태우씨 인터뷰를 위해 모두 한자리에 모였습니다.

안녕하세요. 저희는 청소년연합 봉사연주단 '푸른울림' 입니다. 국민가수이자 사랑비의 주인공이신 김태우님을 만나게 되어서 무척 설레는데요, 이렇게 인터뷰에 흔쾌히 응해주셔서 감사합니다.

Q. 예전에 TV에서 데뷔 초 기획사에 보낸 영상을 보았는데 우리가 흔히 생각하는 아이돌 외모는 아니었지만 자신감 넘치는 표정이 인상적이었습니다. 외모지상주의에 휩쓸리지 않고 자신의 삶에 있어서 자신감 있게 행동할 수 있는 비법이 따로 있으신가요? 있다면 알려주세요.- 정준엽 기자

A. 저는 나름대로 제가 잘생겼다고 느낍니다.(웃음) 사실 제 꿈이었던 가수가 되고자 했으나 데뷔 초 주위에서 안된다고 말렸었어요. 하지만 그 때 저는 가수로서 필요한 것은 진정성, 하자는 자신감, 하겠다는 힘이 훨씬 중요하다고 생각했고 그래서 지금 이 자리에 있어요. 사실 가수는 외모보다는 가창력, 음악 실력에 큰 영향을 받지요.

Q. 작년에는 "장애아이 we can" 주최로 열린 산타의 작은 선물행사에, 올해는 시카고공연 때 공연수익금의 일부를 지진피해를 입은 아이티에

우리들의 푸른소리(공동기사) **49**

전달하는 봉사활동을 하셨다고 들었어요. 사실 저희 '푸른울림'도 아이티 관련해서 3월에 교보문고 앞에서 거리 봉사연주를 했기 때문에 더욱더 친밀하게 느껴집니다. 이렇게 봉사활동이나, 여러 가지 형태의 봉사활동을 시작하게 된 계기가 있다면 말씀해주세요. -김채은B 기자

A. 중요한 건 마음인 것 같아요. 공인이다 보니 우리들의 생활모습을 항상 지켜보고 관심을 가져주시기 때문에 내가 뭔가를 하면 어떤 파급효과가 있지 않을까 생각했죠. 저를 좋아해주고 저를 바라봐주는 사람들도 주위의 어려운 이웃들, 친구들을 돌아볼 수 있는 마음이 조금이라도 생기지 않을까 해서 봉사를 많이 하려고 노력해요. 저는 가수이다 보니 돈보다는 음악과 목소리, 노래를 통한 활동으로 도움을 주고자 해서 오늘도 아주 기분 좋게 나왔어요.

Q. 가수이시다 보니 봉사활동을 공연수익금의 일부를 성금으로 내거나, 노개런티 공연을 주로 하시는데요. 이렇게 재능기부 봉사활동을 하시면서 힘든 점이나, 후회한 적은 없으셨나요? -김민경 기자

A. 고생은 당연히 하죠. 하지만 후회한 적은 없습니다. 음악이란 것이 사람이 힘들 때 찾는 것이죠. 따라서 제 직업은 음악을 찾는 사람들을 위하여 노래를 불러주는 직업입니다. 제가 잘할 수 있는 일을 통하여 다른 사람들을 즐겁게 해 드릴 수 있는 일이면 언제든지 환영합니다.

Q. 바쁜 활동 중에 봉사공연이나 무료공연초청이 많이 들어 올텐데, 이럴때 본인만의 어떤 선택기준이 있나요? -김채은A 기자

A. 솔직하게 얘기하면 시간이 되는대로 하려고 노력해요. 봉사공연 의뢰하는 단체가 모두들 이웃을 배려하고 나눔을 모토로 하는 곳이기 때문에 선택기준은 없지만 될 수 있는 한 스케줄 시간이 될 때 이 행사가 진정한 봉사활동을 하는 곳인지 확인한 후 동참하는 편이죠.

Q.몇년 전에 강원도 화천산천어 축제 때 콘서트에서 김태우 오빠를 봤습니다. 그때는 군복무 중이셨는데 연예인 병사를 포기하고 일반사병으로 근무하셨다고 들었어요. 공인인데도 특별대우를 받기보다는 남을 위해 특별한 대우를 해주는 가수라고 느꼈어요. 그래서 남다른 점이 있는 김태우 오빠의 학생 시절이 궁금해졌습니다. 국민가수! 김태우 오빠는 어떤 학생이었나요? -한 결 기자

A. 지금이랑 똑같았던 것 같아요. 저는 변하지 않고 처음 모습 그대로 살아가려고 노력했던 것 같아요. 고집이 셌고 남 뒤에서 주저하는 걸 싫어했어요. 항상 학교 학생들이 해야 되는 일이 있을 때 항상 앞장서서 했어요. 또 다른 사람들이 흥보는 짓을 하는 걸 싫어했던 것 같아요. 영어 수학 공부를 잘해야겠구나 생각하기 보다는 학생이니까 잘해야 되는 거구나 생각해서 했던 거고, 남 뒤에서 있는 게 싫어서 학생회장도 했던 것 같아요. 주위에서 '잘한다, 잘한다.' 하는 소리 들으려고 노력했던 것 같아요. 그런데 변하지 않은 것은 중학교 때는 중학교 신분으로 최선을 다했던 것 고등학교 때는 고등학교 신분에 맞게 최선을 다했던 것 같아요. 공부도 중요하지만 이 시기가 아니면 할 수 없는 것들이 있기 때문에 지금 여러분들처럼 학창시절에는 학생신분에 맞는 여러 가지 일들을 해 보는 게 정말 중요하다고 생각해요.

Q. 150여명이 모인 연예인자선봉사단체인 스타 도네이션 '별동별' 에서도 활동을 하시는 걸로 알고 있습니다. 연예활동을 하면서 친한 연예인들이 많을 텐데요. 봉사활동을 같이하는 친한 동료연예인이 있으신지요? 있다면 누군지 살짝 알려주세요. -박영지 기자

A. GOD형들은 아무도 팀 생활을 할 때 봉사하는 것에 대해서는 짜증을 내지 않았어요. 좋은 일을 하거나 뜻 깊은 자리에 갈 때도 모두가 동참했었던 기억이 납니다. 그리고 저를 뽑아주신 진영이 형도 굉장히 좋은 일들을 많이 하고 계세요. 알려지지 않은 분들이 뒤에서 좋은 일

들을 하는 경우가 아주 많아요. 과시하려고 하는 게 아니라, 마음속에서 우러나서 좋은 일을 하려고 노력하시는 분들이 많은 거죠. 옆에서 봐도 남들에게 알리지 않고 조용히 좋은 일들을 많이 하고 계세요.

Q. 바쁜 활동 중에 봉사공연이나 무료공연초청이 많이 들어 올 텐데, 이럴 때 본인만의 어떤 선택기준이 있나요? -김채은 기자(서울여중)

A. 솔직하게 얘기하면 시간이 되는대로 하려고 노력해요. 봉사공연 의뢰하는 단체가 모두들 이웃을 배려하고 나눔을 모토로 하는 곳이기 때문에 선택기준은 없지만 될 수 있는 한 스케줄 시간이 될 때 이 행사가 진정한 봉사활동을 하는 곳인지 확인한 후 동참하는 편이죠.

Q. 지금까지 해온 자선콘서트나, 기부활동 등 봉사관련 활동 중에 가장 기억에 남는 활동이나 재미있는 에피소드가 있으시면 소개해주세요 -임지원 기자

A. GOD 때, 2000년도부터 3년 정도 어린이집을 매년 찾아갔는데, 그 때 '기일'이라는 뮤지컬을 한 것이 가장 기억에 남습니다. 장난도 치고, 금전적인 것보다 그 아이들과 함께 시간을 보내면서 살을 맞대고 하루 종일 놀았던 것이 더 좋았던 것 같아요. 우리가 크리스마스나 좋은 날, 우리가 놀 때, 불우한 이웃들은 고생하고 있다는 것을 생각하고 그런 날 더 관심을 많이 가지고, 따스한 사랑을 표현해 주는 것이 모든 이들이 행복하게 되는 길이 아닐까 생각합니다.

연예인을 선망하고 우러러보는 학생들에게 국민가수 김태우씨의 적극적인 봉사활동은 아주 큰 멘토 역할을 해주고 있다는 생각이 들었습니다. 아직 어려서 봉사의 의미를 잘 알지는 못하지만 이제 막 봉사의 의미를 실천하려는 학생들에게 저희보다 먼저 시작한 선배님으로서 훌륭한 롤 모델이 되어주신 김태우씨의 나눔이 달콤한 하루였습니다.

가수 김태우를 인터뷰하다!

　바쁜 시간에도 우리들을 위해서 정말 국보급 말씀을 해주신 김태우 씨와 공연관계자 분들 모두께 정말 감사의 말씀 전합니다. 마지막에 아쉬워하는 기자단들에게 이름까지 일일이 적어주시며 사인까지 해주셔서 모두에게 행복한 추억을 남겨주셨습니다. 더욱더 사랑받는 국민가수 김태우를 기대하며 저희들도 뒤에서 열심히 응원하겠습니다!

가수 김태우와 푸른누리 오케스트라

(참여기자: 김채은B, 이지욱, 김종현, 정준엽, 박영지, 임지원
이원종, 한 결, 김채은A, 김민경)

탐방시리즈 2탄
서울대학교에 '푸른울림' 이 떴다

푸른누리 신문 제 50호 기사

12월 11일 놀토! 이번 주에 시험이 끝난 한 결, 김민경, 임지원, 이원종, 이지욱 기자는 월촌중학교 및 고창중학교의 독자기자들과 함께 SKY 중 'S' 대의 학생회관에 아침 일찍 집합했다. 이번에 탐방기획 기사 2탄을 기획한 한 결 기자는 미리 인터뷰를 요청한 이기섭 교수님, 탐방팀장과 사전연락을 해서 탐방순서와 홍보대사들과의 인터뷰자리도 요청하며 만반의 준비를 다하고 있었다. 매섭게 추워진 날씨 속에 서울대에서의 일정을 기대 반 두려움 반 기다리던 우리는 서울대 홍보대사와 함께하는 서울대학교 탐방이 시작됐다는 급한 소식을 듣고 얼른 달려가서 예약한 자리에 착석해서 서울대학교의 실내탐방을 시작하였다. 서울대는 명성만큼이나 크기도 컸다. 입구에서 끝에 있는 윗 공대까지 도보로 1시간 30분이 걸리고, 그 안에는 정말 많은 건물들이 있었는데, 윗 공대, 아랫 공대, 사범대, 어문학 계열 대학들, 의예과가 있는 자연과학계열, 사회과학 계열 등 우리들의 관심을 끄는 많은 분야들이 있었다. 흥미로웠던 점은 서울대는 일어일문학과가 없다는 것이다. '국립' 이라는 타이틀이 달려 있어 일제 강점기라는 아픈 역사를 가지고 있어서일까? 서울대학교 교표는 지식탐구를 통하여(깃펜) 겨레의 길을 밝히는데 앞장서는(횃불) 으뜸가는 학문의 전당(월계관)이라는 뜻을 가지고 있다고 했다. 상징 중 인상 깊은 것은 실용실안으로 등록한 색깔인데 스노베이지, 스노블루, 스노화이트, 스노실버, 스노골드로 서울대에서만 사용할 수 있게 했다는 점이었다. 또한 국립학교답게 서울대 학생들이 60%이상이 장학금으로 학교를 다닐 수 있도록 제공한다는 점에서 놀라웠다. 서울대학교 학생들 2명중 한명은 장학금을 받고 있는 셈 아닌가? 이외에도 동아리, 학교 먹거리, 생활공간 및 기숙사 등 신기하고 재미있는 실내탐방으로 많은 것들을 알 수 있게 되었다. 마지막에는 OX 퀴즈에서 몇몇 기자친구들이 참가했는데 아쉽게도 탈락하고 말았다. 그런데 지방에서 온 학생2명이 끝까지 남게 되어 상을 받게 되어서 소감을 들었는데 그 중 한 학생이 자기 자신의 꿈이 명확하고 그 꿈을 가지게 된 이유도 너무나 확실해서 정말 깜짝 놀랐다. 우리들도 좀 더 우리들의 꿈을 향해 한 걸음 한걸음 나아가야 할 것 같았고 그런 계기를 만들어준 오늘 이시간이 소중하게 느껴졌다. 실내탐방과 중앙 도서관 앞에서 사범대의 실외 탐방이 끝나고, 우리 기자들은 서울대 홍보대사 '샤인' 선배님들을 따라서 홍보대사 동아리실로 갔다. 가는 동안 매우 추웠는데, 그래도 함께할 시간을 기대해서인지 매서운 날씨도 참을 만 했다.

다음은 서울대학교 홍보대사인 shine[샤人]과의 인터뷰 내용이다.

Q : 안녕하세요. 서울대 홍보대사들에 대해서 소개를 해주신다면?

A : 서울대학교 홍보대사는 '샤인' 이라는 이름아래 활동하고 있는데요. 샤인의 '샤' 는 서울대학교 정문의 모습이고 '인' 자는 사람 인

(人)을 붙여서 만들었고요. 또 샤인(Shine)의 영어 뜻처럼 '반짝반짝 빛나다.' 라는 뜻도 있습니다. 샤인은 애교심이 깊은 친구들로 구성되어 있습니다.

Q : 서울대학교 홍보대사 '샤인'으로 지원 하게 된 계기가 있었는지요?

A : 저는 고2때 한번 서울대 견학을 온 적이 있었는데 거기서 샤인을 만나서 샤인을 알게 되었고 열심히 봉사하는 샤인이 되고 싶은 열정으로 공부해서 지금 서울대 샤인이 되어 많은 사람에게 도움을 줄 수 있어서 정말 보람되고 자랑스럽습니다. 노력하면 뭐든 할 수 있어요~!

A1 : 학교를 지나가다보면 항상 봉사하는 모습, 학생들에게 건물들을 소개시켜주면서 견학을 시켜주는 것을 보았는데요. 늘 한번 꼭 하고 싶었고 저의 성격상 잘 할 수 있을 것 같아서 지원하게 됐습니다.

Q : 서울대 홍보대사를 뽑을 때 어떤 기준을 가장 중점으로 뽑나요?

A : 어떤 상황에서라도 밝은 모습으로 힘들거나 어려운 상활을 대처할 수 있는지와 얼마나 사람들에게 호감을 가게 말을 하고 호감가게 행동하는지 또 일을 수행함에 성실도 등을 보고 샤인을 선발합니다.

Q : 샤인 홍보대사로 봉사활동을 하시면서 가장 보람될 때와 가장 힘들었을 때는 언제인가요?

A : 이렇게 견학을 오는 사람들이 많을 줄 몰랐는데 많은 사람들을 상대로 견학을 진행하다보니 무엇보다도 학생들의 변화를 유도할 수 있다는 점이 가장 큰 매력인 것 같아요. 학생들 중 탐방을 하게 된 계기로 정말 열심히 공부해서 서울대학교에 입학하게 되었다는 소식을 들을 때 정말 보람을 느끼게 된답니다. 하지만 학생들이 안내에 따라주지 않고 통제가 안될 때 힘들기도 해요.

Q : 대학교입학 시 학과를 정하는데 가장 중요한 것은 무엇이라고 생각하시나요?

A : 취향이 중요하다고들 많이 이야기하지만 많은 대학의 경우 복수

전공이란 제도가 있어서 대학교 와서 바뀌는 경우도 많아요. 그래서 학과선택이 그렇게 중요하지는 않다고 생각해요. 기본적으로 점수에 맞추기도 하지만 그렇게 큰 영향을 끼친다고는 생각하지 않아요. 학과를 선택할 때는 거의 모든 학생들이 점수에 맞게 지원을 하고 그중에서 원하는 과를 고르는데, 학과가 꿈을 이루는데 꼭 필요하거나 큰 지장을 주지도 않기 때문이라 생각해요. 정말 자신의 꿈을 위해 중요한 것은 포기하지 않는 의지와 열정인 것 같습니다.

Q : 서울대학교가 봉사활동을 많이 한다고 알고 있습니다. 주로 어떤 봉사활동을 하시나요?

A.: 저희들은 지난번에 해외로 나가 베트남에 봉사를 하러 갔어요. 베트남에 가서 베트남 친구들과 그림도 그리고 한국말을 가르치는 일도 했습니다. 또 벽화도 그려주기도 했습니다. 이외에도 학습봉사 동아리 등 다양한 봉사활동이 있어요. 특히 서울대에는 사회봉사라는 수업이 별도로 있는데요. 사회봉사에 대해서 구체적으로 알고 체험위주로 직접 봉사도 할 수 있는 수업이라 더 많은 학생들이 봉사활동에 적극적으로 활동하고 있는 것 같아요.

Q : 서울대의 단점과 장점은 무엇인가요?

A : 폭이 정말 넓은 질문이네요...(웃음) 장점은 일단 훌륭한 교수님들이나 전국의 최상위 학생들이 모이기 때문에 더 수준 높은 경쟁을 할 수 있다는 것 같아요. 또한 서울대에는 많은 단과, 학과 대학이 있고 교수님들도 많이 계셔서 고등학교 때처럼 한 가지만 하지 않고 자기가 원하는 역사, 철학, 정치학 등의 다양한 강의를 들으면서 발전할 수 있다는 것이 가장 좋은 점이라고 생각 됩니다. 또 세계일류 대학과의 교환학생 신청 시에도 한국을 대표하는 학교라고 생각해서인지 활발하게 교류할 수 있다는 점이 큰 장점이에요. 단점이라고 한다면 전국의 최상위 학생들만이 모이기 때문에 서로 대조하다 보니 자신을

'난 왜 이것밖에 못하나' 하고 과소평가하는 부분이 없지 않아 있다고 생각해요.

Q : 서울대학교를 대표하는 홍보대사 샤인의 미래에 대한 목표는 무엇입니까?

A : 더 많은 학생들이 견학을 오게 하는 것입니다. 견학을 오는 기회를 늘릴 수 있도록 또 활동을 더 재미있고 다양하게 할 수 있도록 열심히 노력할 것입니다. 그래서 이 탐방을 통해 목표의식을 갖게 되고 또 많은 동기부여가 되어 정말 학생 때만 할 수 있는 열정으로 열심히 공부를 하고, 그래서 각자 이루고자 하는 꿈을 이룰 수 있도록 인생선배로서 학생들에게 나침반 역활을 하는 것이 저희 샤인의 목표입니다. 그러기 위해선 더 많은 노력과 변화를 추구하며 열심히 노력해야 겠죠. (웃음)

서울대 홍보대사 샤인을 만나면서 우리나라 최고 대학교라 불리는 서울대학교에 대해 여러 가지를 알게 되었다. 또 인터뷰를 하며 여러 가지 애기를 나누며 몇 년 전에 우리와 같은 경험을 했던 인생 선배로써 공부에 관한 여러 애기를 나누며 많은 의문을 풀어주었던 것 같아 고마웠다. 공부가 얼마나 중요하고 힘든 것인지 알게 되었고 우리나라 최고의 대학이 무척이나 멋진 것 같았다.

대한민국의 거의 모든 학생의 로망인 '서울 대학교'를 오늘 탐방하면서 '나도 목표한 대로 다양한 활동을 하고 대한민국의 인재로 성장할 수 있을까?' 라는 기대와 또한 '할 수 있을 거야' 라는 열망이 생겼다. 우리들의 꿈을 위해 또한 세계 속의 사람이 되기 위해 공부도 열심히! 봉사도 열심히! 가능한 많은 활동들을 통해 다양한 경험을 할 것이다. 우리들이 활동하고 있는 청와대 기자단활동도 이런 글로벌인재를 향한 작은 발걸음을 옮기는 계기가 될 것이라 믿어 의심치 않는다.

(참여기자 : 이지욱, 한 결, 임지원, 김민경, 이원종)

인터뷰 이기섭 교수님의 '맛있는 수학, 재밌는 수학'

푸른누리 신문 제 50호 기사

우리는 12월 11일 토요일, 서울대학교에서 이기섭 교수님(서울대 수학과, 동대학원 통계학과, Univ. of Louisville교수, 現아주대 WCU교수)과의 인터뷰를 가졌다. 우리들은 수학에 대해 궁금한 것들을 질문하며 화기애애한 분위기속에서 인터뷰를 시작했다.

Q : 수학공부를 위해 외국으로 가셨다고 들었어요. 어떤 계기가 있었나요?

A : 지금은 우리나라의 대학 수준이 많이 향상되어 외국의 대학과 별로 차이가 나지 않지만 그때는 외국에 비해 많이 부족한 상황이었어요. 그래서 저는 최고의 학문을 배우기 위해서 외국으로 갔습니다. 처음부터 박사를 목표로 한 것은 아니었고, 가서 공부를 하다 보니 박사학위를 따게 됐습니다. 제가 알기로는 한국사람 중에서 금융수학 박사학위는 두 번째로 딴 걸로 알고 있어요.

Q : 존경하는 수학자는 누구인가요?

A : 제가 존경하는 수학자는 힐버트(David Hilbert,다비트 힐버트)인데요. 현대수학의 아버지라고 불려요. 지도 교수를 한 가족으로 생각하고 족보를 만들면 제 4대 할아버지인데요. 그러니까 제 선생님의 선생님의 선생님의 선생님이 힐버트인 셈이죠.(웃음) 또 재미있는 점은 저하고 힐버트하고 생일이 딱 100년 차이 난다는 걸 알게 되었는데 정말 신기하고 기분이 좋았어요.

Q : 강의를 할 때 가장 보람을 느끼는 때는 언제인가요?

A : 당연히 학생들이 가장 잘 따라올 때 보람이 있어요. 어려운 질문을 하거나 어려운 내용을 설명할 때 이해하려고 애쓰거나 열심히 하는, 다시 말해 제 수업을 학생들이 집중해서 들을 때 가장 보람 있어요.

Q : 금융수학이란 무엇인지 쉽게 설명해주세요.

A : 우선 수학이란 두 가지 분류로 나누어지는 데요. 첫 번째는 순수 수학이고 두 번째는 응용 수학입니다. 순수 수학은 순수한 수학 그 자체이고 응용 수학은 수학의 발전된 수학을 말합니다. 금융 수학에는 수학, 통계학, 경영학 그리고 컴퓨터 기술이 필요합니다. 이때 금융수학에서 경영학은 수학적으로 math biology 라고 합니다. 21세기에 들어서면서 2~3개의 학문이 뭉친 학과인데 금융 수학이 일종의 융합 학문이라고 보시면 됩니다. 여러분이 알기 쉽게 말하면 주식의 움직임이나 위험을 예측하는 것도 금융수학이라고 보면 된답니다.

Q : 교수님께서 특별히 금융수학을 하시게 된 계기가 있으신가요?

A : 평소 선경지명이 있으신 고등학교 선생님께서 math for math 즉 수학을 위한 수학보다는 우리 생활을 위한 수학을 하는 게 어떠냐고 권하셔서 대학원에서는 통계학을 공부하게 되었습니다. 지금 생각해보면 저를 이끌어주신 멘토 역활을 해주신 수학선생님이 안계셨다면 지금의 저도 없었을 거라는 생각이 들었어요. 여러분도 인생 선배이신

선생님이나 웃어른들의 말씀을 귀담아 들을 줄 아는 학생이라면 자기 자신의 인생의 커다란 지표를 정하는데 큰 도움이 되리라 믿어요. 선생님과 부모님 말씀을 잘 들으세요!!~(웃음) 암튼 대학원에서 통계학을 배우다가 금융수학을 접하게 되었고 금융수학이 정말 대단한일이라는 것을 깨닫게 되었습니다. 그래서 새롭고 도전적인 일을 해보고 싶어 금융 수학을 접하게 되었습니다.

Q : 공부를 하다보면 어쩔 수 없이 스트레스를 받게 되는데요. 스트레스는 어떻게 해소하시나요?

A : 저는 스트레스란 것이 생각하기 나름이라고 개인적으로 생각해요. 결국은 마인드컨트롤이지요. 자기 자신이 가지는 마음자세에 따라 다른 거죠. 그러니까 긍정적으로 생각하는 마인드를 가져야한다고 생각 해요. 작은 결과에 집착하기 보다는 큰 결과를 생각하는 것이 중요하다고 생각해요. 당연히 취미생활도 중요하고요. 정 스트레스 받아서 안될 때는 그냥 하루 쉬어요. 인생은 길어요.(웃음) 여러분도 하루 공부 안될 때 괜히 죄책감에 책 펴놓고 딴 생각하는 것 보다는 차라리 그날 그냥 쉬고 그 다음날에 열심히 하는 게 좋다고 생각해요. 또한 내가 잘하고 좋아한다는 생각을 가져야 즐기고 잘 할 수 있게 되고, 시험을 위해 공부하고 시험에 나오는 것만 공부하는 것이 아니라 자기개발을 위해 공부를 하게 되면 스트레스도 덜 받고 즐기면서 공부할 수 있을 거에요. 공부하는데 있어서 가장 중요한 것은 자기만족이 아닐까요?

Q : 우리나라의 최고의 대학, 그것도 수학과를 나오시고 또 같은 대학 대학원까지 나오셨다면 공부를 잘 하셨을 텐데요. 어떻게 하면 공부를 잘 할 수 있나요?

A : 제가 늘 느끼는 게 있어요. 뭔가를 잘하고 싶으면 그것이 공부가 됐든 다른 것이 됐든 '남 탓하지 말고 내탓하라' 라고 말하고 싶어요. 많은 사람들이 자기 자신이 원하는 결과가 나오지 않을 때 피하고

싶은 심리적 요인으로 인해 환경, 시간, 다른 사람들에 대한 탓을 하기 마련인데요. 결과적으로 이러한 남 탓하는 습관은 결국 자기 자신의 반성과 발전의 기회를 잃어버리게 되거든요. 두렵고 힘들더라도 모든 일..지금 여러분에게는 시험 같은 경우, 자기가 생각했던 것보다 낮게 점수가 나왔을 때 시험이 넘 어려웠다, 혹은 공부한데서 출제가 안됐다, 또는 시간이 부족 했다, 등 핑계를 대며 남 탓을 할 게 아니라 모든 게 '내 탓이다' 라고 생각하고 뭐가 잘못 됐는지, 무엇이 부족했는지 분석하고 여러 각도에서 자신의 공부습관이나 태도를 살펴보는 기회가 된다면 충분히 다음시험에서 성공적인 결과를 가져올 수 있을 거라고 생각해요.**-인터뷰 내용 中-**

수학을 좋아하는 친구들에게 이기섭 교수님과의 인터뷰는 너무나도 기대하고 있었던 시간 이었던 것만큼 새로운 학문인 금융수학에 대해서도 잘 알게 되었고 수학을 어떻게 공부해야 하는지도 알려주셔서 정말 유익한 인터뷰시간이었다. 그래서인지 인터뷰 내내 수학에 대해 한 걸음 더 다가간 듯 한 느낌이 들었다. 이렇게 서로 여러 가지 애기를 나누면서 수학이 현실 속에 많이 응용된다는 것을 알았다. 학교에서 배우는 수학은 딱딱한 느낌이 들었는데, 오늘 이기섭 교수님과 애기를 나누며 수학이라는 학문이 우리가 생활하는 데 기본적인 밑바탕을 하고 있다는 생각이 들었다. 앞으로는 수학을 할 때에 더 열심히 하게 될 것 같다. 또한 공부라는 게 어떤 건지 알 수 있게 되었고 수학의 무한매력을 알게 되었다, 그리고 싫어하는 것을 억지로 하는 것이 아닌 즐겁게 모든 일을 해야겠다는 생각을 했다. 이기섭 교수님의 인터뷰를 통해 정말 맛있는 수학! 재밌는 수학을 맛볼 수 있을 것 같다는 생각이 들었다. '남 탓 하지 말고 내 탓' 하면서 말이다.

(인터뷰기자: 이지욱, 임지원, 김민경, 이원종, 한 결)

음악으로 열린 마음이 된 행복카페

푸른누리 신문 제 60호 기사

12월 19일 행복 플러스 카페에서 아주 의미 있는 공연을 푸른울림 친구들과 준비했습니다. 이번 공연은 평소에 외출이 어려워 공연을 접하기 힘든 장애우 친구들을 위한 선물이었습니다.

봉사연주 공연은 양천초등학교 3학년 해오름 중창단의 아름다운 노래와 푸른울림의 연주로 준비했습니다. 오케스트라 친구들 모두 즐거운 마음으로 연습을 하였는데 우리는 '가브리엘 오보에' (넬라판타지아), '날개를 펴고' '본능적으로'와 크리스마스 분위기를 위해 '화이트 크리스마스' '산타 할아버지 우리 마을에 오시네' '크리스마스에는 축복을' '징글벨 락'을 준비하였습니다.

공연시간이 되어 무대에 선 우리들은 아주 밝은 표정으로 우리를 기다린 장애우 친구들을 볼 수 있었는데 그 친구들은 휠체어에 앉아 힘들어 보였지만 표정은 밝았습니다.

우리 연주가 친구들에게 기억에 남는 좋은 연주가 될 수 있을지 걱정이 되었지만 공연이 시작되고 우리의 연주를 듣는 친구들이 좋아하는 모습을 보고 마음이 편안해졌습니다. 열심히 박수도 쳐주고 흥겹게 지켜봐준 친구들, 이 순간이 행복하게 느껴지길 소망했습니다.

공연 후 장애우 대표 학부모님께서 장애우로 생활하기가 얼마나 힘들고 어려운지 잠깐 말씀을 해주셨습니다. 한 가지 예로 우리나라는 아직 장애우를 위한 지원이 많이 부족하여 움직일 때 필요한 휠체어를 구입할 때도 경제적으로 많이 어렵다고 하셨습니다. 우리는 휠체어 가격이 아주 비싸고, 비싸게 구입한 휠체어도 서너 번씩 교체해주어야 사용할 수 있다는 것을 처음 알았습니다. 또한 휠체어를 옮기는 일과 친구들을 돌보는 일로 부모님들이 많이 어렵고 힘들다는 것도 새삼 깨달을 수 있었습니다. 이런 장애우 친구와 부모님들이 좀 더 어렵지 않게 나라에서 폭넓은 지원을 해주었으면 하는 바람이 들었습니다.

장애란 태어날 때부터 가질 수도 있지만 생활하다가 사고로 다쳐서 생길 수도 있습니다. 건강한 우리들도 어느 순간 장애를 입을 수 있다는 사실을 우리 모두 잘 모르고 생활합니다. 장애우 대표 학부모님께서는 우리가 장애우 친구들을 볼 때 불쌍하다고 쳐다보지 말고 그저 같은 친구로 봐 주고 손을 내밀어 주었으면 좋겠다고 말씀하셨습니다. 정말 많은 사람들이 이 말에 공감해주었으면 좋겠습니다.

오늘 저희의 연주를 들으며 친구들은 무슨 생각을 했을까요? 우리의 공연을 위해 정말 어려운 외출을 해준 친구들, 저는 휠체어에 앉아 음악을 듣는 내내 박수를 쳐주고 즐거운 표정을 지었던 친구의 모습이 마음에 남아 작은 감동으로 기억될 것입니다. 공연이 끝난 후 저희는 지난 번 행복카페 1회 공연 후 모은 수익금을 행복 플러스 카페 원장님께 전해드리는 것으로 뜻깊은 시간을 마무리했습니다.

행복플러스! 우리 푸른울림 친구들 모두 이번 공연을 통해 행복 하나를 더할 수 있었던 시간이었습니다.

(참여기자 : 박영지, 김채은A, 길여은, 임지원, 김민경, 이원종,
　　　　　　정준엽, 김종현, 한 결, 이지욱, 김채은B)

미평화봉사단과 함께한 나눔의 축제!

푸른누리 신문 제 64호 기사

촬영중인 조운호피디님과
열심히 연습하는 푸른울림

Welcome to Korea!! 2011년 7월 15일 미 평화봉사단의 재방한을 맞이하여 멘토-멘티 관계를 형성할 청소년 봉사자들의 축하봉사연주공연이 있었습니다. 선발된 여러 팀 중에서 낯설지 않은 이름이 있었는데 바로 푸른울림(구 푸른누리 오케스트라)입니다!!

미 평화봉사단이란, 개발도상국의 교육 · 농업 · 무역 · 기술의 향상, 위생상태의 개선 등을 목적으로, 미국정부가 국내에서 모집한 청년 중심의 봉사자를 훈련 · 파견하는 단체입니다. 45년 만에 한국에 방문한 미 평화봉사단 분들을 환영하기 위해 우리들도 또 다른 준비를 해야 했습니다. 7월11, 13일, 푸른울림은 미 평화봉사단 분들께 멋진 연주를 보여드리기 위해 하나, 둘 연습실로 모였습니다. 이날은 특별히 KBS 2 TV 다큐 "희망릴레이"-재능기부 미 평화봉사단편에 푸른울림 동아리가 소개될 예정이라서 조운호 PD님이 촬영차 방문하셨습니다.

우리가 연주할 곡은 윤도현 밴드의 '아리랑' 과 'Bad case of Loving You' 였습니다. '아리랑' 은 요양센터 같은 여러 봉사활동을 다니면서 많이 연주했던 곡이지만, 'Bad Case Of Loving You' 는 오래된 팝송인데다가 빠른 템포의 곡이라서 연습시작부터 엉망진창이었습니다. 쉬지 않고 계속되는 힘든 훈련에도 불구하고 푸른울림 친구들은 생긋생긋 웃으며 열심히 연습에 참여해 주었습니다. 서로 얼굴을 마주하고 악기로 나눔의 즐거움을 함께하고 있어서 인지 힘들고 지친 몸과는 다르게 정말 무척이나 즐거웠습니다. 서로 힘내라며 다독여 주며 연습한 지 꽤 많은 시간이 지나자 연주는 하나 둘 빛을 발하기 시작했습니다. 특히 처음으로 시도해 본 소고의 소리는 드럼연주 저리가라 할 정도로 멋있게 느껴졌습니다. 우리나라 악기의 위대함을 다시금 느낀 연습시간이었습니다.

　공연 당일인 7월 15일, 이른 아침인데도 불구하고 공연장소인 서울역사박물관으로 하나 둘 푸른울림 친구들이 모이기 시작했습니다. 공연팀은 저희 외에도 5팀이 왔는데 모두들 너무 열심히 연습하고 있어서 보고 있는 저희들도 긴장이 되었습니다. 열심히 연습과 무대 위에서 리허설을 반복하며 준비한 푸른울림은 9시 반, 미 평화봉사단을 환영하기 위해서 역사박물관 로비에서 손을 흔들며 열심히 환영인사를 건네었습니다. 모두들 반가워하며 악수를 청하기도 하셨고 어디에서 왔냐며 신기해하기도 했습니다. 또 이런 환영인사에 감동을 받았다며 눈물을 글썽이는 분들도 계셨는데 새벽 일찍부터 나와 준비한 보람이 느껴지는 순간이었습니다. 그리고 즐겁게 이야기를 나누며 역사박물관 강당으로 들어섰습니다. 공연장 자리에는 각각 멘토-멘티역할을 해줄 파트너가 정해져 있었는데, 처음 만났는데도 서로 정답게 인사를 주고받으며 공연을 즐겼습니다. 해금연주, 판소리, 난타, 사물놀이, 영어연극 등 훌륭한 무대가 이어졌습니다.

드디어 푸른울림 차례, 마지막 무대인만큼 엄청난 부담감과 긴장감이 뒤따랐습니다. 무대에 오르는 순간!! 우리들의 콩닥콩닥 뛰는 심장소리도 하나의 음악이 되어 울러 퍼지는 것 같았습니다. 김태리 기자와 김민경 기자의 소개와 함께 우리의 연주는 시작되었습니다.

느리고 동양적인 이미지를 풍기는 아리랑을 신나는 곡으로 편곡하여 연주하였고 중간 중간에 소고가 들어가 더욱 흥겨운 음악이 연주되었습니다. 그 다음으로 이어진 'Bad Case Of Loving You'는 아마 미 평화봉사단분들 거의 모두 아시는 곡인 듯 했습니다. 우리나라 곡을 연주할거라 예상했었는지 모두 약간 놀라시는 듯 했지만 곧 음악에 맞춰 즐겁게 몸을 흔들며 노래를 부르셨습니다.

미평화봉사단과 함께 찰칵~!

무대가 끝남과 동시에 뿌듯함과 보람을 느낀 푸른울림 친구들은 해맑게 웃으며 무대를 마칠 수 있었습니다. 뒤이어 질문시간을 가졌는데 미 평화봉사단에게 궁금한 점을 물어보기도 하고 재밌는 에피소드도 들으며 참된 봉사와 함께하는 나눔의 의미에 대해 다시 한번 생각해 볼 수 있는 기회를 가질 수 있었습니다.

질문 시간이 끝나고 다함께 단체 사진을 찍으며 멘토-멘티간의 대화의 나눔 시간을 가졌습니다. 어설픈 영어실력에도 불구하고 웃어주며 친절히 답을 해주신 Marley Elizabeth, Mcfadden George 덕분에 재미있고 즐거운 시간이 될 수 있었습니다. 대화의 시간이 끝나고 모두가 헤어질 시간, 아쉬운 마음을 뒤로 하고 서로 메일을 주고받으며 인사를 나누었습니다. 자기 나라도 아닌 낯선 나라에서 나눔의 기쁨을 함께 한 미 평화봉사단의 활동을 보면서 정말 세상에는 좋은 사람들이 많다는 것을, 아직도 우리의 세상은 푸른빛이라는 것을 알 수 있었습니다. 많은 것을 배우고 함께 공유하며 행복하게 축제처럼 함께 한 이 시간은 나중에 우리들도 우리들보다 어려운 나라에서 봉사활동을 해볼 수 있다면 좋겠다 라는 생각을 갖게 했고 아직 어린 우리들도 무언가를 함께 나눌 수 있다는 작은 기쁨을 알게 해준 소중한 시간이었습니다.

(참여기자 : 박영지, 김채은A, 김태리, 임지원, 이원종, 이지욱, 김민경, 김채은B, 김종현, 정준엽, 길여은, 한 결.)

사랑을 담은 운동화가 에티오피아로

푸른누리 신문 제 66호 기사

　지난 7월에 우리 푸른울림 친구들은 그 동안 해 왔던 봉사들을 통해 한국 청소년 진흥센터에서 봉사대상 우수상과 상금을 받게 되었습니다. 상금을 전달 받고 나서 우리들은 무언가 뜻 깊은 일에 상금을 쓰자고 생각하여 <희망의 운동화 나눔 축제>의 주최 측에 우리의 뜻을 전달하고 50여명의 친구들을 모아 함께 이 행사에 동참하기로 했습니다. 　이번 행사는 하이원 리조트와 서울특별시 유네스코 한국위원회에서 주최하고 서울 시립 청소년 문화교류센터(Mizy)에서 주관한 2011

년 희망의 운동화 나눔축제로, 운동화 위에 평화와 희망의 그림을 그려 넣어 해외 빈곤 청소년들에게 전하는 창의적 나눔 운동 이라고 합니다. 이 축제를 담당하는 미지센터에서는 2007년부터 아프리카 북부 우간다의 소년병, 방글라데시, 캄보디아, 그리고 네팔의 빈곤 청소년들에게 약 30,000 켤레의 운동화를 전달하였다고 설명해 주셨습니다. 올해 우리가 그린 운동화들은 아프리카의 최대 빈민국 중의 하나인 에티오피아로 보내진다고 합니다. 우리는 운동화 그리기에 앞서 에티오피아에 관한 동영상을 보며 시청각 교육을 받았습니다. 다른 아프리카 나라들과 마찬가지로 에티오피아는 가난, 기아, 질병에 시달리고 있는데 그 중에서도 가장 큰 문제는 단연 에이즈입니다. 에이즈가 그렇게 온 나라에 돌아 많은 사람들이 사망하는데도 열악한 의료 시설과 제도들은 에이즈를 예방하고 근절하기에 턱없이 부족하다고 합니다. 그래서 에티오피아는 현재 인력뿐만 아니라 미래의 기반이 될 아이들까지 잃고 있습니다. 에이즈로 부모를 잃은 어린 아이들은 일찍부터 거리로 내몰려 교육과는 멀어지게 되고, 신발도 없이 흙땅을 맨발로 헤매고 다니며 하루 종일 "1달러"를 외치고 다닌다고 합니다.

　여러분은 혹시 "차일드 마더(CHILD MOTHER)라는 말을 아시는지요? 우리 또래의 어린 나이에 엄마가 되어 아기를 키워야 하는 아이를 지칭하는 말이라고 합니다. 본인이 원하지도 않았던 아기를 낳아야만 하고 또 길러야 하기에 학교 교육을 받을 수가 없어 가난과 기아, 질병이 되물림 될 수밖에 없다고 합니다. 하루 종일 흙땅을 밟고 다니느라 더럽혀지고 상처 난 발... 퉁퉁 부어 성한 곳 없는 에티오피아 사람들의 발… 그들에게 우리가 그려 보낸 운동화는 어떤 의미가 되어 줄까요? 아마도 단순히 신고 다닐 운동화 하나 생겼다는 의미만은 아닐 것입니다. 우리는 서툴지만 다들 정말 열심히들 그렸습니다. 저마다 자기가 평소 좋아하던 그림이나 캐릭터, 한국적인 문양 또는 영어 단어 ,하트나 별 등등을 그려 넣었습니다. 그리고 옆에 달려 있는 희망 카드에 짧지만 따뜻한 메시지를 적어 넣었습니다. 우리가 처음에 운동화를 받았을 때는 조금 이해가 안 되는 부분이 있었습니다.

운동화가 그 자체만으로도 예쁜데 뭐 하러 서툰 실력으로 우리가 그림을 그려서 보내는 걸까? 그런데 선생님의 말씀을 듣고 보니 이해가 갔습니다. 만약 새 운동화를 보내면, 에티오피아 친구들이 받아 보기도 전에 중간에 운동화가 암시장으로 팔려나가 버린다는 것입니다. 안 그래도 가엾은 친구들에게 나쁜 짓을 하는 어른들이 정말 너무나 많은 것 같습니다.

우리가 그려 보낸 운동화 한 켤레가 그 곳에 사는 한 친구의 발 뿐 아니라 상처받은 마음까지 따뜻하게 감싸줄 수 있었으면 좋겠습니다. 저는 오늘 다른 이들을 도우러 봉사를 하러 갔었는데, 오히려 제 자신에게 더 많은 도움이 되었던 시간이었습니다.

빈민국에 태어났다는 이유만으로, 이 세상에 나오자마자 가난과 질병에 시달리며 학교 교육 한 번 제대로 못 받고 자라며 가난과 무지를 대물림할 수밖에 없는 가엾은 아이들.. 그 아이들을 생각하며 우리 모두가 음식뿐만이 아니라 편히 잘 수 있는 집과 좋은 부모님, 좋은 가족을 가지고 있다는 것, 학교에 다닐 수 있고 배울 수 있다는 것, 또 하루 세끼를 먹을 수 있고 건강한 몸을 가질 수 있다는 것, 그 밖에 모든 주어진 것들에 감사하며 살았으면 좋겠습니다. 여러분도 좋은 일에 많은 관심 가지고 참여하시길 바라고, 앞으로도 함께 열심히 봉사합시다! (참여기자 : 김태리, 길민상, 임시현, 김채은B, 박영지, 김민경, 길여은, 김현우, 한윤성, 한지성, 이지욱, 한 결, 이지혁, 박영지, 한지성, 이원상, 임지원, 김채은A, 김종현, 정준엽, 이원종)

나눔이 살아 숨 쉬는 특별한 하루~!!

푸른누리 신문 제 69호 기사

돈이나 물건이 아닌 자기 자신이 가지고 있는 재능을 기부하는 그런 축제가 정말 있을까요? 있습니다! 사람을 웃기게 하는 재능, 운동신경이 뛰어나 남에게 가르쳐 줄 수 있는 재능, 음악이나 춤, 악기, 노래 등으로 감동시킬 수 있는 재능, 말재주나 손재주가 뛰어난 재능 등 누구나 하나쯤 가질 수 있는 사소한 재능만으로도 나눔을 주고 그 나눔을 함께 즐기는 축제가 있습니다. 바로 제2회 대한민국 나눔 대축제입니다. 이 축제는 10월 8일(토)~9일(일) 2일 동안 올림픽공원과 전국 4개 광역도시(부산, 대구, 광주, 대전)에서 동시에 열렸습니다.

첫째 날에는 희망의 씨앗 생명나눔 사생대회 및 국제 어린이 마라톤대회와 희망콘서트가 열렸으며 둘째 날인 9일 일요일에는 사랑의 비빔밥 나눔행사와 다채로운 시민교육이 실시되었습니다.

스타 나눔인과 함께한 애장품 경매행사, 여러 협력기관들의 도움으로 설치된 150개의 나눔 테마부스도 있었습니다. 이 중 양준혁, 한기범의 재능나눔 캠프는 우리의 꿈나무인 많은 어린이들의 인기를 독차지했습니다. "어린이와 함께하는 희망나눔 홀씨캠페인" 행사 중 손도장을 찍는 코너에서는 손수 아이들과 함께 나눔을 약속하며 손도장을 찍기도 했습니다. 이렇게 많은 곳을 다니면서 올림픽공원의 구석구석을 가득 채운 재능기부자들과 나눔의 축제에 동참하러 온 시민들의 따뜻함을 온 몸으로 느낄 수 있었습니다.

구세군 브라스밴드와 팝페라 이사벨   청와대 기자단으로 구성된 푸른울림

　그 외 구세군 브라스밴드와 팝페라 이사벨의 공연, 서울문화 예술협회의 보컬과 스트릿 댄스 공연, 우리들의 '푸른울림'(푸른누리오케스트라)의 봉사연주도 함께 볼 수 있었습니다. 무엇보다도 함께 나눔을 기부할 수 있는 자리에 초대되었다는 것에 큰 보람을 느낀 순간 이었습니다. 처음 나눔 대축제에 초대받고 과연 우리가 무엇을 나눠줄 수 있을까 걱정을 했습니다. 하지만 작은 재능에도 박수쳐주며 기뻐하는 사람들의 모습을 보며 그것이 무엇이든 나눔은 주는 사람이나 받는 사람이나 모두 행복하게 하는 힘이 있다는 것을 배웠습니다.

KBS개그 콘서트 팀의 웃음을 나눠주는 재능기부

2부에서는 KBS개그콘서트 팀의 웃음을 나눠주는 재능기부도 진행되었습니다. 요즘 인기몰이 중인 비상대책위원회를 비롯해서 감수성, 9시쯤 뉴스 등을 통해 다 함께 웃을 수 있는 시간이었습니다. 모든 공연자들이 돈을 받지 않고 봉사공연에 기꺼이 참여했습니다. 많은 기관이나 단체들도 아낌없이 지원을 해주며 시민들의 적극적인 참여를 유도함으로써 이곳에서만 경험할 수 있는 특별한 나눔을 진정으로 함께 즐기고 있는 모습이었습니다. 아직 2회밖에 안된 새내기 나눔 축제이지만 많은 참여와 관심으로 더욱 더 널리 퍼지고 함께할 수 있는 축제로 자리 잡았으면 하는 바람입니다.

우리는 이날 보잘 것 없지만 하나씩 가지고 있는 재능을 기부했습니다. 프로처럼 잘 하지는 못한 재능이지만 나눠주려는 마음 하나만으로 함께한 시간이었습니다. 그 사람들 중 단 한명이라도 우리의 음악을 듣고 마음이 편안해 졌다면 우리는 정말 보람찬 '나눔'을 한 것 입니다. 나눔이라는 그 두 글자가 조금은 어렵게 느껴진다고 생각할 수도 있지만, 어찌 보면 나눔이라는 것은 정말 쉽고 가까이에 있는 것일 수도 있습니다. 이렇게 기사를 써서 함께 소통하고 지식을 나누고 함께 느끼는 이곳 푸른누리도 또 하나의 나눔의 장소가 아닐까요? 우리의 손으로, 머리로, 마음으로 써내려가는 기사들이 단 한번이라도 독자들에게 감동을 전달 할 수 있다면 우리도 기사를 통해 재능을 기부하는 재능나눔인 입니다.

(참여기자 : 한 결, 박영지, 정준엽, 이지욱, 이원종, 임지원, 김민경,
　　　　　김채은A, 길여은, 김태리)

함께 하는 따뜻한 크리스마스 이야기

푸른누리 신문 제 74호 기사

2009년 아득했던 그해 12월, '푸른울림'의 첫 재능기부가 바로 구세군 자선냄비와 함께 한 거리봉사연주였다. 그리고 몇 년이 지난 지금, 12월 24일 푸른울림은 '유리공주 원경이'와 다른 난치병 어린이들을 위해 또 다시 구세군 자선냄비와 함께 거리봉사연주 공연을 하게 되었다. 작년에도 재작년에도 계속 우리 푸른울림은 봉사활동을 위해 모였었다. 24일 아침, 공연장으로 향하는 길에 눈을 볼 수 있었는데 강한 바람이 불고 기온도 영하로 떨어지는 날씨로 우리가 첫 공연했던 날과는 비교도 안될 정도로 추운 날이었다. 하지만 분명한 목적을 가지고 하는 것이고, 그 보다 더 값진 것을 얻을 수 있었기 때문에 따뜻함과 보람, 행복을 얻은 뜻깊은 봉사가 되리라 생각했다.

봉사연주 공연은 동대문 두타에서 실시되었다. 다른 크리스마스 공연과는 달리 이번 공연은 영하로 내려간 서울 야외에서 진행되는 야외 공연이었다. 단순히 박수를 치거나 하는 봉사가 아니기에 장갑도 낄 수 없었다. 다행히 몸은 두꺼운 옷을 걸쳐서 비교적 견딜 만 했지만, 바람이 놓아주지 않는 손가락은 겨울바람의 공격을 피할 수 없었다. 낮은 기온과 바람이 악기들마저 꽁꽁 얼게 만들어서 음을 뒤죽박죽으로 만들어 버렸다. 손과 악기는 꽁꽁 얼어가는 것만 같았고 정신마저 몸을 떠나가는 것 같았다. 악보를 보고 연주하는 것이 아니라 손가락이 의식 없이 움직이기도 했다. 매 순차마다 옆의 건물 안으로 들어가서 잠시나마 손과 악기를 녹이고 다시 추운 야외공연장에 서서 공연을 하는 것이 24일 하루의 일과였다고 해도 과언이 아니다.

모금을 하는 어린아이

공연을 하는 푸른 울림 멤버들

그래도 보람이 있었던 것은 사람들이 오고 가며 우리의 음악을 듣고 빨간 구세군 자선냄비에 모금을 하였다는 것이다. 꽁꽁 무장한 어린 아이부터 허리 굽은 할머니, 할아버지까지 따뜻한 손길이 이어졌다.

마지막 3번째 공연에는 '양신' 이라는 별명을 가진 양준혁 전 야구선수가 와서 도움을 주셨다. 구세군 자선냄비 옆에서 종을 흔드시고, 모금을 하면 같이 사진을 찍어주는 행사를 진행해서 더 많은 사람들이 모금에 참여했다. 덕분에 한층 더 따뜻해진 이 연출되었다.

우리들은 "이번 봉사는 자신을 희생했던 진짜 봉사였다."라며 서로 농담을 주고받기도 했지만 사실 특별히 가슴에 남을만한 봉사였다.

< 전 야구선수 양준혁님과 봉사연주 공연을 함께하는 푸른울림 >

단순히 춥고 힘들었기 때문이 아니라 봉사연주 공연을 할 때 지켜봐주시는 분들과 모금에 동참해주시는 분들에게 감사한 마음을 잊을 수 없고 그 여운은 지금까지도 남아있기 때문이다.

조금만 따뜻했더라면 더 좋은 연주로 더 많은 성금을 모을 수 있지 않았을까 하는 아쉬운 마음도 있었다. 하지만 우리는 그 당시 상황에서 최선을 다했고 아마 그 마음은 그 길을 지나가는 사람들에게 전달되었을 것이다. 내년에도 기회가 된다면 다시 크리스마스를 구세군 자선냄비와 함께하고 싶다.
(참여기자 : 김종현, 이원종, 길여은, 한지성, 임지원, 한윤성,
　　　　　 김태리, 이지욱, 정준엽, 박영지, 한 결)

" 꿈꿀 수 있다면 이룰 수 있다."

-월트 디즈니

탈북다문화 아동들과 함께 하는 발걸음

한숨대신 가슴으로~!

걱정대신 우정으로~!

포기대신 함께 살기로~!

우리는 용감한 코리아~!

푸른누리 신문 제 84호 기사

　여러분 매머드를 아시는지요? "매머드의 종족멸망은 환경에 적응하지 못했기 때문" 이라고 합니다. 요즘 들어서 우리나라에도 다국적 다문화가정들이나 탈북다문화가정인 새터민 가정들이 늘고 있습니다. 그 중 국내 정착 북한 이탈 주민인 새터민들은 이제 2만 명 시대를 맞이한다고 합니다. 올해도 400명 이상이 남한으로 넘어와 정착하고 있는데 이들은 사선을 넘어 자유의 땅 남한으로 넘어왔지만 이곳에서의 삶도 그렇게 쉽지만은 않아서 이들이 사회에 나와 적응하기는 매우 어렵다고 합니다. 어른들도 새로운 사회, 문화에 적응하기 어려운 현실에서 부모를 따라 이곳에 온 탈북아동들은 더욱 더 큰 벽에 부딪히게 되는 셈입니다. 더군다나 탈북다문화 아동들은 탈북 후 중국에서 몇 년의 떠돌이 생활을 거쳐서 우리나라로 들어오기 때문에 언어, 문화 장벽을 쉽게 뛰어넘지 못하고 어렵고 소외된 생활들을 하고 있다고 합니다. 그래서 청소년 연합 봉사 연주단 푸른울림 단원들과 함께 '나눔은 함께 함이다.' 라는 모토로 탈북다문화 아동들을 위한 봉사활동을 하고 왔습니다.

　푸르른 5월 13일, 양천구목동 교보문구 앞 광장의 거리에서 푸른울림이 북한말 퀴즈코너와 함께 탈북다문화 아동들을 위한 기금마련을 위해 거리봉사연주를 시작했습니다.

<거리봉사연주를 하는 푸른울림>　　　　<인기만점이었던 북한말퀴즈 코너>

　　한민족이면서도 이방인보다 못한 대우를 받는 새터민 가정의 탈북다
문화 아동들의 안타까운 실정에 대해 알리고 많은 사람들의 적극적인
관심을 유도하여 떠돌이 삶을 살아가게 될지도 모를 탈북다문화 아동
들을 돕고자 시작된 거리봉사연주는 사람들의 관심을 끌어 모아 새터
민의 탈북다문화 아동들에 대해 따뜻한 시선과 올바른 이해를 도모했
습니다. 또한 남북한의 문화, 언어의 격차를 줄이기 위해 마련된 북한
말 퀴즈코너는 맞추면 상품을 주는 코너로, 100원이라도 기부하시는
분들이면 누구나 참여가능해서 많은 분들이 신기해하며 재미있게 참여
해주셨습니다. 다소 생소하고　탈북다문화 아동들에게 조금이라도 다
가설 수 있는 것 같아 보람된 시간이었습니다. 어려운 북한말퀴즈~!

<기증받은 책을 전달하는 푸른울림>　　<새터민 아이들과 함께 공부했어요>

한민족인데도 이렇게 많은 말들이 서로 다르게 사용된다는 사실에 정말 놀라웠습니다. 거리봉사연주가 끝난 이틀 후인 5월 15일 오후 푸른 울림 친구들과 함께 제주변 논술과 한자책을 쓰신 저자께서 기증하신 책 전달과 함께 우리들이 거리봉사연주로 모금한 성금을 전달하기 위해 탈북다문화 아동들의 교육기관인 한민족학교(영등포에 위치)를 떨리는 마음으로 방문했습니다.

새터민의 교육기관인 한민족학교를 방문해보니 최옥락 교장선생님의 열정으로 아이들이 밝고 건강했지만 함께 놀면서 우리사회에 대해 배울 수 있는 친구가 절실하게 필요하다는 것을 느낄 수 있었습니다.

현재 일반 학교에 적응하지 못하는 탈북다문화 아동들에게 가장 필요한 것은 안정적인 환경에서 남한사회에 적응하며 공부하는 일이라고 합니다. 우리들은 아직 힘도 없고 할 수 있는 게 많지 않은 청소년들이지만 아동들에게 때론 친구처럼 때론 언니오빠처럼 친근하게 다가가서 함께 책도 읽고 악기도 같이 연주하며 시간을 보내면 좋겠다고 생각했습니다.

지금 우리가 시작하는 봉사활동은 아주 작고 부족하지만 탈북다문화 아동들을 위한 봉사를 시작으로 소외된 어린 학생들에게 우리의 재능을 함께 공유하며 따뜻한 봉사활동을 이어 나가면 좋겠습니다. 이념과 체제, 생활방식 하나하나 너무나 다르지만 통일한국의 미래를 책임질 건강하고 유능한 통일리더로 자랄 수 있는 아이들이 매머드의 종족처럼 사라져 버리지 않도록 우리들의 형제인 새터민 탈북다문화 아동들에게 따뜻한 가슴 한조가리를 나눠 주는 시간이 많아지기를 희망합니다. 그럴 때 비로소 우리의 조그마한 관심과 마음들이 모아 모아져 큰 사랑으로 마주치게 될 것이라고 믿기 때문입니다.

(참여기자 : 한 결, 정준엽, 길민상, 임지원, 김종현, 이지욱,
　　　　　 김태리, 박영지, 김채은A, 이원종, 길여은)

푸른 꿈을 내딛으며

<청와대 대정원에서 초청연주를 하고 있는 푸른울림>

맑은 하늘이 맞닿을 듯 청명한 날 무거운 악기와 엠프를 들고 걸어가는 우리 푸른울림 친구들의 발걸음은 어느 때 보다도 밝고 힘차다.

"2008년 처음으로 파란 수첩을 들고서 함께 한 이 곳에서, 6년이 지난 오늘, 우리는 '푸른울림' 청소년연합 봉사단으로서 또 1기 기자단의 대표로서 3천명의 후배들과 학부모님, 기자단들 앞에서 우리의 푸른 소리를 팔작지붕 끝자락까지 울려 퍼지게 할 것이다 "

우리들은 '푸른울림' 이라는 재능기부 봉사연주단이 되기 전에는 서로 알지도 못했고 학교, 사는 곳, 취향, 성격. 어느 것 하나, 같은 게 없는 친구들이었다. 서울에서도 각 각 지역이 달랐고 김포, 인천, 일산 등 서로 다른 지역의 다른 학교에 다니던 우리들이 이렇게 한 소리로 함께 할 수 있게 해준 이 푸른 언덕 푸른 지붕, 청와대는 우리들만의 추억의 장소가 되었다.

2009년 10월에 첫 봉사연주를 시작으로 2014년 현재까지 봉사연주 외 학교탐방, 인터뷰 취재, 공동기사 작성 등 함께 한 활동들을 뒤돌아보니 감회가 새로웠다. 생각해보니 우리들이 일반 봉사자들보다 더 많은 시간을 함께 할 수밖에 없었던 이유가 바로 재능기부 연주단이기 때문이었다. 악기 연주로 봉사활동을 하기 때문에 서로 각자 집에서 개인 연습을 한 후 함께 모여 총 연합연습이라는 것을 적어도 2~3회 가져야 하기 때문에 함께 하는 시간이 다른 봉사활동 보다 많은 것이다. 그래서일까? 우리들은 어색했던 시간들도 잠시 뿐이고 동기, 선후배들 할 것 없이 서로 가족 같은 분위기로 늘 즐겁게 함께 봉사연주를 준비할 수 있었다.

그렇게 5년 동안 함께 한 우리들은 지난 6월 1일 꿈도담 기자단 발대식에 '푸른울림' 청소년 연합 봉사연주단으로서, 또 1기 선배기자단으로서, 청와대초청을 받아 우리들의 소리를 전할 수 있었다. 정말 기분 좋은 일이었다. 또 청와대 초청 봉사연주를 마친 후 사회를 맡은 개그맨 이수근님과의 인터뷰 시간도 가져 후배들에게 우리들의 목소리를 전할 수 있었다.

다음은 푸른울림단원 이원종과의 인터뷰 내용이다.

이수근 : '푸른울림'이 어떤 연주단인지 한 번 소개 좀 부탁드려 볼께요.
이원종 : 안녕하세요. 저희 푸른울림 봉사단은 2009년 10월부터 시작해서 청와대 어린이 기자 1기를 중심으로 2기와 3기들과 함께 활동 하고 있는 연합 봉사 단체입니다. 저희는 유니세프나 구세군 등 다른 여러 단체들과 같이 봉사를 진행하고 있고 오늘은 여러분들의 발대식을

축하해드리기 위해서, 또 선배로서 본을 보이기 위해서 이 자리에 오게 되었습니다. 축하드립니다.

이수근 : 후배들에게 앞으로 어떻게 생활하라고 선배로서 조언 한 마디 부탁드릴게요.

이원종 : 제가 연주하면서 느낀 것은 아 분명히 여기 있는 친구들이 1년, 2년, 3년 동안 이제 평생 추억에 남을 값진 경험을 하게 될 텐데요. 제가 생각하기에 여러분은 이제 평생 추억에 남을 여러 가지 활동들을 하게 될 텐데 그러기 위해서는 자신감이 필요한 것 같아요. 기사를 쓸 때 하나 더 써보고 탐방 신청을 할 때도 하나 더 해보고 이런 자신감을 가지면 분명히 나중에 커서 내가 살면서 '내 인생의 터닝 포인트는 이 청와대 어린이 기자단 활동이었다.' 라고 말하는 친구들이 되었으면 좋겠습니다. 파이팅!   -인터뷰 내용 中-

　우리들이 함께한 봉사활동도 벌써 수십 개가 되어가고 그 때마다 준비하는 시간 시간이 우리들 일상의 활력소가 되기도 했다. 힘들고 지친 어려운 사람들에게 조그마한 위로라도 될 수 있다면 좋겠다고 생각하며 시작한 우리들의 작은 봉사활동이 우리 또한 변화 시키고 있음을 알 수 있었다. 'Dream High OST' 는 우리가 자주 연주하는 곡이다. 꿈도담 발대식에서도 이 곡을 연주했다. 가사는 힘들고 어려워도 내일을 향한 꿈과 용기를 가지고 계속해서 도전하고 꿈을 이뤄가라는 내용이다. 활동하면서 의견충돌도 있고 준비하기 힘들 때도 있었다. 그러나 이제 그 누구보다 꿈과 용기를 가지고 계속 도전하고 꿈을 이뤄나가는 우리 푸른울림 친구들이 될 거라고 믿는다.

(참여기자 : 이원종, 이지욱, 김종현, 정준엽, 이지혁, 이원상,
　한윤성, 한지성, 김채은A, 김민경, 김태리, 길여은, 임지원, 한 결)

함께 하는 발걸음

'봉사'에는 여러 가지 종류가 있다. 봉사의 정의 중 '남을 돕는다' 라는 말이 있는데, 이를 중심으로 봉사를 정의해 보자면, 양로원, 요양원에서 청소, 빨래를 돕거나 몸이 불편하신 어르신들 식사 수발을 들거나, 보육원에서 아이들을 즐겁게 해주고, 그들을 위해서 재능기부를 하고, 심지어 길거리에 있는 모금함에 돈을 넣는 것까지 해당이 된다.

그 중 우리 푸른울림은 재능 기부 봉사를 주로 해왔는데, 작년 8월 7일 푸른울림 봉사단 10명(김채은A, 김태리, 박영지, 이지욱, 이지혁, 임시현, 임지원, 한결, 한윤성, 한지성)과 현 한림예고 3학년 옥희지 양은 광명시립 노인요양센터에서 어르신들을 위한 작은 공연을 해드렸다. 예전에 군포 노인 요양센터에서 연주 봉사활동을 할 때부터 느낀 것이지만 어르신들을 위해 연주를 해드리면 반응이 없어서 가끔은 무섭기도 하다. 하지만 어머님 은혜와 같은 누군가의 부모님이신 그 분들을 위한 노래를 연주해 드릴 때 눈물을 흘리시는 것을 보면 우리 연주를 잘 듣고 계셨구나 하는 생각과 더불어 자식도 자주 못 보시고 이곳에서 혼자 계시는 것이 너무 안타깝다는 생각이 든다.

연주가 끝나고는 어르신들을 위해 준비한 사탕을 나눠 드리고 점심시간에 맞춰 올라가서 식사 수발을 도와드렸다. 할머니, 할아버지들의 병환이 중증이라 수발드는 것이 예상외로 매우 힘들었다. 어린애처럼 마음대로 하시려는 어르신도 계셨고, 침대에 누워서 요구르트를 마시려다 옷이 다 젖어서 닦으려고 하시는 어르신들도 있으셨다. 열심히 도와드리려고 했지만, 우리가 너무 서툴렀던지, 더 불편해 하시는 것 같아 오히려 죄송스러웠다.

남을 도와주는 것, 사회봉사를 한다는 것은 마음만 갖는 것이 전부가 아니고 그에 맞는 훈련 또한 해야만 상대방이 편하게 느낄 수 있음을 새삼 깨달을 수 있는 좋은 계기가 되었다. 다음번엔 더욱 능숙하고 편안한 자세로 대할 수 있을 거라고 다짐하면서.

그리고 지난 2월 15일, 푸른울림 봉사단 7명 (김태리, 박근모, 이원종, 임시현, 임지원, 한 결, 한지성) 은 다시 한 번 광명시립 노인 요양센터를 찾았다. 이번에는 연주봉사가 아닌 어르신들과 얘기도 많이 나눠보고 안마도 해드리며 색종이 접기와 색칠공부 등 다양한 활동을 하기 위해서였다. 들어가 보니 어르신들께선 TV를 보고 계셨다. 우리는 할머니, 할아버지들에게 '안마 해드릴까요?' 하면서 다가가 이런저런 얘기를 나누기 시작했다. 할머니 할아버지들과 이야기를 나누면서, 아 이분들은 우리가 이야기를 들어주고, 맞장구를 쳐주는 것만으로도 정말 좋아하시는구나 하는 생각과 얼마나 외로우셨으면 이렇게 환하게 웃으시면서 오물오물 이야기를 하실까 하는 생각에 안타까웠다. 우리 푸른울림은 어르신들을 위해 색종이 접기도 가르쳐 드리고, 색칠공부도 같이 하면서 어르신들과 친해질 수 있었고, 어떤 어르신은 내일도 오라며 우리를 붙잡기도 하셨다.

고등학생이 되어서는 봉사활동을 할 시간도 많이 없어지고, 마음의 여유도 없어진 우리였는데, 가끔이라도 이런 봉사활동을 통해서 친구들을 만나 마음을 함께 나누고 어르신들과 대화도 하면서 많은 것을 깨닫고 알아가는 시간을 가지면서 더욱 성장하는 계기를 가진 것 같다. 우리들이 걸어가는 이 푸른 발걸음이 계속 이어지기를 소망해 본다.

< 광명시립 노인요양센터에서 봉사연주 및 일반봉사를 하고서 찰칵! >

(참여기자 : 임지원, 김채은B, 김태리, 박영지, 이지욱, 김채은A,

이원종, 한윤성, 임시현, 이지혁, 박근모, 한 결, 한지성)

2. 구르기(산문)

-나비효과보다 더 강한 푸른울림의 효과-

Theater Monopoly

김채은A (서울국제고 2)

Hello guys, I'm Chae-Eun, Kim.

Ladies and gentlemen, what do these three movies have in common? Yes, <The Thieves>, <Iron Man 3>, <Secretly Greatly> all made a great hit at both this and last year. And, can't you notice something more? All these three movies suffered from the controversy called 'Theater Monopoly'. According to Korean Film Council-KOFIC, screen shares of these movies were up to 40.2%, 37.9%, and 32.8%. Today, I'm here to make you guys recognize how harmful theater monopoly is, supported by the reasons that it infringes the rights of audience and independent movie directors. Also, I'll tell you the cause, discrimination against movies, and three solutions, limiting theaters, organizations, and theaters for independent films.

Guys, do you remember the movie <Woe Nang So Ri>? Yes, <Woe Nang So Ri> is one of a handful independent movies that made a great hit. As KOFIC shows, <Woe Nang So Ri> scored 2,920,000 audiences. In 2009, along to <Woe Nang So Ri>, several independent movies showed potentials of independent films by attracting considerable number of audiences. But now, 4 years later, we can hardly even find the posters of independent films in major theaters. This is a movie chart of CGV, which is one of the biggest theaters in Korea. Among these 15 movies CGV is showing, <INGtoogi : The Battle of Surpluses> is the only the independent movie. This situation that theater monopoly brought infringes the rights of audiences who hope to watch independent films.

Now, let's look at this. This is the timetable of the movies of CGV-Yong San. As you can see, <Friend 2> and <Thor : The Dark World> each has 5 and 4 showing theaters and their showing times are evenly distributed over the day. In contrast, <INGtoogi : The Battle of Surpluses>, an independent movie, has only one showing theater and two of screening times. Even this amount of theater and screening times are given to the movie because of recommendations by famous movie stars like Ha, Jeong-woo and Ryu, Seung-ryong. Since there are lack of theaters, directors of independent movies are now mostly uploading their films to internet site like YoueFO.com, searching for audiences to watch their movies. Like this, theater monopoly even steals chances of movie directors to show their films to audience.

Then, what led cinema world to the theater monopoly? The answer is another common thing that we can find from these 3 movies. These three are all distributed by the company Showbox, which is the larges distributing agency in Korea. Yes, as you understood, major theaters are discriminating movies following to the size of their sponsors. According to JoyNews, in preview of the movie <Red Family>, director Kim, Ki-deok showed his hostility against theater monopoly of Showbox by saying "I want to win the movies of Showbox in 'value' of movie, not by power of distribution." So, what should we do to escape from theater monopoly?

First, Ministry of culture should limit the number of theaters per each movies can get, so that there should not be any theater monopolies enforcing audience to watch only a couple of movies. Second, organizations that would work on getting rid of theater monopoly should be created. Good example of the organization is "재미있는 재단", translated as "Fun Foundation" in English. Kim, Hye-jun, the leader of this foundation, had interview with OhMyNews and said that organizations are necessities to eliminate theater monopoly. Third, theaters for 'only independent movies' should be built. If those theaters are made, it would give some hopes to independent directors at least they can screen their movies.

Now, let's sum up. Theater monopoly is caused by major theaters' discrimination against movies with the size of their sponsors. Limitation of theater monopolizing, creation of organizations, building theaters for independent films are essential to get out of this serious situation.

Ladies and gentlemen, please remember. People who enjoy small films are hungry of independent movies. Young directors, who has just made the first step on the cinema world are facing the situation that doesn't even allows them to show their movies to the world. Please, I hope you guys to concentrate your concerns on how severe conditions that theater monopoly has brought are . Thank you.

"우리가 목표 달성을 힘겨워 하는 이유는
장애물 때문이 아니라
덜 중요한 목표 쪽으로 훤히 뚫린 다른 길 때문이다."
- 로버트 브롤트

가장 인상 깊었던 푸른울림의 활동들

김종현 (청담고 1)

푸른누리 기자단에서 만난 사람들과 모여 오케스트라를 하면서 구세군에서 봉사활동으로 연주를 하거나 병원에 방문해서 공연을 하는 등 여러 가지 활동을 하게 되었다. 그중에 가장 인상 깊었던 활동은 두 가지다.

하나는 길거리 연주를 하여 새터민 어린이들에 대해 알리는 것이었다. 길거리 연주를 하기 위해 다 같이 모여 연습하였고, 연주하는 동안 옆에서 진행할 퀴즈도 만들었다. 퀴즈는 우리나라에서 흔히 사용되는 것들을 북한에서는 어떻게 부르는지를 맞추는 것이었다. 우리는 이러한 이벤트를 통해 모금한 돈과 여러 가지 책을 '한민족 학교' 라는 곳에 기증하였다.

<새터민을 위한 거리봉사연주와 한민족학교에 기증받은 책을 전달!>

그 곳은 중국을 거쳐 탈북한 어린이들이 모여 살고 있는 시설이었다. 중국을 거쳐 왔기 때문인지 그 아이들은 한국말 보다는 중국말로 서로 대화하였다. 우리말 보다 중국말이 익숙한 그들이 우리나라에서 힘든 생활을 하는 것을 보고 나는 조금의 불편함에도 불만을 토하던 나의 생활을 한번 돌아보며 반성할 수 있었다.

<두타에서 구세군거리모금을 위해 봉사연주하는 푸른울림 단원들>

두 번째는 크리스마스 날 두타 빌딩 앞에서 연주하면서 구세군의 자선냄비 모금활동을 돕는 것이었다. 추운 겨울에 밖에 서서 공연을 하면서 '나는 왜 이 추운 겨울에 길거리에서 연주를 하고 있는 걸까?' 하는 생각도 들고 도대체 내가 왜 추위에 떨면서까지 연주를 해야 하는 것인지 몰라 굉장히 불만이 많았다. 그 이유를 알기 위해 나는 구세군이 모금한 돈을 어디에 사용하는지 알아보았고, 여러 가지 사회 복지시설에 기부한다는 것을 알게 되었다. 사회 복지를 위해 사용된다는 것을 알고 난 후, 내가 조금 고생한 것으로 인해 어려운 사람들이 편해질 수 있게 된다는 사실에 보람을 느낄 수 있었다. 또, 이 활동에 같이 참여해 주신 양준혁 선수를 볼 수 있어서 좋았던 점도 있었다.

우리 오케스트라에서 다른 여러 봉사활동을 해 보았지만 나에게 가장 기억에 남는 활동은 이 둘인 것 같다. 앞으로도 오케스트라 활동을 하면서 많은 것을 경험하고 더 많은 사람을 도와주었으면 한다.

"삶이란 자신을 찾는 것이 아니라 자신을 창조하는 과정이다."

-조지 버나드 쇼

Curly hair, why not?

길여은 (연송고 2)

Various hair styles, ranging from casual braids, perms, pony tails to princess updos, can help individuals to express their personalities. However, in Yesonsong High School, students are only allowed to have short hairs. Teachers articulate that regulations and restrictions on hair lengths and styles are needed to discipline students' behaviors and attitudes. Despite their claims, many research reports show that there is no relationship between individual's hair styles and performances in school. I believe that there should be no restriction on hair styles, because it is student's choice to decide his/her own hair style.

The regulation of hair style originated during the Japanese colonial era as Japanese tried to weaken Korean's identities, prohibiting topknots and effecting restrictions. Despite Korean's independence from Japan, traces of hairstyle regulations are currently prevalent in today's society as Yesonsong High School students are only allowed to have short hairs. In 2012, the education office in-local established the ordinance of students' rights which granted and guaranteed student's value, and freedom of expressions. I believe that the ordinance of students' rights, especially the freedom of expressions should apply to student's hair styles. Restricting student's choice of hair style is indirectly against this law.

I believe that student's hair style is a medium to express his/her identity, freedom and personality. Therefore, I don't support rules against hair styles. In order to resolve these restrictions, there must be discussions and compromises between students and teachers.

盡人事待天命 – 진인사대천명

<내가 할 수 있는 모든 노력을 다하고 하늘의 뜻을 기다린다는 한자성어 >

인류 멸망 보고서

김태리 (하나고 2)

    얼마 전 이런 뉴스를 보게 되었다. 2030년, 지금부터 불과 30여 년 남짓한 시간이 흐르면 북극에 있는 얼음이 다 녹을 것이라는 뉴스였다. 8일 국립기상연구소가 북극 해빙의 분포와 나이를 분석한 결과, 지난달 1일 기준 다년생 해빙 면적이 전체 면적의 17.2%에 불과했다고 밝혔다. 1980년대 다년생 해빙이 전체의 절반가량을 차지한 것에 비하면 3분의1 수준이다.

    다년생 해빙이란 잘 녹지 않는 2년차 얼음을 일컫는다. 단년생 해빙은 두께가 얇아 쉽게 녹는 반면, 오래된 해빙은 얼음이 압축되어 잘 녹지 않는다. 잘 녹는 단년생 해빙이 늘어나 여름에는 북극 해빙 면적이 점점 더 줄어들고, 이러한 현상 때문에 다시 겨울이 돼도 단년생 해빙만 늘어나는 악순환이 반복되고 있는 중이다. 이렇게 대기 순환에 큰 영향을 미치는 북극 해빙이 빠르게 녹아내리는 탓에 겨울철 우리나라에 몰아친 한파 등 이상기후 현상이 더욱 가속화할 것으로 전문가들은 보고 있다. 최근 몇 년간 북반구에 휘몰아친 겨울 한파는 북극의 찬 공기와 중위도 지방의 비교적 따뜻한 공기 사이에 균형이 깨졌기 때문으로 알려졌다. 북극 얼음 두께가 얇아지는 것으로 밝혀졌다. 지구온난화로 인해 북극 해빙의 두

께가 얇아지면서 한파 등 이상기후가 점차 심화될 것으로 전망되고 있는 것이다.

그 뉴스를 보고 가장 처음 든 생각은 '앗 그럼 북극곰들은 어떡하지? 그리고 북극에 사는 이누이트족은 앞으로 어디서 살지?' 였다. MBC에서 방영됐던 <북극의 눈물>을 보고 받았던 충격이 다시 한번 떠올랐다. '세계 극지의 해'를 맞아 기후변화로 인해 벼랑 끝으로 몰려가고 있는 북극의 광대한 자연과 그 자연속의 원주민 이누이트의 삶을 통해 우리 코앞에 닥친 지구 온난화라는 대재앙의 경고를 보여준 TV 다큐멘터리였다.

지구상에서 가장 혹독한 환경을 견디며 북극을 지켜온 모든 생명들이 생사의 기로에 서 있다. 계속 녹아내리는 빙하 때문에 물고기 사냥이 어려워 풀과 나무 열매로 허기를 달래며 간신히 버티는 북극곰, 녹아버린 빙하를 건너다 익사하는 순록, 빠른 속도로 녹고 있는 빙하 때문에 앞으로 얼마나 더 종족 보존이 될지 모르는 이누이트족. 겨울은 점점 짧아지고, 긴 여름 동안 충분한 먹이를 구하지 못한 북극곰들은 앞으로 50년 안에 멸종될 위기에 처해 있어 "북극은 지금, 누구도 상상 못한 혹독한 시간을 보내고 있다" 는 메시지를 우리에게 전해 주었다. 그러나 삶의 터전을 잃을 위기에 처한 그들의 모습은 단지 어느 지역에 국한되어 있는 것이 아니라 인류 전체의 미래일지도 모른다.

이것뿐이 아니다. 투발루란 태평양 위의 섬나라는 다른 이유로 어려운 처지에 놓이게 되었다. 다름 아닌 지구온난화에 따른 해수면 상승으로 나라 전체가 위기에 빠진 것이다. 이 나라의 전체 면적은 26제곱킬로미터에 인구는 1만 명이 채 안 된다. 1978년 독립한 이후 고작 30년도 안 된 2001년 11월, 외국의 과학자들이 투발루의 해수면 상승으로 인한 위험성을 강조하기 위해 '투발루는 조만간 국토를 포기하고 다른 나라로 온 국민을 이주시키는 작업을 해야 할 것'이라고 경고했다고 한다. 어쨌든 투발루에서 가장 높은 지역이라 해도 해발 4.5미터라니 지구상에서 이 나라의 흔적이 사라질 수도 있을 것이라는 위기감은 계속 되고 있다.

많은 책들이 쉴 새 없이 생태계와 온난화에 대한 위기에 대해 알려주고 있다. 예전에는 그런 글을 읽어도, '아 미래에 이런 일들이 생길 수 있겠구나' 하고 약간은 여유로움(?)까지 보였었다. 그러나 이제는 이런 일들이 먼 미래가 아닌 지금 현재에도 계속 우리 앞에 닥쳐오고 있는 현실이 되어 버렸다.

흔히들 숲을 잘 가꾸는 것이 얼마나 중요한지에 대해 이야기하곤 하는데, 기후 변화가 이렇게 심각한 상황에 이른 지금은 그 중요성에 대해 두 말할 필요조차 없어졌다. 잘 가꾸어진 숲은 1ha당 2,000cc승용차가 한 해 배출하는 이산화탄소량의 5~7배의 탄소를 들이마시고, 대신에 우리에게 평균 10톤의 산소를 공짜로 제공해준다. 또한, 숲이 산에서 토사가 흘러내리는 것을 막아주는 양은 나무가 없는 지역에 비해 227배나 크다고 한다. 그리고 숲은 가뭄이 닥친다 해도 토양에 저장해 둔 물을 계곡과 지하수로 흘려 보내준다. 세상에 이렇게 고맙고 든든한 버팀목이 또 있을까?

미국이나 유럽의 유명 브랜드로부터 시작해서 한국 자체 브랜드나 작은 카페까지, 우리나라는 이제 거리를 나가 보면 몇 발자국 안 가 온통 커피 전문점이다. 왜일까? 물론 우리나라 사람들이 커피를 좋아하고 매니아들도 많기 때문이기도 하리라. 그러나 거기엔 생태계를 무서운 속도로 위협하고 있는 커피나무의 번식이 큰 이유가 된다.

적도 주변의 열대 우림은 대기 중의 물의 순환을 조절하고 이산화탄소는 흡수하고 산소를 배출하여 지구의 심장과 허파의 기능을 한다고 한다. 그러나 이러한 열대우림이 커피 농장으로 개발되면서 토지생산성을 높이기 위해 화학비료와 농약의 사용량을 늘림으로서, 한 잔의 커피를 위해 지구 생태계를 지탱하는 핵심인 열대우림도 같이 죽어가고 있다.

전 세계 커피 재배 면적의 70%를 차지하는 아라비카종은 아프리카를 비롯하여 브라질, 베트남, 콜롬비아, 인도네시아 등이 주요 수출국이다. 지구촌에서 하루에 소비되는 커피는 25억 잔 정도이며 세 명 중 두 명은 커피를 마시는 수치라고 한다.

커피가 그저 기호음료로서 사람들에게 분위기 있는 차로 떠올릴 수 있는 거라면 별 문제가 없겠지만, 그 이면에는 또 한 가지 안타까운 사연이 있다. 달콤한 커피 한잔을 생산하기 위해서 너무나도 많은 어린이가 희생양이 된다고 한다.

세계적으로 유명한 커피 생산지인 아프리카 지역의 커피 노동자들의 대부분은 나보다도 훨씬 어린 아이들이라고 한다.

갑자기 즐겨 마시던 커피를 끊으라고 하면 반발하는 사람들도 많겠지만, 적어도 우리가 마시는 커피가 어떤 경로를 통해 들여왔는지, 지구온난화를 줄이기 위한 노력을 하고 있는 기업이 생산한 제품인지 정도는 따져 보고 마시는 것이 우리가 사는 지구에게 조금은 덜 미안한 행동이 아닐까? 게다가, 비싸게 사 먹는 커피와 초콜릿에 비해 뙤약볕에서 커피나 카카오 열매를 따고도 일당 200~300원을 받는 원주민, 어린이의 인권과 노동문제도 함께 고민할 수 있으니 일석이조일 것이다.

중학교 때 친구들과 연합하여 3개월 동안 환경 운동을 벌인 적이 있다. 우리는 그걸로 대회에서 큰 상을 받았지만, 캠페인을 벌이면서 생태계의 심각성에 대해 목격하고 알아낸 사실들에 대해 경악하지 않을 수 없었다.

우리는 이렇게 미디어와 보고서, 도서 등을 통해서 그리고 직접적인 실험이나 경험 등을 통해 생태계의 심각성에 대해 알 만큼 알게 되었다. 캠페인을 하면서 가장 크게 느꼈던 점은 바로, <실천>이 가장 중요하다는 점이다. 알게 되고 느끼게 되고 깨닫게 된 점을 실천에 옮기지 않는다면, 우리가 사는 지구는 정말로 어느 날 갑자기 숨을 멈추게 될지도 모를 일이다.

지구가 숨을 멈춘다면 그 부속물인 우리 인간들 역시 어찌 될 지는 불을 보듯 뻔한 일이 아닐까…

<직접 그린 환경캠페인 포스터>

<직접 제작한 캠페인 전단지>

선생님의 3개의 뱃지

김민경 (미림여고 2)

공부를 하시던 어머니를 따라 나는 호주에서 초등학교를 다닌 적이 있다. 우리 학교에는 Mrs. Mayer라는 선생님이 계셨는데, 영어가 모국어가 아닌 학생들을 위해 영어를 가르쳐 주시는 선생님이셨다. 영어가 모국어가 아닌 학생은 ESL선생님들하고 학교에 잘 적응할 수 있도록 하는 프로그램에서 처음에 공부하게 되는데, 나도 Mrs. Mayer선생님을 이 프로그램에서 처음 만나게 되었다. 어느 정도 호주 학교와 영어에 적응이 되면, 간단한 졸업식을 하고 진짜 호주 초등학생들하고 한 반에서 공부를 시작하게 된다. 그래서 이 졸업식은 학생들뿐만 아니라, 부모님들에게도 큰 의미와 기쁨이 있는 행사이다. 내가 졸업하는 날, Mrs. Mayer 선생님께서 하신 말씀

이 지금도 생각이 난다. 선생님께서는 세 개의 뱃지를 옷에 달고 오셔서 그 뱃지들의 의미들을 졸업생들에게 알려주셨다.

첫 번째 뱃지에는 선생님의 이름이 새겨져 있었다. 부모님께서 주신 소중한 이름이라고 소개해 주시며, 부모님에 대한 사랑을 말씀해 주셨다.

두 번째 뱃지에는 선생님 나라의 국기 그림이 그려져 있었다. 하나는 호주국기, 하나는 유럽의 작은 나라 크로아티아 국기였다. 선생님께서는 원래는 호주분이 아니고, 유럽의 한 작은 나라에서 태어나셨다고 한다. 부모님께서 이민을 호주로 오게 되어서 지금은 호주 사람이 되어 살고 계신다고 하셨다. 선생님께서는 자기가 태어난 나라를 잊으면 안 된다고 말씀하셨다. 비록 호주에 와서 영어를 배우고 호주 학교에 다니지만, 자기가 태어난 나라를 항상 자랑스럽게 생각해야 한다고 말씀하셨다. 선생님이 달고 계시는 국기 뱃지를 보면서, 나도 우리나라를 잊지 말고 꼭 자랑스러운 한국 사람으로 내 이름 세자를 지켜야겠다고 생각했었다.

마지막 뱃지는 교사라는 것을 알려주는 학교 뱃지였다. 선생님이 되셔서 선생님이라는 뱃지를 달고 학교에서 학생들을 가르치는 것이 보람이 있다고 하셨다.

나는 어른이 되면 어떤 뱃지를 달고, 어느 곳에서 일하고 있을지 잠깐 상상해 보았다. 지금 생각해 보아도 참 멋진 졸업식 말씀이다. 좋은 말씀을 해 주신 Mrs. Mayer 선생님이 보고 싶다. 호주에는 스승의 날이 없으니, 선생님께 고마운 마음을 전달할 기회도 없었다. 선생님이 항상 내가 다니던 학교에 계실 것만 같았는데, 최근 호주 친구들 말에 의하면, 다른 학교로 전근 가셨다고 하니 그리운 마음이 더 생긴다. 나중에 꼭 훌륭한 사람이 되어 찾아뵙고 싶다. 선생님 감사합니다.

UP   DREAM

한윤성 (월촌중 2)

　항상 호기심이 많고 알고 싶은 것이 많은 나는 쌍둥이다. 나에게는 3분차이로 태어난 형이 있는데 우리는 둘 다 왼손잡이이다. 그래서인지 어렸을 때부터 오른손 근육을 발달시키기 위해 손가락을 많이 움직이는 악기인 피아노를 시작하였다.

　부모님은 나와 형이 어느 정도 크자 우리가 원하는 악기를 취미나 특기로 할 수 있도록 각자 원하는 악기를 선택하라고 하셨는데 그때 형은 일렉기타, 나는 드럼을 하겠다고 했다. 초등학교 3학년 때부터 각자 원하는 악기를 배우게 된 나와 형은 이란성 쌍둥이여서인지 악기를 고른 이유도 좋아하는 음악적 취향도 조금씩 달랐다. 지성이 형은 피아노를 굉장히 좋아했는데 캐논이라는 피아노곡을 일렉 기타로 변주해서 연주하는 것을 보고 어떻게 연주하는지 해보고 싶어서 일렉기타를 선택했다고 했다. 나는 외국에 살고 있는 고모 댁에 방문했다가 사촌형 방에 어쿠스틱드럼과 일렉드럼이 있는 것을 봤는데 둘 다 같은 악기인데도 서로 다른 연주를 할 수 있다는 점이 신기했고 또 멋져보여서 드럼을 배우게 되었다.

　드럼은 다른 악기와는 달리 멜로디가 없다. 어떤 사람들은 그냥 박자만 잘 맞춰서 치면 되는 쉬운 악기라고 생각하기도 하는데 천만의 말씀이다. 드럼은 악보도 볼 줄 알아야 하고 어느 정도 악보에 익숙해지면 수십 가지의 패턴을 외워야 하며 정말 많은 노력을 기울여야 하는 악기이다. 더군다나 합주를 할 때는 리드를 해나가는 악기이므로 더욱 더 책임감을 가지고 연습해야 한다.

<구세군거리봉사연주와 광명요양원서 찰칵! 내일신문526호에 실린 기사>

드럼이라는 악기는 다른 악기와는 달리 너무 무겁고 이동하기가 어렵다는 점이 가장 큰 단점이다. 요즘 가벼운 일렉드럼도 많이 나와 있다고 해도 다른 악기와 비해 크고 이동하기는 여전히 쉽지 않다. 그 점만 빼면 드럼은 정말 멋진 악기이다. 나는 한번 드럼을 연주하면 기분 나빴던 일이나 힘든 스트레스도 말끔히 사라지는 것 같다. 악기를 배우게 되면 연주를 통해서 스트레스를 풀 수 있으니 본인에게도 좋지만 내가 배운 악기를 통해 다른 사람을 위한 봉사연주를 할 수 있어서 좋다. 드럼은 밴드 연주뿐 아니라 오케스트라와도 협연이 가능하기 때문에 언제든지 함께 연주를 할 수 있다.
나는 2011년부터 '푸른울림' 이라는 봉사단체에 3기 후배로 들어가 봉사연주를 했는데 형 누나들이 너무 재미있게 잘해줘서 연습하는 건 많이 힘들었지만 즐거웠던 것 같다.

지난번에는 나랑 형이 함께 활동하고 있는 '푸른울림 (연합봉사 연주단)'이 청와대에 어린이 기자단 발대식에 초청을 받아 3천명이 넘는 사람들 앞에서 연주를 하게 되었는데 드럼을 가지고 들어갈 수 없는 청와대 사정상 나는 하모니카를 불기도 했다.

나는 맨 첨에 음악을 연주하는 것이 어떻게 봉사가 될 수 있나 의문이 들었지만 행복카페에서 장애우를 위한 음악회 때 즐거워하는 사람들의 모습을 보면서, 구세군 빨간 자선냄비 거리 봉사연주 때 우리의 연주 소리에 발걸음을 멈추고 자선냄비 안에 사랑을 넣어주는 사람들을 보면서, 재능 기부라는 말을 어렴풋이 이해 할 수 있었다. 재능이 아주 뛰어나지 않아도 마음만 있으면 기부할 수 있다는 사실도 함께 말이다.

나와 형의 이런 활동이 신기해서인지 아님 쌍둥이가 함께 연주를 해서 인지 내일 신문에서 우리의 기사를 싣고 싶다며 학교에 연락을 해왔다. 그전에도 SBS 에서 10부작으로 찍는 방송 문의가 들어왔었는데 엄마께서 거절 하셨다고 하셔서 이번 신문기사도 기대는 안했는데 기사가 나오게 됐다. 근데 막상 나오고 나니 약간 창피하고 부끄러웠다.

잘 하지도 못하고 봉사에 대한 마음도 아직 잘 모르는데 기사가 나오니 왠지 연습 때 장난치고 연습도 부족하게 한 내 모습이 부끄러웠다. 그래도 말은 씨가 된다고 했으니 기사에 나온 대로 책임감 있게 생활해야겠다고 생각했다. 지금은 교회 찬양팀에서 나는 드럼을, 형은 일렉기타를 맡아 찬양도 드리고 '푸른울림' 봉사활동도 함께 열심히 활동하고 있다. 아직은 어려서인지 놀고만 싶지만 더 자라면 나도 푸른울림의 형, 누나들처럼 멋있는 사람이 되어 있을 거라 믿는다.

비상하는 나비처럼

한 결 (목동고 2)

어릴 때 나는 나비가 태어나자마자 훨훨 나는 줄 알았는데 따뜻한 일정온도가 되어야 날개가 펴지면서 하늘을 멋지게 날 수 있다는 것을 알았다. 비상하는 데는 일정한 온도가 필요한 것이다. 우리들이 지금 준비하고 있는 것처럼...

처음에는 기자 친구들과 함께 소통할 수 있는 카페를 하나 만들면 어떨까 해서 인터넷 카페를 만들게 되었다. 그러다 함께 한 친구들과 우리들의 작은 힘이지만 사회를 위해 봉사할 수 있는 게 뭘까 생각하다가 오케스트라를 모집하게 되었고 그때 활동한 친구들과 함께 시작한 청소년연합 봉사동아리가 바로 '푸른울림' 이다. 2009년 구세군 봉사연주를 첫 시작으로 크고 작은 봉사연주들을 수십 회 했으며 이 후에 후배들도 들어와서 함께 재능기부 봉사연주 및 보조봉사 등을 함께 해 나갈 수 있었다.

지난 10월에는 청와대에서 1기 으뜸기자로서 기자활동 소감을 후배들 앞에서 발표하는 시간이 있었다. 유창한 글도 아니었고 멋진 미사여구를 쓴 글도 아니었지만 후배들에게 말했던 "용기를 내세요" 라는 말에 무슨 일이든지 용기를 내어 보겠다며 함께 공감해 주었다.

또한 많은 후배기자들이 봉사활동을 하고 싶었지만 막상 실천해보지 못했는데 '푸른울림'의 활동을 보고 많은 걸 느꼈다고 했다. 그리고 '푸른울림'처럼 스스로 만들어가는 봉사활동을 하는 제2의 푸른울림을 만들어서 활동을 해보고 싶다고도 했다.

< 10.21일 청와대에서 1기 으뜸기자로서 활동소감을 발표하는 한 컷 >

우리들의 작은 움직임은 하나지만 하나, 둘 모여서 함께 하면 커다란 힘이 되어 세상을 바꾸는 힘이 될 수 도 있다는 것을 새삼 느낄 수 있었다. 지금도 네이버 카페에 있는 푸른울림의 공간에서 많은 관심을 가지고 함께 머리 맞대며 소통하고 있으며 중학교 때부터 영상제작에도 많은 관심을 가지게 된 나는 친구들과 함께 '블루마블 사수대'의 활동을 영상으로 담은 환경UCC를 만들기도 했다. 이렇게 만들어진 영상은 유투브에 올려 자원순환을 위한 우리들의 조그마한 노력들을 함께 나눌 수 있도록 했다.

원래는 사회에 조금이라도 나눔을 실천해 보자고 시작했는데 막상 활동을 시작하니 나에게 얼마나 많은 변화를 가져와 줬는지 느낄 수 있었다. 일단 다른 학교, 다른 지역에서 모인 아이들하고 만나 서로 소통하고 서로의 단점을 채워주고 장점은 배워가는 그런

점에서 정말 많은 것을 깨닫고 배웠으며 내 자신과 내가 살아가고 있는 이 삶에 대해 감사함을 느끼게 되었다.

봉사란 자발적이고 지속적이며 생활 속에서 언제든지 실천 가능해야 하는 것 같다. 그러나 현실은 그렇게 봉사에 대한 마음을 가지고도 곧장 실천하기란 참 어려운 것 같다. 더군다나 우리처럼 어린 학생들에게는 더더욱 그런 듯했다. 하지만 봉사라는 게 그렇게 거창한 게 아니라는 것을 이제는 알 수 있다. 우리의 작은 재능기부를 통해서, 그것이 꼭 악기가 아니더라도 음악이 아니더라도 할 수 있는 게 많다는 것을 알게 되었다.

지금부터라도 무슨 일을 시작하든지 소극적으로 따라가지만 말고 적극적으로 활동을 하는 것이 중요하다는 것을 잊어서는 안 될 듯하다. 그러기 위해서 우리에게는 약간의 '용기'가 필요하다. 먼저 말을 건네 보는 용기, 먼저 실천하는 용기, 먼저 도전해보는 용기 등, 우리들에게는 그런 용기가 우리가 비상할 수 있도록 날개를 데워 주는 뜨거운 온도가 될 것이다.

<사고의 전환> 조금만 바꿔 생각해 봐요!

"Opportunity is nowhere"　　"Opportunity is now here"

기회는 아무 곳 에도 없다.　　　　기회는 지금 여기에 있다.

올림픽을 응원하며~!!!

한윤성 (월촌중 2)

　지난 올림픽 때 나는 우리나라를 응원하기위해 응원사진전에 공모를 했다. 나는 심판들의 불공정한 점을 알리고 우리나라를 응원하기 위해 그림도 그리고 머리띠랑 손가락에 끼우는 손가락 응원도구도 만들어서 사진을 찍어 응모했는데 당선이 되었다. 청와대에서 상도 주었는데 정말 기분이 좋았다.

< 올림픽응원을 위해 손수제작하는 응원도구와 응원그림 >

누나가 내가 사진전 때 그렸던 그림을 페이스북에 올렸는데 청와
대 편집부에서 칭찬하며 공유해 가서서 정말 기분이 좋았다. 아주
잘 그린 그림은 아니지만 억울한 마음을 통쾌하게 풀어줬다며 함께
기뻐해주는 사람들이 많았다.

나는 내가 아직 어려서 할 수 있는 게 별로 없는 줄 알았는데 내
가 찾아보고 노력해 보면 나도 해 볼 수 있는 있는 것들이 많았다.
이번 응원사진전도 별 생각 없이 지나쳤으면 그냥 없던 일처럼 지
나갔겠지만 내가 관심을 가지고 노력해서 뭔가를 생각해 내고 직접
행동으로 옮기고 나니 올림픽에 대해 아는 것도 더 많아지고 관심
있게 지켜 볼 수 있었고 그 결과 상도 받게 되었으니 1석2조인 셈
이다.

"사람은 자신의 미래를 결정짓지 못한다.
대신 습관을 만들면 그 습관이 미래를 대신 결정해 준다."
- 프레드릭 알렉산더 -

VIRUS

길여은 (연송고 2)

When we think of bacteria, we often associate them with disease and sickness. Although it is not untrue that bacteria are harmful and infectious, some bacteria are actually innocuous and even beneficial. Bacteria are also known as microscopic organisms (microbes) For instance, one type of bacteria called, E.coli live in the human's large intestine and they help us to absorb water and to produce vitamin. Moreover, when we drink yogurt or probiotics, we are consuming bacteria. Unsurprisingly, a human body contains ten times as many microbes as it does human cells. Throughout history, humans have had a hidden partnership with microbes ranging from food production and preservation to mining for precious minerals.

Throughout most of our history, before microscopes were developed in the seventeenth century, humans were unaware that microbes even existed. We humans were unaware of the unseen living organisms that surround us, that float in the air we breathe and the water we drink, and that inhabit our own bodies. A microbe is commonly defined as a living organism that requires a microscope to be seen and bacteria is one example of a microbe. Microbial cells range in size from millimeters down to 0.2 micrometer. Some microbes consist of a single cell, the smallest unit of life, a membrane-enclosed compartment of water solution containing molecules that carry out metabolism. Each microbe contains in its genome the capacity to reproduce its own kind.

Microbes generate the very air we breathe, including nitrogen gas and much of the oxygen and carbon dioxide. They fix nitrogen for plants, and they make vitamins, such as vitamin B12. In the ocean microbes produce biomass for the food web that feeds the fish we eat; and microbes consume toxic wastes such as oil. One cyanobacteria called, Euglena, can photosynthesize like a plant, consuming carbon dioxide and water, releasing oxygen to the atmosphere.

On the other hand, many bacteria are deleterious for humans and they remain the number one cause of human mortality. For instance, Yersinia pestis, a bacterium spread by rat fleas, wiped out one-third of European population during the period of bubonic plague. In the nineteenth century, the bacteria Mycobacterium tuberculosis stalked overcrowded cities, and tuberculosis became so common that the pallid appearance of tubercular patients became a symbol of tragic youth in European literature. In 2001, anthrax spores sent through the mail contaminated post offices throughout the northeastern United States, as well as an office building of the United State Senate, causing several deaths.

As one can witness from the history, bacteria are integral part of humanity in both positive and negative aspects. Bacterium is like a double-edge sword: humans can live because of it and also die because of it. Therefore, it is important to study and investigate about bacteria, because knowledge about them can help us to enhance the quality of living.

"패배한다고 생각하면 당신은 패배한다.
용기가 없다면, 당신은 하지 않는다. 더 강하거나
더 빠른 사람에게 삶의 승리가 언제나 주어지는 것은 아니다.
그러나 빠르든, 늦든 간에 승리하는 사람은
할 수 있다고 생각하는 사람이다." -윈터 윈틀

3. 도움닫기(보고서)

-우리에게 필요한 성장의 시간-

대장균 배양과 그람염색

임지원 (이화여고 2)

나는 이화여고의 과학동아리 'Scientia'에 속해 있다. 우리 동아리는 생물과 화학을 중점으로 교과과정을 연장시켜서 그 개념을 심화학습하고 직접 실험한 후, 보고서를 쓰는 활동을 한다. 내가 소개할 실험은 생물시간에 배우는 병원체 단원을 연장시켜서 세균에 대해 좀 더 알아보고, 세균 중에서도 대장균을 배양시켜 대장균의 종류를 알아보고, 균을 염색하고 배양하는 과정을 알아보는 실험이다.

1. 실험목표와 준비물

가. 실험목표

배지를 만들어 대장균을 배양해 배양된 대장균을 염색하여 원리를 이해한다.

나. 준비물

- 대장균 배양: LB broth powder, 증류수, 삼각 플라스크, 은박지, 고온가압 멸균기, 알코올 램프, 파라필름 테이프, 비커, 유리막대, 핫 플레이트, 장갑
- 대장균 염색: 슬라이드 글라스, 알코올 램프, Crystal violet용액, Gram Iodine용액, 에탄올, Safrain 염색약, 마이크로 피펫

2. 대장균과 그람양성균

가. 대장균이란

● 사람이나 동물의 장 속에 사는 세균으로 특히 대장에 많이 존재하여 대장균 이라한다.

● 장 이외의 부위에서는 병을 일으킨다.

● 그람 음성균이다.

● 대장균의 역할과 이점

　-큰창자를 통해 몸 밖으로 빠져나가는 노폐물이나 독소 중에서도 일부는 대장균 등에 의해 대사되어 몸으로 흡수되어 재사용된다.

　-대장균이 큰창자에 있으면 병원성 세균이 들어오지 못하는데 이처럼 정상적으로 인체에 존재하는 세균을 정상 균무리(normal flora)라 하며, 정상적으로 자리를 차지함으로써 몸에 해가 되는 세균의 침입을 방지하는 역할을 한다.

나. 그람양성균이란

● 세포벽이 펩티도글리칸 단일층으로 되어 있고 매우 두껍다. (세포벽의 약 90%).

● 그람염색법에 의해 자주색으로 변하는 세균을 말한다. (염색이 되지 않는다) 색소나 약제에 예민하고 독소는 가열하면 쉽게 파괴된다. 구균, 간균이 여기에 해당한다.

\<그람음성균\>

- 그람 염색법에 의해 붉은색(또는 분홍색)으로 염색됨
- 세포막에 펩티 도글리칸이 얇게 존재하고 외부에 외막이 둘러싸고 있는 형태
- 일반적으로 트리 페닐 메탄계나 archry plavin 색소에 대한 저항력이 강하고 계면활성제에도 내성이 강함
- 생존에 필요한 영양요구가 간단하여 단순한 구성의 배양액에서도 잘 자람
- 독소는 균체내 독소로 가열에 의해서도 잘 파괴되지 않음
  - Ex) 살모넬라균, 이질균, 티푸스균, 대장균 등

다. 배지

- 세균을 인공적으로 증식시키기 위해 필요한 영양소를 함유 하는 증식 환경
- 배지 상태에 따른 분류
  - 액체배지 : 액체 상태의 배지
  - 고체배지 : 액체배지에 한천 등의 고형화 물질이 첨가된 배지

라. 그람 염색 (Gram stain)

1884년 덴마크 의사 Cristian Gram이 고안한 감별 염색의 한 방법으로 세균의 염색 특징(양성 혹은 음성)에 의하여 세균의 분류 및 동정에 이용되는 염색법

3. 대장균 배양과 염색(그람염색)

가. 배지만들기

1) 증류수에 LB broth powder 2g을 넣고 열을 가하여 완전히 녹인다.
2) 용액을 삼각플라스크에 넣어 은박

지를 싸서 구멍을 뚫은 후, 고온
가압 멸균기에 121도로 15분간
멸균시킨다.
- 용액에 다른 미생물이나 세균이
있어 대장균이 아닌 다른 균이 배양
될 수 도 있기 때문에 멸균 시킨다.

<고온가압멸균기>

3) 멸균된 용액을 페트리 접시에
옮겨 담고 액체 상태 배지를 만들
려면 배지가 굳기 전에 대장균을
접종하고, 고체 상태 배지는 완전히
굳은 후 대장균을 펴 바른 후, 파라
필름 테이프를 붙여서 항온기에
- 다른 미생물, 균들이 번식하는 것을
막기 위해서 거꾸로 보관한다.

<완성된 고체배지>

나. 대장균 염색 (그람 염색)
1) 깨끗한 슬라이드에 대장균을 올려놓은 후 증류수를 떨어뜨리
고 잘 펴준 후, 열고정 시킨다.
2) 열고정 시킨 균을 Crystal Violet 용액으로 완전히 덮어주고 1
분간 반응시킨다.
3) 1분 후, 거꾸로 뒤집어서 수돗물로 세척하고(간접 세척),휴지
로 물기를 어느 정도 제거한다.
- 이때 간접세척을 하는 이유는 균들이 물에 쓸려 가는 것을
방지하기 위해서다.

4) Gram Iodine 용액으로 1분간 반응시킨 후, 간접 세척을 한다.

5) 95% 에탄올을 10초~20초 떨어뜨려 탈색시킨 후, 간접 세척한다.

6) 그 후 Safranin 용액을 떨어뜨려 30초간 염색시킨 후, 수돗물로 세척 한다.

4. 결과

현미경으로 관찰 했을 때, 붉은 색으로 염색된 것으로 보아 대장균은 그람 음성균이다. 그람 음성균인 대장균은 세포벽이 얇아서 에탄올로 탈색시켰을 때, 탈색이 되어 붉은 색으로 염색된다.

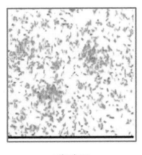

대장균

구균

5. 자료 출처

• 이화여자고등학교 과학동아리 Scientia 교육용 파워포인트
• 네이버 백과사전 (사진 및 용어 정의이용)
• 실제 실험 중 찍은 사진

고슴도치 탐구

이지혁 (우신중학교 3)

1, 탐구주제

집에서 키우는 플라티나 고슴도치의 생활 관찰

2, 탐구동기

요즘 고슴도치가 사람들에게 애완용으로 많은 인기를 얻고 있어 우리집에서도 고슴도치를 키워보기로 했다. 고슴도치의 종류도 많지만 그 중에 플라티나 고슴도치가 과연 애완용 동물로 사랑 받는 강아지나 고양이, 햄스터에 비해 애완용으로 어떤 장점, 단점이 있는지 살펴보고 싶었고, 사람들과 얼마만큼의 친화력이 있는지 궁금하였다. 그래서 생후 6개월이 된 플라티나 고슴도치를 데려와 5개월 동안 키우며 잘 관찰해보았다.

3, 탐구 날짜

2012년 2월 25일 ~ 2012년 7월 30일

4, 탐구 방법

직접 키우며 관찰

5, 탐구 내용

① 고슴도치를 키우기 위한 준비물
② 고슴도치의 생김새

③ 먹이의 양과 좋아하는 간식의 종류 조사
④ 좋아하는 것과 싫어하는 것
⑤ 낮과 밤의 행동 관찰
⑥ 사람과의 친밀도 관찰
⑦ 고슴도치의 특징

6, 탐구 결과

① 고슴도치를 키우기 위한 준비물
  -필수 준비물 : 케이지 (고슴도치 집), 바닥재 (톱밥),
   은신처 (나무 은신처, 포치), 그릇, 물통, 사료
  -선택 준비물 : 간식, 목욕용품, 놀이터나 쳇바퀴

< 고슴도치 집과 놀이터 >

② 고슴도치의 생김새

　크기는 25㎝ 정도인데 몸을 말면 통통하게 보인다.

　눈이 크고 입이 뾰족하며 다리는 짧고 가늘다.

③ 먹이의 양과 좋아하는 간식의 종류 조사

　- 6개월 때 사료 아침 11개, 저녁 11개 (고양이 사료 2개
　　포함), 밀웜 6개,　잣 4개, 쿠키 1조각, 요거스 아침1개,
　　저녁 1개, 과일 사료 2~3개

　- 사료는 개월 수에 따라 점점 늘려 주었음.

　- 11개월 때 사료 아침 22개, 저녁 22개 (고양이 사료3개
　　포함), 잣4개, 요거스 2개, 쿠키나 과일 사료 4개, 훈제
　　닭 가슴살 1개나 소시지 1/5개

　- 좋아하는 간식 : 잣, 치즈 맛 요거스, 쿠키, 사과

④ 좋아하는 것과 싫어하는 것

　- 좋아하는 것: 컴컴한 은신처(포치를 좋아함), 어둠속에서
　　　　　　　　　 쳇 바퀴 타는 것. 조용한 공간

　- 싫어하는 것: 목욕(물을 무서워 함), 환하고 시끄러운 공
　　　　　　　　　 간, 자기냄새가 아닌 새로운 냄새에 민감,
　　　　　　　　　 고슴도치 등을 갑자기 만지는 것.

⑤ 낮과 밤의 행동 관찰

　-낮 : 아침 식사 후에는 포치 속에서 나오지 않고 종일 잠을
　　　　잠. 물 먹으러 한 번 나옴.

　-밤 : 밤에 불이 꺼지면 포치 밖으로 나와 케이지 안을 돌아
　　　　다니다 쳇바퀴를 2~3시간 계속 탐. 쳇바퀴를 아
　　　　주 빠르게 타며 힘들 땐 쳇바퀴 위에서 쉼. 쳇바퀴를
　　　　넣어주지 않으면 밤새 쿵쿵거리며 케이지 안을 돌
　　　　아 다닌다.

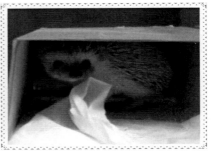

< 쳇바퀴 뒤와 은신처에 있는 모습>

⑥ 사람과의 친밀도

우리 집 플라티나 고슴도치는 암컷이고 성격이 순한 편이라 처음 우리 집에 왔을 때부터 먹이를 먹이는 사람에게 가시를 세우지 않았다. 자신에게 익숙한 냄새가 나면 가시를 세우지 않고 잘 따른다. 하지만 핸들링을 하면 잠시도 가만히 있지 않고 계속 움직여서 안고 있기 어렵지만 저녁에 안아 천을 덮어주면 아주 편하게 잠이 들기도 한다.

⑦ 고슴도치의 특징

고슴도치는 고슴도치 과에 속하는 포유동물로 청각과 후각이 발달되어있다. 소리에 민감하여 갑작스러운 소리는 가시를 세우게도 하고 몸을 말게 하기도 한다. 고슴도치는 갑작스런 소리에 적응할 수 없다.

고슴도치는 보통 그들의 주변에 환경을 탐색할 때에는 계속적으로 코를 훌쩍, 쿵쿵거리며 냄새를 맡는 행동을 하는데, 이것은 반향위치 결정을 수반하는 것 이라 한다.

고슴도치는 음식을 찾거나 묻혀 져 있는 먹이들을 찾기 위해서 후각을 이용한다.

고슴도치의 시각은 민감하지 않고 색깔구별 능력은 거의 없지만 밝은 빛은 두려움을 자극시킨다. 어두울 때에 활발한 활동을 한다. 고슴도치의 촉각과 미각은 입가 수염과 가시를 통해 발달되어 있다.

고슴도치의 외모는 몸체의 등쪽과 양옆이 가시로 된 모피로 덮여 있고 배 부분은 매우 부드럽다.

낯선 사람에게는 몸을 동그랗게 말거나 가시로 찌르는 등 경계하지만 주인의 냄새를 알아보는 영리한 동물이다.

고슴도치는 혼자 있는 것을 좋아하는 독립적 동물이다.

< 고슴도치가 놀 때의 모습 >

"A goal without a plan is just a wish"

계획이 없는 목표는 한낱 꿈에 불과하다. - 생텍쥐페리

성적에 대한 우리들의 생각

이지욱 (우신고 2)

우리들이 학교생활을 하면서 가장 많이 신경 쓰는 부분이 무엇일까? 바로 성적이다. 푸른누리 추천을 받아 12월 18일 KBS라디오 "교육을 말합시다." 라는 프로에 게스트로 초대되었다.
"교육을 말합시다" 라는 프로그램은 오유경 아나운서의 진행으로 우리나라 교육의 전반적인 이야기를 전문가 멘토 선생님의 이야기와 여러 청소년 전문가, 학생, 학부모님들의 이야기로 전개된다. 이 날 주제는 성적에 관해 중학생들의 생각을 말해보는 것이었다. 성적은 곧 스트레스라는 생각을 할 정도로 학생들에게 민감한 부분이라 미리 친구들의 의견을 설문조사 해보고 나와 친구들이 성적에 관해 무엇을 생각하는지 이야기해보았다.
다음은 설문조사 내용이다.

1. 성적에 관해서 부모님이 우리에게 해주었으면 좋겠다는 일이 무엇 입니까?
   ① '잘했다. 다음에는 더 노력해서 성적을 조금 더 올려라.'

라고 칭찬해 주셨음 좋겠다. (45%)

② 공부할 수 있는 환경을 만들어 주었으면 좋겠다.' (35%)

③ '괜찮다. 수고했다. 라고 격려해주길 바란다.' (15%)

④ '성적이 오르면 용돈을 올려주셨으면 좋겠다.' (5%)

부모님께 바라는 일

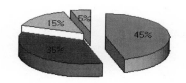

2. 성적이 나왔을 때 부모님의 반응은 어떻습니까?

① '좋은 성적이 나오면 잘했다고 칭찬해 주시고 성적이 못 나오면 화를 내고 야단치신다. (70%)

② '다음엔 잘하라고 격려해 주신다.' (15%)

③ '그냥 덤덤하게 받아들이신다.' (13%)

④ '니가 그렇지...' 라는 표정으로 보신다. (2%)

성적이 나온 후의 부모님의 반응

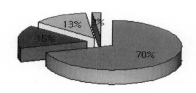

3. 성적에 관해 부모님께 "제발 이것만은 하지 말아주세요."
하고 바라는 것이 있다면?
  ① '공부하라는 소리를 하지 말아주세요. ' (60%)
  ② '화내거나 때리지 말고 무시하지 말아달라' (30%)
  ③ '시험 보고 나서 성적 나오면 보자'. (4%)
  ④ '공부에 대한 부담감 주지 말아 주세요.' (6%)

제발 이것만은 하지 말아주세요!

4. 성적이 나왔을 때 드는 본인의 생각은 무엇입니까?
  ① '공부를 열심히 할 걸 ' 하고 후회한다. (70%)
  ② '아~ 망했다!' (20%)
  ③ '앞으로 열심히 하자' (5%)
  ④ '기대만큼 나오지 않아 속상하다.' (3%)
  ⑤ '부모님께 혼나겠다.' (2%)

성적이 나왔을 때 드는 본인의 생각

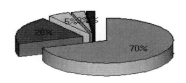

설문 조사 결과를 통해서 보면 부모님들이 자녀들에게 성적에 관한 생각이 비슷함을 알 수 있다. 성적이 잘 나오면 좋아하시고 성적이 떨어지면 화를 내고 야단을 치신다는 것이다. 또한 대부분의 학생들은 부모님께서 화를 내시기보다는 격려해주시고 공부를 잘할 수 있는 분위기를 만들어 주시길 바라고 있다는 것을 알 수 있다. 학생들이 공부를 잘해야 하는 것, 열심히 해야 하는 것은 중요하다. 하지만 학교생활의 모든 부분에서 성적이 최우선이라 생각하지 않으셨으면 하는 생각이 든다. 공부를 열심히 해도 성적이 잘 나오지 않을 경우도 있기 때문에 점수만 보시고 야단치시기보다는 다음에 더 잘할 수 있을 것이라고 격려해주시면 친구들이 더 열심히 공부하지 않을까 하는 생각이 든다.

우리 스스로가 공부가 중요하다는 것, 좋은 성적을 받아야 밝은 미래를 꿈 꿀 수 있다는 것을 알고 있기 때문에 공부하라는 말 대신 따뜻한 말씀으로 우리들을 보듬어 주시길 바란다. 또한 우리들도 부모님이 걱정하시는 미래를 위해 열심히 성실하게 공부하는 자세도 중요할 것이라고 생각한다.

"링컨의 어머니나, 레이건의 모친 역시
오늘의 실패가 내일의 성공이 될 수 있다는
희망의 가치관을 심어줬어요. 그것이 바로 성공의
가장 큰 조건입니다." - 강영우 박사

호기심 팍팍! 고체 연료 만들기

이지혁 (우신중학교 3)

 천연가스, 석탄, 석유는 중요한 에너지원이지만 쓸 수 있는 양이
정해져 있고 지구의 환경을 오염시켜 온난화 현상을 일으키기도 합
니다. 그래서 지금은 대체 에너지 연구가 필요하지요. 대체 에너
지를 어떻게 만들어야 할까요?
저희 온수 푸른소리 기자들은 11월 10일 저희 학교 생태 환경부를
지도해주시는 조 선옥 선생님과 재미있는 실험을 하였습니다.
   <실험 내용>은 '비누로 고체 연료 만들기' 입니다.
먼저 원리를 배웠습니다. 선생님께서는 연료에 대한 설명을 해주셨
습니다. 연료란 열과 빛을 목적으로 연소되는 물질로 주로 열에너
지로 바뀔 수 있는 물질을 말합니다. 우리 주변에서 쓰이는 연료의
종류에는 상태에 따라 주방에서 쓰이는 도시가스나 부탄가스 같은
'**기체연료**', 자동차를 움직이게 하는 휘발유와 같은 '**액체연료**',
숯이나 연탄과 같은 '**고체 연료**'로 나눌 수 있습니다. 이 중 고체
연료는 기체나 액체에 비해 운반이나 보관이 편하다는 장점이 있습
니다. 준비물은 비누, 메틸알코올, 알루미늄 접시, 비커1000㎖, 종
이컵, 칼, 가위, 캔, 점화기, 목장갑, 쥐포, 젖은 수건입니다.

<실험 과정 및 방법> 을 알려드리겠습니다.

1. 준비한 비누를 칼로 곱게 갈거나 강판을 이용해 가루로 만들고 곱게 간 비누가루 10g(종이컵의 3/1 정도)을 종이컵에 담습니다. <주의! – 칼이나 강판을 사용할 때에는 장갑을 끼고 다치지 않도록 조심합니다.>

2. 큰 비커에 물을 조금 넣고 알코올램프에 불을 붙여 중탕 준비를 합니다.

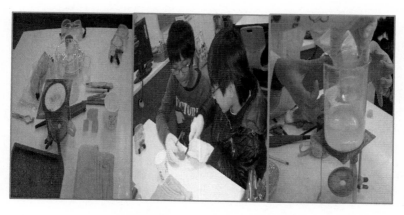

< 실험 준비물,   실험1,   실험2 과정>

3. 종이컵에 비누 가루가 잠길 정도만 메틸알코올을 붓습니다.

4. 큰 비커에 물을 넣고 메틸알코올과 비누가 든 종이컵을 큰 비커 중앙에 넣고 끓지 않을 정도로 가열합니다. 물이 어느 정도 따뜻해지면 불을 끄고 비누가 녹도록 놔둡니다.

   <주의!-너무 뜨겁게 가열하면 메틸알코올에 불이 붙을 수 있으므로 주의합니다.>

5. 어느 정도 비누가 녹으면 종이컵을 꺼내 그대로 식히거나 절반

을 자른 캔에 위에 뜬 액체만 부어 식혜 안에 있는 내용물이 고체가 될 때까지 기다립니다. <주의! - 굳는 동안에는 저어 본다거나 찔러보지 않도록 합니다.>

<실험3,   실험4 과정>

6. 캔 안의 내용물이 굳으면 불이 붙지 않는 알루미늄 접시 위에 놓고 점화기로 불을 붙여 봅니다.
   <주의! - 불을 붙일 땐 주위에 탈 만한 물건이 없는지 확인해야 합니다.>

<실험 5,   실험6 과정>

7. 고체연료가 어떻게 연소되는지 관찰하고 쥐포나 오징어를 구워 봅니다.
8. 고체 연료에 붙은 불을 끕니다. 유리판으로 덮어주면 됩니다.

어떻게 비누에서 불이 붙는 것일까요?

실험에서 사용되는 '메틸알코올'은 불이 붙는 온도 즉 발화점이 64도인 액체입니다. 따라서 이 온도 이상이 되면 연료에 불이 붙게 되는데, 실험에서 실제로 불이 붙는 것은 메틸알코올이고 함께 넣은 비누는 액체 상태의 알코올과 섞여 고체 상태로 굳혀 주는 역할을 하는 것입니다. 비누 연료는 불이 잘 꺼지지 않고, 오래 지속되기 때문에 야외에서 사용되는 연료로 사용됩니다. 알코올에는 메탄올과 에탄올이 있는데, 연료용으로 주로 사용하는 것이 메탄올이고, 술에 들어 있는 것이 에탄올입니다. 불을 타게 하는(연소) 조건은 탈 물질과 공기(산소)가 있어야 하고 발화점 이상으로 온도를 높여야 합니다. 만약 반대로 불을 끄려면(소화) 이 세 가지 조건 중 하나를 제거하면 됩니다. 실험할 때 주의할 점은 알코올입니다. 알코올은 불이 붙기 쉽기 때문에 실험을 할 때는 주의해야 합니다. 또한 메틸알코올이 피부에 닿으면 즉시 물로 씻도록 합니다. 그리고 비누로 만든 고체 연료의 불꽃은 눈에 잘 보이지 않습니다. 화상을 입지 않도록 주의해야 합니다.

< 실험7,   실험8 과정>

<실험한 후 느낀 점>입니다.

고체 연료를 만들어 직접 불을 붙여보니 신기했습니다. 비누 가루와 알코올이 섞여 고체 연료가 된다는 것이 새로웠는데 두 가지를 섞을 때 알코올을 많이 넣으면 더 불이 잘 붙었고 비누 가루를 더 많이 넣으면 불이 약했습니다. 그래서 두 가지를 섞을 때 배합을 잘해야 한다고 선생님께서 말씀해 주셨습니다. 저희들은 일반 비누와 천연비누 두 가지를 가지고 실험을 해보았는데 천연비누 가루로 만들었을 때가 더 잘 녹았고 향도 좋았습니다. 일반 비누는 냄새가 심하였고 고체 연료가 되었을 때 검게 색이 변하기도 했습니다. 그래서 일반비누로 만든 고체 연료에서 구운 쥐포는 냄새가 나서 못 먹었고 천연비누로 만든 고체연료에서 구운 쥐포는 맛있게 먹었습니다. 고체 연료 만들기가 생각보다 쉬웠고 비누 대신 다른 것을 섞어 또 다른 고체 연료를 만들고 싶었습니다. 지구 온난화를 위해 대체 에너지 개발이 필요한 지금 환경을 파괴하지 않는 에너지들이 만들어졌으면 좋겠습니다.

실험하는 동안 환경에 대한 여러 이야기를 해주시고 재미있는 이론을 가르쳐 주신 선생님과 함께 한 시간이 정말 즐거웠습니다.

선생님 감사합니다!

TIM BURTON 전시관람 감상문

박영지 (하나고 2)

3월 귀가 날, 일본인 친구 사리(さり かと)와 함께 팀 버튼 전 전시를 관람했다.
팀 버튼 전을 보러가는 길에 서울 시립미술관 앞에서부터 팀 버튼의 작품세계를
나타내는 정문이 꾸며져 있었고, 독특한 정원의 모습이 전시관람 전부터
흥미로웠다. 사람이 많아서 1시간 넘게 기다렸다가 입장했지만 그 어떤 전시보다
모든 작품들을 하나하나 깊게 들여다 볼 수 있었던 관람이어서 즐거웠고, 인상
깊은 전시였다.1)

[1)Stain Boy - 팀 버튼 작품]

자신만의 독창적인 세계가 있었고,
괴물을 위주로 다양한 것들을 괴
물화 하여 그렸다고 한다. 어렸을
때 그가 창조해낸 슈퍼 히어로
"Stain boy"가 있다. 그가 스케
치북에 그린 그림에서 발전한 캐
릭터로, 인터넷에 6편 애니메이션
시리즈로 연재되었다고 한다. 항
상 명한 표정을 가진 주인공
Stain boy가 주변에 있는 가전제품을 빨아들이는 로봇보이와 대결

---

1) 출처 : http://movie.naver.com/movie/mzine/cstory.nhn?nid=771

하는 이야기를 다루고 있다고 한다. 전시장에서 가장 먼저 들어가면 볼 수 있는 첫 작품인 Stain boy를 보자마자 어려서부터 이런 상상력을 지닌 사람이 성장할수록 어떤 화려한 작품들을 만들어 냈을지 궁금하게 했고, 놀라웠다.

또한 팀 버튼은 어려서부터 TV와 만화를 좋아하는 소년이었다고 한다. 두 번째 작품에서 만난 것은 "광대"였다. 평소 나는 광대의 이미지를 좋아하지 않는다. 광대 분장에는 얼굴의 양쪽이 다른 표정을 나타내고 있는데 한 쪽은 웃는 표정, 한 쪽은 슬픈 표정을 하고 있는 광대의 모습에서 미묘한 감정으로 광대의 모습이 불쌍하게 느껴질 때도 많고 슬픈 표정이 더 깊은 인상을 주는 것이 좋은 기분을 표현하는 것 같지 않았다. 그런데 "광대" 작품에서 내가 보았던 광대의 모습과 비슷한 관점에서 표현해내고 있다는 생각이 들었고, 집중해서 볼 수 있었다. 팀 버튼은 광대를 비겁하고 위협적 인물로 내면의 사악함을 외면의 쾌활함으로 표현했다고 한다. 더 나아가 부적절한 권위 의식을 갖고 있는 어른을 비유했다고 한다. 그림에 비유를 넣어 풍자해내는 팀 버튼의 그림 실력에 더 깊이 있게 다가갈 수 있었고, 작품들을 하나씩 보면서 팀 버튼만의 이야기에 빠져들기 시작했다.

팀 버튼의 작품을 보면서 가장 인상 깊었던 작품으로 두 가지가 있었다. 한 작품은 다양한 커플을 표현한 작품이다. 키가 작은 사람과 키가 큰 사람, 뚱뚱한 사람과 날씬한 사람, 죽은 사람과 산 사람 등 다양한 면에서 바라 본 많은 커플들을 표현한 이 작품은 나중에 유령 신부에서 그 모습을 드러낸다고 한다. 특히 죽은 사람과 산 사람이 함께 있는 커플은 신선한 충격이었다. 괴물을 좋아하는 팀 버튼만의 특성이 자연스럽게 반영되어 있는 그림에 재미있는 요소들이 많이 섞여 있어서, 사랑을 표현하는 대표적 대상이 커플임에도 불구하고 그 모습을 다양하게 표현해내는 팀 버튼이 재미있고 신기하게 느껴졌고, 그의 진짜 가치를 알게 된 작품이었다. 또 한 가지는 찰리와 초콜릿 공장이다. 그의 손끝에서 탄생한 많은 캐릭터는 찰리와 초콜릿 공장을 접한 어린 나에게 신선했고, 더 많은 상상력을 심어주었던 기억이 있다. 영화 속에 등장하는 장면이 전시되어 있었다. <호두 까는 다람쥐들>, <초콜릿 통으로 빨리는 소년>, <쓰레기통으로 통하는 통을 바라보는 움파룸파>, <통에서 나온 뚱보모자>, <TV 좋아하는 소년과 그 아빠>, <다람쥐를 보는 소녀>, <찰리와 할아버지>, <우유 짜는 움파 룸파>, <교정기를 한 어린 윌리 웡카> 등 많은 장면이 전시되어 있었고 더불어 움파룸파족과 초콜릿공장 문 앞에서 보았던 공장 인형 등은 실제로 전시되어 있었다. 특징적이고 일반적인 다른 캐릭터들과는 차원이 다른 입체적 캐릭터를 만들어내는 팀 버튼을 알 수 있었던 것 같았다. 영화가 개봉되자마자 본 이후에도 지금까지 특선영화로 방송되는 찰리와 초콜릿 공장 이외에도 여러 번 봤던 작품이었다. 순수함을 자극하면서도 엄청난 상상력으로 이끌어주는 팀버튼 만의 매력은 개인적으로 "찰리와 초콜릿 공장"에서 알 수 있다고 생각한다. 영화 속에서 움파룸파족의 역할은 크다. 영화 사건의 전개를 이어주는 역할이자, 사건들을 정리해 주기도 하고, 깨알 재미를 선사하는 한 요소로서 영화 속에서 움파룸파족이 풍자하는 내용들은 영화를 더 즐겁게 만든다.

팀 버튼의 많은 작품들을 바탕으로 많은 영화들이 만들어졌다. 그에 대한 비하인드 스토리로 새로 알게 된 점은 그 많은 영화들 중 많은 역할을 배우 조니 뎁이 많이 맡았다는 것이다. 그는 팀

[후에 영화주인공으로 등장한 커플- 영화 "유령신부" 팀 버튼 작품]

버튼의 어떤 요구도 받아들였다고 한다. 실제 팀 버튼의 캐릭터들은 항상 괴물이라서 분장도 힘들고 분장을 하면 조니 뎁 이라는 걸 알 수도 없었는데, 상당수의 역할들을 조니 뎁이 맡아서 했다는 것이다. 그는 팀 버튼 덕분에 헐리우드에서 자신만의 자리와 캐릭터를 만들어 낼 수 있어서 무척 고맙게 생각한 다는 것이다. 그럼에도 불구하고 지금껏 생각했던 것 밖으로 팀 버튼의 많은 영화들을 접했다는 걸 이번 전시 관람으로 새로 알게 되었는데, 그 중의 많은 역할들을 조니 뎁이 했다는 것이 놀라웠다. 팀 버튼에 대해서 뿐만 아니라, 조니 뎁이 조니 뎁 자신을 드러내기보다 역할에 맞는 연기로 자연스러운 영화를 만드는 것에도 조니 뎁에 대해 새로 알게 되었다.

이번 전시에서 팀 버튼의 많은 부분들을 생생하게 볼 수 있었다. 이번 전시에서 팀 버튼의 중요한 작품들을 대부분 접할 수 있었던 것은 맞지만 집에 와서 팀 버튼의 공식 홈페이지를 보더라도 더 많은 작품이 있었다. 모든 작품들을 접할 수는 없었지만 팀 버튼의 생애 이후 내성적이면서도 유별난 상상력을 가졌던 소년 팀 버튼의 성장기, 18세 캘리포니아예술학교 입학이후부터 월트 디즈니 영화사에서 수습스텝으로 일했던 팀 버튼만의 독창적인 스타일이 완성되어지던 성숙기, 이후 세계적 영화감독이자 예술가로서 활동하고 많은 영화를 만들어냈던 팀 버튼의 전성기 순으로 팀 버튼만의 창조적인 스토리에 대해서는 흐름을 잘 알게 되었다. 팀 버튼의 자취들을 작품들을 통해 배울 수 있었고, 팀 버튼만의 상상세계 속에서 또 한 편의 팀 버튼 영화를 본 듯했다. 전시 이외로 느낀 점이지만, 큐레이터의 역할을 몸소 알게 되었다. 중학교 때 여러 번 들었던 큐레이터라는 직업만 알고 있었는데, 팀 버튼 전을 보면서 이 전시를 위해서 큐레이터가 팀 버튼의 작품들 중 스토리에 맞는 작품들을 골라서 주제에 맞게 설정하고 전시하는 일을 했고, 그렇게 이 팀 버튼 전이 나온 것이라는 생각이 들어서, 팀 버튼 전이 큐레이터의 작품이라는 생각이 들어서, 큐레이터의 역할에 대해서 새로 배웠다는 점에서도 이번 전시를 다녀온 것이 다른 전시들보다 보람차고 알찬 관람이었다.

[팀 버튼 전시관람 표 - 이 표에도 팀 버튼의 작품이 있다. 1부터 10까지의 숫자들을 캐릭터화 했다. 그 중에서 숫자 6을 나타낸 작품이다.]

꽃보다 지구

김채은B (덕성여고 2)

　지금 지구의 빙하가 아이스크림처럼 흐물흐물 녹고 있다는 건 많은 사람들이 알고 있는 사실이다. 그리고 숲이 점점 자취를 감추는 것 또한 알고 있다. 각종 자연재해에 이상기후현상에……. 지구가 사람이라면 얼마나 아플지 상상이 된다. 온난화는 점점 심해지고 지구는 그 아픔을 자연재해를 통해 말해주고 있는 것이다. 태풍으로 눈물을 쏟고 사막화현상으로 답답한 마음을 표시한다. 우리 희망의 별인 지구를 아프게 하는 요인이 무엇인지, 또 지구를 지킬 수 있는 여러 가지 방안들은 어떠한 것들이 있는지 생각해 보고자 한다.

　온실 가스는 지구를 병들게 하는 주범이다. 우리가 가까운 길도 자동차를 타며, 계속 냉/난방 기구를 작동 시킬 때 지구는 그 아픔이 더해지고 있다. 자동차의 매연과 냉/난방 기구는 온실가스를 다량 배출하기 때문이다. 우리는 그런 지구의 모습을 제대로 인식하지 못하고 많은 낭비를 한다. 솔직히 말하면 나도 그런 경우가 있다. 가까운 거리도 귀찮다고 아버지께 졸라서 자동차를 타고, "엄마 추워요!" 하며 보일러를 최고 온도로 높일 때가 많다. 이런 작은 일들이 모여 나중에 우리에게 어떤 영향을 끼칠지 생각지 못한 채 말이다. 숲의 파괴도 어마어마한 지구온난화를 불러일으킨다. 숲에 있는 많은 식물과 나무들은 이산화탄소를 흡입하고 좋은 공기로 바꿔주는데, 우리는 종이, 원목가구 등을 생산해 내느라 나무들을 많이 베어 숲을 황폐해지게 하고 있다. 땅의 면적이 넓은 다른 나라에서는 숲에 불을 지르거나 나무들을 모두 베어 목초지를 조성한 뒤 가축을 기른다. 한 조사에 따르면 우리가 소고기가 들어간 햄버거 1개를 먹을 때, 숲 1.5평을 목초지로 만들어야한다고 한다. '단 한 개의 햄버거가 이렇게 지구를 망가뜨릴 수 있나.' 라는 생각까지 들었다. 이러한 이유들로 지구는 연간 평균온도 0.6도 씩이나 올라가고 있다. 물론 모든 개발을 하지 말자는 것이 아니다. 그것을 환경에 좋은 방법으로 돌려 생각해 보자는 것이다.

환경의 소중함에 대해 절실히 느끼지 않는 이상 환경을 아끼고 보호하기란 어려운 일이다. 나와 주위의 친구들은 아직도 환경의 소중함에 대해 가끔씩 잊곤 한다. 하물며 환경에 대해 깊게 생각지 못하는 분들은 어떠하겠는가? 그리고 이렇게 우리가 자연을 훼손하며 맘대로 쓰면 피해를 받는 건 누구일까?

옛말에 **"주는 대로 받는다."** 라는 말이 있듯이 그 피해는 자연히 인간에게로 오게 된다. 요즘 조금씩 바닷물 속에 잠기고 있는 몰디브 섬의 한 주민은 매일 매일 자신과 자신의 집이 바다 속에 가라앉는 악몽을 꾼다고 한다. 이렇게 바다와 밀접한 지역은 바다에 조금씩 가라앉고 있다. 삼면이 바다로 둘러싸인 우리나라 또한 예외는 아니다. 이런 현상 말고도 온난화와 연관되는 자연재해가 많다. 대표적인 예로 태풍이나 지진, 집중호우 등이 있다. 그리고 남극과 북극의 빙하가 녹고 있는 것도 온난화로 인한 피해에 속한다.

자, 그럼 지구 온난화를 막는 데는 어떤 방법들이 있을까? 우리가 함께 지킬 수 있는 간단하고 좋은 일석이조의 방법들이 참 많다. 가장 우리가 먼저 실천해야 할 것은 온실 가스, 탄소 배출량 줄이기이다. 요즘 탄소 배출량 표시하기 운동이나, 탄소 발자국 계산기 등 탄소 배출량을 줄일 수 있는 다양한 방법들이 많이 나와 있다. 인체나 환경 모두에게 좋지 않은 온실가스를 배출하는 것은 자동차와 냉/난방기, 헤어스프레이, 공장 시설 등 아주 많은 것들이 있다. 우선 자동차의 배기가스를 줄이려면 가장 흔한 방법인 대중교통 이용하기와 가까운 거리 걷기, 자전거 타기 등이 있다. 버스나 지하철은 노선도 잘 짜여있고 이용하면 시간도 훨씬 절약할 수 있다. 그리고 신문과 책을 봐도 자전거 타기는 성장기 어린이와 살을 빼려는 사람들에게 매우 효과적이라고 한다.

냉방기 대신 선풍기 사용하기를 권장하고 난방기는 내의, 무릎 담요, 실내용 텐트 사용 등의 좋은 방법들이 있다. 또 탄소 배출량 표시는 겉보기엔 어려운 것 같지만 제품에 '이 제품을 만드는데 얼마만큼의 탄소를 배출했습니다.' 라고 표시하는 것이다. 이미 많은 제품에 표시가 되고 있지만 아직 활성화 되지 않아서 좀 더 폭 넓게 다양한 상품에 표시하면 사람들의 환경에 대한 관심도 높아질 것이다. 특히 학생들의 소비량이 많은 학용품에 탄소 배출량을 표시하면 학생들이 절약하는 습관을 갖게 되고 주위를 환기 시키는 데에도 한 몫 할 것이다. 어릴 적부터 환경을 사랑하는 정신을 길러야 미래의 환경이 아름다울 수 있다.

너무 빠르게 진행되고 있는 숲의 파괴도 막을 수 있는 방안이 있다. 종이류나 연필, 화장지, 가구 등에 나무 사용량을 표시해서 사람들에게 '적은 나무를 사용해야한다' 라는 생각을 일깨워 주면 좋을 것이다. 그리고 앞에서 말했듯이 햄버거와 같이 환경문제를 불러일으키는 음식은 되도록 먹지 않는 게 좋다. 햄버거 하나에 땅 1.5평이라니! 음식을 맛으로만 따지지 말고 관심 있는 사람들이 모여 환경 캠페인을 벌여 되도록 많은 이들이 사실을 알도록 하고 꼭 식목일이 아니어도 나무 심기를 자주 했으면 한다. 휴지도 나무를 사용해서 만드는 물건이니 걸레로 닦는 습관과 함께 휴지 바깥쪽이나 안쪽에 '휴지는 적당하게' 라는 문구를 넣는 것도 괜찮은 방법 중 하나이다.

우리가 가장 먼저 지켜야할 것은 우선 나부터 변화하여 주변 사람들을 변화시키는 것이 중요하다. 내가 변하지 않고 다른 사람을 변화시키려 하는 것은 어려운 일이기 때문이다. 그러니 사람들이 잘 보는 곳곳, 인터넷이라든가 학교에 환경을 지켜야한다는 문구나 그 생각을 일깨워 주는 광고를 하는 것이 효과적이다. 환경을 소중하게 지켜야 한다는 생각이 많은 사람들의 머릿속에 떠오른다면 우리의 희망이 자라고 있는 이곳, 지구는 더욱 건강하게 자연과 어울릴 수 있게 되고 우리의 내일도 밝아지는 것은 물론이고 후손들에게도 떳떳할 것이다.

우리에게는 지구를 구해 줄 영웅이 필요한 것이 아니다. 지구에 살고 있는 각자가 최선의 방법을 지금부터라도 실천하는 것이 중요하다. 우리가 환경을 지키며 다가올 희망찬 미래를 준비한다면, 지구는 언제라도 바뀐 우리의 모습에 상응하는 건강한 삶을 선물로 줄 것이다. 우리는 지구에 속해 있는 것이지 지구를 맘대로 변화시킬 권리가 없다. 그리고 더 이상 낭비할 시간도 없다. 자, 우리 모두 어서 지구에게 마음을 열고 아파하는 지구를 돌봐주자!

금강산 관광 시급히 재개해야 하는가

길여은 (연송고 2)

<금강산관광 시급히 재개하는 것에 대한 찬성입장>

남과 북은 6.25전쟁 이후, 하나여야만 하는 민족이 둘로 갈라지는 처참한 상황을 맞게 되었다. 이후 남한에서는 북한과의 관계 개선을 위해 다양한 노력을 기울여 왔으며, 그 노력의 일환으로 금강산 관광을 실시하였다. 하지만 불행하게도 2008년, 남한관광객이 북한군에 의해 피살되는 사건이 발생했고, 그 결과 금강산 관광이 전면 중단되었다. 그 후로도 북한과 남한은 수많은 크고 작은 충돌들을 겪어왔다. 하지만, 그럼에도 불구하고 남북은 언젠가 다시 하나로 통합되어야 하는 존재이다. 그동안의 수많은 충돌과 분쟁을 딛고 일어남에 있어, 금강산 관광 재개가 남북 통합에 나아가는 첫 걸음이 될 수 있을 것이다.
다음의 세 가지 논거를 들어 금강산 관광 재개를 찬성한다.

첫 번째로 '코리아 디스카운트'에 대해 아는가? 코리아 디스카운트란 한국 경제의 불확실성을 근거로 외국인들이 한국의 주가를 실제 가치보다 낮게 평가하는 일을 말한다. 2000년대에 들어서면서 민주주의의 성공적인 정착과 외환위기 극복, 남북긴장 완화 등을 통해 세계적으로 코리아 디스카운트와는 반대되는 코리아 프리미엄이 나타나기 시작했다. 하지만, 북한의 계속적인 도발로 인해 남북긴장관계가 위험수위를 넘나들면서 코리아디스카운트와 프리미엄을 마치 핑퐁처럼 왔다 갔다 하며 불안정한 모습을 보이고 있다. 코리아 디스카운트라는 불명예를 떨쳐내고 국가의 위상을 강화하기 위해서는 한반도에 평화 구조가 반드시 필요하다. 그리고 그 평화구조의 첫발이 금강산 관광이 될 것이라 믿어 의심치 않는다.

두 번째로 남북의 막대한 통일비용을 줄이기 위해서는 남한과 북한의 경제적 차이를 어느 정도 줄여야 할 필요가 있다. 미국 랜드 연구소의 국제경제 전문가인 찰스 월프는 북한을 우리나라 수준까지 끌어올리기 위해서는 약 2006조원의 통일비용이 든다고 추정하였다. 하지만 우리나라의 일 년 예산이 360조원에 불구하다. 비용적인 측면을 고려했을 때, 우리나라가 북한과 특별한 경제적 계획 없이 통일을 이루어낸다면 파산 위기에 처할 우려가 있다. 금강산 관광 활성화는 북한의 경제적 수준을 높이는 것에 기여를 하기 때문에 천문학적인 통일 비용을 줄이는데 상당한 도움을 준다.

세 번째로 60년이라는 긴 세월동안 떨어져 지내온 남북은, 현재 이념과 가치관뿐 만 아니라 문화에서도 큰 차이를 보이고 있다. 소통, 대화의 지체는 이질감만 키우고 있을 뿐이다. 남북 간의 대화는 서로를 이해하고 타협점을 찾기 위해 서로를 배려하는 과정이며, 그 과정은 남북의 평화통일에 있어 반드시 거쳐야할 과정이다.

<금강산관광 시급히 재개하는 것에 대한 반대 입장>

어느덧 북한과 남한이 분단된 지 70년이 되어가고 있다. 1950년 6월 25일 새벽, 북한의 갑작스러운 남침으로 인해 한민족, 한 가족이었던 우리는 갑작스럽게 서로에게 총을 겨누게 되었고, 그 이후로부터 지금까지 1,2차 연평해전, 천안함 사건 등 1640여건의 크고 작은 북한의 도발도 있었다. 그리고 2008년, 심지어 남북평화를 위해 함께 시작한 금강산 관광사업 마저 북한이 남한 관광객을 피살하는 사건을 계기로 금강산 관광을 중단하게 되었다. 이처럼 한반도의 위기상황을 계속해서 만들어 고조된 긴장감을 조성해온 북한과, 이 냉랭한 분위기 속에서 다시 또 협력이라는 명목 하에 금강산 관광을 시급하게 재개하는 것은 아직은 이르다고 판단해 다음과 같은 3가지 논거를 들어 금강산관광을 시급히 재개하는 것에 반대한다.

첫째, 반대 측에서는 어떠한 상황에서든지 국민의 안전이 최우선이라고 생각한다. 사회계약론에서도 알 수 있듯이 국가는 국민의 안전을 보장하기 위해 만들어졌다. 박왕자씨 피살사건에 대한 북한 측의 어떠한 진상규명과 사과 없이 국민의 신변보장이 되지 않는 상태에서 무조건적인 재개를 한다면, 과거의 문제들이 반복될 수 있다. 이러한 사고의 반복을 막기 위해서라도 우리는 적어도 '철저한 진상규명, 재발방지약속, 국민의 신변보장' 이라는 3대 선결요건을 받아내고 그 후에 금강산 관광재개에 대해 생각해야 한다.

둘째, 북한은 금강산관광으로 벌어들이는 막대한 외화를 미사일

발사나 핵개발 또는 군사적 용도로 사용할 수 있다. 정작 핵을 포기할 의사가 전혀 없는 국가에 계속적으로 지원을 해주는 것 자체가 국민 감정상 이해할 수 없는 처사이며, 우리가 지원해주는 물품이나 금전 등이 과연 고통 받는 북한 주민들에게 골고루 배분되는지도 확인할 길이 없다. 우리는 우리나라의 무조건적인 지원이 후에 오히려 위협으로 다가오지는 않을지에 대해 생각해 봐야 한다.

셋째, 현재 남한에서 남남갈등이 해결되지 않은 상황이다. 남남갈등이란 남한 내에서의 이념적 갈등을 말하는데, 과거 산업화와 민주화 과정을 거치며 싹트기 시작해서 북한의 핵과 인권문제로 증폭되어 갈등이 심화된 상태이다. 물론 개개인의 다양성을 존중하는 민주주의 사회에 내부갈등이 없을 수는 없다. 그러나 민주주의 사회에서는 또한 다수의 원칙을 따르고 있지 않은가? 적어도 현재 우리나라가 휴전상태인 분단국가이며, 북한이 핵을 보유하고 있다는 사실에서 공론이 필요하다. 남남갈등이 심화된 이 시점에서, 북한과의 교류와 협력을 시급히 추구하는 것 보다는, 혼란스러운 내부의 여론을 정리해 나가는 것에 집중해야 할 것이다.

" 가장 힘든 길을 가려면 한 번에 한 발씩만 내딛으면 된다.
단, 계속해서 움직여야 한다."

- 중국속담 -

'맞춤아기'의 선과 악의 경계선은 어디인가

한지성 (월촌중 2)

1. 배경지식 / 논란

▣ 맞춤 아기 정의

인공수정 배아들을 만든 후, 착상 전 유전자 진단법(PGD) 등으로 검사해 이 가운데 질병 유전자가 없고, 특정한 유전 형질을 지닌 정상적인 배아를 골라 탄생시킨 아기를 '맞춤아기(Designer Baby)' 라고 정의한다. 착상 전 유전자 검사는 '맞춤아기'논쟁의 핵심에 놓여 있는 기술이다. 이 기술은 1980년대 말부터 사용되기 시작하여 유전적 결함 여부에 따라 완전한 임신이 되기 전에 배아를 선택하거나 버릴 수 있는 가능성을 최초로 열어 주었지만, 시험관 시술과 유전자 검사라는 두 종류의 기술이 결합되어 배아를 예비엄마의 자궁으로 바로 옮기기 대신 배아가 잘못된 유전자를 가지고 있는지를 먼저 검사함으로써 배아선택을 하기에 비윤리적이라는 지적도 받고 있다. 몇 년 전 영국의 의료윤리 감독기구인 HFEA는 불치병에 걸린 형제나 자매를 치료하기 위해 동일한 유전형질을 지닌 이른바 '맞춤아기'의 출생을 공식 허용했다. 세계 최초로 '치료용 맞춤 아기'가 합법화됨에 따라 이를 두고 사회·윤리적 논란이 되고 있다. 이에 대해 찬성의견과 반대의견을 알아보고 대안은 무엇이 있는지 알아보자.

2. 찬성의견

1) 맞춤형 아기 혹은, 수정된 배아의 생명보다는 불치병인 치료 대상의 생명이 더 가치가 있다.

- 실제, 생명 공학적으로 수정 후, 14일이 지나 세포가 방향성을 지니기 전까지는 생명체로 보기 어렵다.

- 하루하루를 고통으로 신음하며 언제 죽을지 모르는 불안한 삶을 사는 불치병 환자에게 '치료용 맞춤아기'는 환자의 유전자와 줄기세포 조직이 똑같은 상태로 조절할 수 있기 때문에 불치병 치료를 위한 현재 유일하고도 최선의 대안이다.

- 불치병(난치병)을 겪는 사람들도 행복할 권리가 있으며, 이들에게 치료용 맞춤 아기 기술은 제대로 된 삶을 살아갈 기회를 제공할 것이다. 이러한 기술을 이용할 기회를 사전에 박탈 또는 금지하는 것이 오히려 비윤리적이다.

- 실례로 2002년, 영국에서 희귀병에 걸린 네 살짜리 아이를 살리기 위해 부모가 아직 관련법규가 없는 미국으로 건너가 유전자 검사를 거쳐 출산한 둘째 아이의 골수를 첫째아이에게 이식했으며 현재까지 두 아이 모두 건강하게 자라고 있다. 형제자매를 살린다는 점에서 구세주 아기로 불리우며 많은 논란을 불러일으키기도 했지만 불치병을 치료한다는 점에서 재평가되어지고 있다.

2) 부모의 유전적 병을 전이하지 않고 건강한 삶을 유도 가능하다.

- 부모의 유전적인 병으로 인해서 태어날 아이의 생명까지도 위협할 수 있기 때문에 유전자 조작을 통해 아이가 걸릴 확률이 높은 질병은 빼버리는 방법으로 장애확률이나 이상확률을 줄임으로써 태어날 아이의 생존권과 행복할 권리를 보호해 줄 수 있다.

3) 경제적인 부담을 줄일 수 있다.

'맞춤아기' 는 착상 전 유전자진단(PGD) 이라는 기술을 통해 이루어지는데 유전병을 가진 환아가 출생하여 치료에 드는 비용보다 PGD에 드는 비용이 상대적으로 경제적이고, 가정적으로도 도움이 되며 사회적으로 유전질환을 예방할 수 있게 된다.

4) 인간의 발전과 행복한 삶을 위한 생명공학기술이 될 수 있다.

- 치료용 맞춤 아기 기술을 국력으로 키우거나 상업적으로 이용하게 되면 좀 더 진보된 의학 발달을 기대할 수 있다 (이번 법안 통과로 영국은 줄기세포의 연구와 유전자 치료 분야에서 세계적인 경쟁력을 지킬 수 있게 됐다)
- 지금의 맞춤 아기 기술은 불안하며, 새로운 시도를 할 때 이를 우려하는 반대의견은 있기 마련이다. 하지만, 계속 발전하는 기술의 특성상, 얼마 후에는 오답률이 거의 없는 맞춤아기를 만들 수 있다. 또한, 이를 금지할 경우, 난치병을 치유할 수 있는 획기적인 연구는 지속되기 힘들며, 발전도 불가능해 질 것이다.

3. 반대의견

1) 사회계층 간의 갈등을 심화 시키는 원인이 될 것이다.

배아를 조작하는데 드는 비용이 많이 들기 때문에 경제적인 부담이 크다. 따라서 경제적으로 부유한 가정만이 시술을 시행할 수 있고 경제적으로 어려운 가정에서는 그에 따른 불만이 가속화되고 사회계층 간의 갈등을 심화 시킬 것이다.

2) 성비불균형 문제가 발생할 것이다.

- 유전자 조작기술이 오용될 경우 남·녀의 태아를 선택할 수 있게 되고 남아선호 사상이 뚜렷한 몇 몇 국가에서는 남아만을 선택하는 비율이 높아짐에 따라 성비불균형이 이루어지게 될 것이다. 그렇게 되면 성비의 불균형이 초래하여 성비를 파괴하거나 많은 문제점이 야기될 수 있다.

3) 인류의 다양성이 사라지고 획일화된 인간화가 진행될 것이다.

- 유전자 조작기술과 결합하여 남용될 우려도 있다. 이에 '맞춤아기'를 시행한다면 사회적 선호도에 부합하거나 부모의 취향에 맞는 아이를 양산하여 한 생명체의 외모, 성격 그리고 심지어는 지능까지 조작할 수 있기 때문에 인류의 모습을 획일적으로 바꿀 수 있다. 잘생기고 똑똑하기를 원하는 많은 부모들이 원하는 아이들만 태어나게 되고 인류의 모습은 비슷비슷한 사람들로 개성을 잃어가고 인간의 추구하는 다양성에 있어서 많은 문제가 발생할 것이다.

4) 유전적조작은 자연의 순리에 어긋나는 것이다.

- 인간이라는 한 생명이 만들어지는 과정은 과거부터 현재까지 무한대의 유전적정보가 쌓여 만들어지는 것이다. 이러한 자연의 순리에 인간이 개입하여 조정하는 것은 함부로 허용되어서는 안 된다.
- 자연은 연결고리가 있어서 그 중 하나라도 무너지면 순식간에 모든 게 무너질 수 있다. 천적관계나, 성비균형등과 같은 것들은 우리 자연의 순리에 어긋나지 않도록 지켜줘야 하는 것이다.

5) 생명이 상품화되면 생명 경시 풍조가 생겨 날 것이다.

- 생명은 어떠한 목적으로든 상품화 되어서는 안 된다. 장기이식도 순수한 의학적인 의도로 이루어졌지만 지금 현재에는 장기매매 등이 극성을 부리고 인신매매라는 극단적인 범법행위로 진행되어 더욱더 심각해지고 있는 게 현실이다.
- '맞춤 아기'는 생명자체가 상품화된다는 점에서도 사회적 문제를 야기하므로 인간의 존엄성과 인권을 훼손하는 행위이다.

4. 대안

- 인간의 생명은 애초에 어떠한 목적을 지니고 태어났든 그 자체로 무한한 가치를 가지고 있다. 따라서 절대적인 인간존엄성을 기지고 이를 존중해야 한다.
- 치료용 아기 출산 기술·발전에 따른 부작용을 최소화 할 수 있는 방안을 마련해야 한다.
- 엄격한 제도 및 법률제정을 통해 유전자 조작 기술이 오용이나 남용이 되지 않도록 강력하게 대처해야 한다.
- '치료용 맞춤 아기'의 인권이 침해되지 않는 방향에서 기술개발이 이루어져야 한다. 개방된 환경 하에서만 개발 할 수 있도록 허용함으로써 이러한 기술이 꼭 필요한 곳에서 적절히 사용될 수 있는 환경을 마련해야한다.

4. 멀리 뛰기(인터뷰)

—세상 한 가운데서 '진짜 위인'을 만나다. —

청와대 뉴미디어
김철균 비서관님과의 인터뷰

이지욱 (우신고2)

　우신 '신바람 꿈터' 기자들의 특별한 인터뷰, 만날 분은 김철균 청와대 뉴미디어 비서관님이십니다.
비서관님과 인터뷰를 하고 싶었던 이유는 중학생들에게 청와대 뉴미디어 비서관의 일이 무엇인지 소개해주고 싶었고, 청와대에서 중요한 일을 맡고 계신 김철균 비서관님의 학창시절과 여러 궁금한 이야기를 여쭈어보고 싶어서였습니다. 우리 기자들은 11월 18일 김철균 청와대 뉴미디어 비서관님과 인터뷰를 하기위해 청와대로 향했습니다. 김철균 비서관님은 별명이 푸, 푸른 누리 기자들은 푸 비서관님이라 부릅니다. 늘 푸근하게 웃는 모습이 생각나는 푸 비서관님은 푸른 누리 기자들에게는 아주 친근하고 따뜻한 수호천사 같은 분이시기 때문이죠. 비서관님은 바쁘실 텐데도 저의 인터뷰 요청에 흔쾌히 허락해주시고 우리 기자들을 청와대 연풍문으로 초대해 주셨습니다. 기자들 모두 설레이는 마음으로 인터뷰를 준비했고 연풍문에 도착한 우리 기자들을 반갑게 맞아주시는 푸른누리 편집진님과 비서관님께서는 기자들이 비서관님과 함께 점심식사를 할 수 있게 준비해주셨습니다. 역시 푸 비서관님은 최고!

청와대 방문도 즐거운데 식사까지 하게 된 기자들은 얼굴에 웃음이 가득했습니다. 우리 기자들은 특별히 일반인 방문이 허락되지 않는 뉴미디어 비서관실에서 인터뷰를 시작했습니다.

< 김철균 전 청와대 뉴미디어 비서관님>

Q: 청와대 뉴미디어 비서관으로 일하시고 계신데 미디어를 홍보하시는 일이 구체적으로 어떤 일인지 알려주세요.

A: 주요업무는 청와대와 네티즌간의 소통을 돕는 것입니다. 즉 나라 안에서 벌어지고 있는 여러 가지 일들에 대해 네티즌의 의견을 살펴보고 정리해서 청와대의 각 정책파트나 의사결정 하시는 분들께 전해드리는 일을 합니다. 또한 반대로 정부의 정책들이 결정되면 인터넷 채널을 통해 네티즌에게 알리는 업무를 맡고 있습니다.

Q: 비서관님께서 뉴미디어 비서관 일을 하시면서 제일 중요하게 생각하시는 부분은 무엇인가요?

A: 홍보의 가장 중요한 본질은 진정성을 가지고 정확한 사실을 전달하는 것입니다. 소셜 미디어를 통해 다양한 국민의 목소리를 듣고 청와대와 소통시키는 일이 중요합니다.

Q: 비서님께서 일을 하실 때 가장 힘들 때가 언제였나요?

A: 사이버 상에서 가끔 많은 비판과 사실이 아닌 내용에 대해 오해해도 참아야 하고 해결해 나가야 하는 일이 어렵습니다.

Q: 비서관님의 하루 일과가 궁금합니다.

A: 하루 일과는 6시 30분에 출근해서 10시경까지 일을 합니다. 청와대 홍보 수석실은 온라인에서 소통되는 국민여론을 총 정리해서 대통령께 보고 해야 하는 업무를 맡고 있어서 일찍 출근하여 준비를 하는데 6시 30분정도에 출근하면 7시에 수석 비서관님과 비서관들이 모여 회의를 하고 청와대에서 아침 식사를 합니다. 9시에 정부부처와 회의해야하기 때문에 아침업무가 많습니다. 낮에는 손님도 만나고 회의를 하고 외부 행사에 참여하는 등의 일을 합니다. 저녁에는 낮에 한 일에 대해 보고를 받고 정리를 합니다. 저녁 6~7시쯤 퇴근을 하지만 각종 모임에 참여 하다 보면 10~11시쯤이 됩니다. 하루 일정이 너무 많지요?

Q: 비서관님께서는 여가시간을 어떻게 보내시나요?

A: 청와대는 일요일에도 업무가 있고 토요일만 쉬는데 토요일도 행사가 있는 경우가 많습니다. 그래서 여가 시간을 특별하게 보내지 못합니다.

Q: 비서관님께서 일하시면서 가장 기억에 남는 일은 무엇인가요?

A: 청와대 어린이 기자단을 만든 것입니다. 푸른누리 기자들에게 기자 활동을 통하여 평소에 만날 수 없는 여러 유명 인사들을 만날 수 있게 하고, 다양한 탐방 기회를 제공하려고 노력했는데 어린이들에게 꿈을 실어줄 수 있어서 좋았습니다. 또한 푸른누리가 발전하여 2기 기자들이 많아지고 기자들의 적극적인 활동을 볼 수 있어서 좋습니다.

Q: 요즘 인터넷, 아이폰 등 뉴미디어를 사용하는 사람들이 많아졌는데 건전하게 사용하는 사람들도 있지만 악성댓글을 달거나 불건전

하게 사용하는 사람들이 많습니다. 이런 문제에 대해 어떻게 생각하시는지 궁금합니다.

A: 인터넷을 사용하면서 악성 댓글을 다는 사람들의 수는 생각보다 많지 않습니다.

어쩌다가 악성 댓글을 다는 사람들은 많지만 지속적으로 악성 댓글을 다는 사람은 5%도 안 됩니다. 이렇게 악성 댓글을 사용하는 사람들 문제에 대해서는 안타깝게 생각합니다.

Q: 비서관님의 학창시절이 궁금합니다. 학창시절에 어떤 꿈을 가지고 있으셨나요?

A: 중학교 때를 기억해보면 한 가지 꿈을 정해놓은 것이 아니라 판사, 의사, 검사 등 계속 바뀌었던 것 같아요. 김연아 선수처럼 어릴 때부터 꿈을 정하여 노력하는 사람도 있고 자신에게 맞는 꿈을 계속 찾아가는 사람도 있는데 학생들이 꼭 하고 싶고, 되고 싶은 꿈을 정하여 노력하는 것이 좋다고 생각합니다.

Q: 중학교 학창시절에 학교에서 어떤 학생이셨나요?

A: 학창시절을 기억하면 쑥스러움을 많이 타는 아주 내성적인 아이였습니다. 하지만 수업시간에 집중을 잘하는 편이어서 선생님의 말씀을 놓치지 않고 이해했어요. 집중을 잘하는 습관은 지금까지도 도움이 되고 있습니다. 성적은 반에서 5등정도 했던 것 같아요.

Q: 학창시절에 가장 존경한 인물이 누구이고, 가장 인상 깊게 읽은 책이 무엇이었나요?

A: 중학교 때 교장 선생님을 가장 존경했어요. 성함이 주왕산이신 교장 선생님은 주시경 선생님의 아들이셨는데 한글 및 여러 가르침을 주셔서 학생들이 모두 존경 했습니다. 인상 깊게 읽은 책은 중학교 때 부모님께서 권해주신 한국 근대 단편, 장편 소설입니다.

Q: 저희 학교는 학생들에게 비전교육을 하고 있습니다. 꿈을 세우고

그 꿈을 위해 열심히 구체적으로 노력하라는 것입니다. 청와대 뉴미디어 비서관이 되려면 어떤 준비가 필요한지 궁금합니다.

A: 먼저 기술적인 면을 이야기하면 인터넷에 관련된 기술 변화에 관심을 가지고 잘 알아두어야 합니다. 그리고 우리사회가 어떻게 변해가고 있는지 잘 알아야 합니다.

또한 중요한 것은 미디어를 통한 소통을 하려면 상대방이 어떤 생각을 하는지 이해해야 합니다.

Q: 끝으로 저희 학생들에게 한마디 해주세요.

A: 우신 학생들을 직접 만나지는 않았지만 예전에 우신 고등학교가 명문이었다는 것을 알고 있습니다. 오랜 역사와 전통을 가진 학교에 다니고 있으니 자부심을 가지고 선생님 말씀 잘 듣고 열심히 공부하며 즐거운 학창시절을 보내시길 바랍니다.

비서관님은 인터뷰 시간 내내 아주 편안한 분위기를 이끌어주셨고 덕분에 기자들 모두 즐거웠습니다. 새벽부터 저녁까지 미디어를 통해 다양한 국민의 목소리를 듣고 청와대에 소통시키는 일을 하시는 분, 청와대 홈페이지, 청와대 블로그, 청와대 트위터, 청와대 어린이 신문 등 온라인으로 정말 많은 일을 위해 매일 발로 뛰시고 연구하시는 분, 김철균 비서관님과 인터뷰를 하면서 정말 배울 점이 많이 느껴졌습니다. 우리는 앞으로 무엇이 될지는 모르지만 항상 어떤 일에든 열심히 하여 성공을 이룰 수 있게 노력하면 나라를 위해 중요한 일을하는 사람이 되지 않을까? 라는 생각이 들었습니다.

외교부, 일본최고 전문가
「유병우」 전 일본 총영사를 만나다.

정준엽 (고양외고 1)

< 유병우 대사님과 함께 기념촬영 >

지난 6월 10일, 푸른울림은 김포에 계시는 전 일본 총영사 및 터키 대사로 활동하셨던 유병우 외교관 할아버지의 자택을 방문하여 인터뷰의 시간을 가졌다. 유병우 외교관 할아버지에 대하여 간단히 설명하자면, 외교 활동을 하면서 대사, 공사, 총영사 등 높은 직급을 맡아 활동하셨다. 대사는 외교 사절의 최고의 계급이고, 공사는

국가를 대표하여 다른 나라에 파견되는 외교사절의 일종이다. 그리고 영사는 외국에 파견되어서 자국의 통상과 국민의 보호를 담당 하는 공무원인데, 영사들 중 가장 높은 계급의 소유자가 총영사이다.

◆다음은 유병우 외교관 할아버지와의 인터뷰 내용 일문일답◆

Q : 어떤 계기로 외교관이 되었는지 궁금합니다.

대사님 : 내가 고등학교를 졸업했을 때가 1963년이었는데, 그 때 당시 1인당 국민 총 소득이 100달러(약 13만원)도 되지 않았다. 또한 대한민국은 그 때 공부 환경이 매우 열악했다. 나는 서울대 정치학과를 나왔는데, 그 당시 정치학과를 졸업하면 공부를 잘하는 학생들은 법관이나 교수가 되었고, 나머지는 대부분 은행원이 되었다. 나는 대학교를 졸업하고 나서도 나의 꿈을 찾지 못했다. 그 때 나는 법관, 교수, 은행원이 되는 바에 차라리 나라를 위한 일을 하자는 생각을 갖고 있었다. 나의 아버지가 학생운동을 하셨던 분이시라 나랏일에도 상당히 관심이 많았다. 그 때 당시에는 어쩔 수 없이 선택한 일이었지만, 지금 생각해보면, '내게 딱 적합한 직업이구나.' 하고 생각한다.

Q : 외교관으로서 필요한 자질에는 문제 도출 능력, 상황판단 능력, 인성 등이 필요하다고 알고 있는데, 이 중에서 외교관으로서 이 것 하나만 있으면 된다 싶을 정도로 가장 중요한 자질을 하나만 꼽아주세요.

대사님 : 사실 다 중요하다. 대인관계도 좋아야 한다. 이 대인관계는 곧 동네와 동네의 관계로 이어지고, 이 관계는 집단과 집단의 관계, 그 다음에 이제 국가와 국가의 외교관계로 이어진다. 하지만

무엇보다도 내가 정말로 가장 중요하다고 생각하는 자질은 바로 애국심이다. 애국심이 없다면, 자신만 생각하고 자신이 편한 대로만 외교를 하게 된. 예를 들어 외교대사는 다른 나라와의 외교가 성립할 때까지는 절대 수면을 많이 취할 수 없다. 그렇다고 해서 내 몸을 생각하여 우리나라의 입장에서 불리하게 외교를 마칠 수는 없다. 우리나라에게 손해가 되니까요. 그런데 만약 어떤 외교관이 애국심이 강하다면, 그 외교관은 우리나라의 입장에서 유리한 외교가 성립될 때까지 끝까지 물고 늘어질 것이다. 애국심이 없다면 외교가 성립될 수 없을 만큼 애국심은 매우 중요한 자질이다.

Q : 외교관은 여러 나라 사람들과 교류하며 친분을 쌓아야 하는데 업무 면에서 가장 힘들었던 점은 무엇이고, 또 어떤 식으로 친분을 쌓고 외교에 성공하셨는지 알고 싶습니다.

대사님 : 내가 외교관이 되고 나서 처음으로 근무한 지역이 아프리카였다. 아프리카하면 사람들이 모두 흑인이라서 멀리하게 되고 겉으로 무섭게 보여서 처음에는 나 자신도 그 사람들을 그다지 좋게 인식하지 못했다. 그런데 그 사람들은 겉과 다르게 속은 매우 순진했다. 점차 그들을 이해하려고 노력 했고, 그들의 문화를 인정하는 문화 상대주의적 관점으로 흑인들을 바라보았다. 그랬더니 그들을 이해하려는 자세가 매우 좋아졌고, 결국 외교가 성립되었다. 평소에도 마찬가지로 본인과 다른 사람들의 차이를 인정할 줄 알아야 한다.

Q : 일본과 외교를 할 때 매우 공격적인 성향이라고 들었는데, 이 외교방법이 일본과의 외교에서 어떤 좋은 영향을 미쳤는지 알고 싶습니다.

대사님 : 나는 일본에서 20년 동안 외교 생활을 했기 때문에 일본에서 외교에 성공하는 방법을 스스로 터득했다. 덕분에 우리나라

사람들에게 매우 직설적이라는 평을 받았다. 하지만 사실 나는 일본에게만 직설적으로 대했다. 일본은 명분을 중요시 하는 나라이고, 초면일 경우 절대 말을 많이 하지 않는다. 게다가 돌려 말하기를 매우 좋아하기 때문에 직설적으로 제압을 해줄 필요가 있다. 이 외교활동에서 나는 교류의 축적이 필요하다는 것을 알 수 있었다. 그리고 관계를 쌓으면 일을 할 때 더 성과가 있다는 것을 깨달았다. 여러분도 나처럼 인생을 살면서 일을 한다면 똑같은 일을 계속 해보는 것도 좋은 방법이 되니 참고 바란다.

Q : 외교관이 되려면 기본적으로 영어를 잘해야 할 텐데, 학창시절 때 영어를 잘 할 수 있는 환경이 있었나요? 아니시라면 영어를 잘하시기 위해 어떤 노력을 하셨는지 알려주세요.

대사님 : 당시 한국의 영어공부 환경은 매우 열악했다. 하지만 학생 때는 내가 영어를 잘한다고 생각했지. 고등학생 때 영어, 독일어, 불어 이렇게 외국어 3개를 할 줄 알았으니까 말이다. 사실 내가 학교에서 영어를 제일 잘했다. 그래서 학교에서 나를 호주로 4주간 어학연수를 보내주기도 했었다. 그런데 내 영어는 호주에서 통하지 않았다. 아침에 시리얼이 나왔는데, 어떻게 먹는지조차 알 수 없을 정도였다. 그 뒤로 나는 한국에 와서 은퇴를 하기 전까지 단어장에 영어단어를 항상 필기했다. 여러분은 학생 때 외국어 하나만큼은 배워야 한다. 그런데 영어 이전에 중요한 것이 하나 있는데, 바로 영어식 발상이다. 신문과 책을 읽다보면 다른 나라의 발상을 이해할 수 있게 된다. 서적을 많이 읽어보길 바란다. 그러다보면 각 나라의 사고방식을 이해할 수 있게 된다.

Q : 중학생으로 돌아갈 수 있다면 외교관이 되기 위하여 어떤 노력을 하고 싶으신가요?

대사님 : 나는 영어를 좀 더 잘했으면 하는 바람이 있었다. 외교

관이 되려면 영어는 필수이니까 말이다. 하지만 결과적으로 이득을 본 것은 바로 일본어였다. 그리고 영어보다는 프랑스어를 많이 썼다. 중학생 때 책을 더 많이 봤다면 좋았을 걸 하는 후회가 있다. 그리고 '내가 커서 무엇을 해야겠다.' 하는 생각을 버리지 않았던 일도 후회가 된다. 내가 다시 학생이 되면 고전부터 폭넓게 책을 읽고 싶다. 그랬다면 더 넓게, 더 많이 생각할 수 있었을 텐데 하는 생각이 든다. 내가 대학생일 때는 복사기가 없었다. 그래서 책을 볼 때는 광화문 근처에 가서 많은 돈을 내고 복사를 해 와야 했다. 인터넷은 중요하지 않다. 오히려 책이 더 중요하다. 원작 아니면 좋은 번역판을 많이 보길 바란다.

Q : 대사는 여러 나라를 옮겨 다니며 근무해야 하는데, 대사님 자녀들은 학업스트레스 같은 건 없었나요?

대사님 : 내가 일본에 있었을 때에는 별로 스트레스가 없었다. 한국 학교가 있었기 때문이다. 1년 동안 화목했었다. 그런데 호주로 가니, 한국학교가 없어서 어학 스트레스가 쌓였다. 하지만 다시 일본으로 돌아갔을 때는 스트레스가 줄어들었다. 공부를 다른 아이들보다 비교적 쉽게 하고 대학에 갔지만, 결과적으로 아이들에게는 큰 스트레스였을 거라고 생각한다.

Q : 외교관의 장점과 단점은 무엇인가요?

대사님 : 외교관은 적성에 맞는 사람이 하면 좋다. 우선 장점으로 외국을 왕래할 수 있고, 겉으로 멋있어 보이고 경험도 쌓인다는 것이 있다. 평생 겪어볼 수 없는 문화를 전부 체험할 수 있다. 단, 긴장감이 크다. 또 일어나서 일간신문 5개를 읽고, CNN 뉴스 방송을 듣는데 30분밖에 걸리지 않을 만큼의 성실성이 요구된다. 장점을 생각한다면 추천하고 싶지만, 낯선 문화를 잘 적응할 수 없는 사람들에게는 추천하지 않는다.

Q : 다른 나라 외교관들이 우리나라를 평가한다면 우리나라의 이미지는 10점 만점에 몇 점 정도로 생각하시나요?

대사님 : 외국인들은 요즘 우리나라에 대한 불만이 전혀 없다. 한국에는 일자리가 많기 때문에 요즘에는 일하고 싶은 나라로 꼽힐 정도로 좋아졌다. 외교는 단순 정치지만, 외교관에게는 일이다. 옛날에는 우리나라 상황이 매우 좋지 않았기 때문에 우리나라에서 일하는 것을 꺼려했다. 예전에는 우리나라에 오면 '특수지 수당'이라는 것을 받았다고 한다. 안 좋은 곳에서 일하는 대가로 보수를 더 받았다. 하지만 요즘 공기가 약간 탁하다는 것 빼고는 별다른 단점을 꼽기 힘들다. 따라서 나는 10점 만점에 8점정도 주고 싶다.

Q : 어떤 기사를 보니 자신이 두 번째로 좋아하는 일을 직업으로 삼고, 가장 좋아하는 일은 은퇴 후에 하라고 늘 말씀하셨다고 하는데요, 그럼 대사님이 가장 좋아하시는 일을 은퇴 후에 하고 계신 지금, 그 일을 통해 이루고 싶은 목표가 있다면 말씀해주세요.

대사님 : 핀란드 속담에 이런 말이 있다 - '**진짜 하고 싶은 일은 은퇴 후에 하라.**' 맞는 말이다. 일을 그만두기 전에는 자신이 정말로 좋아하는 일을 할 시간이 없다. 목공을 하게 된 계기는 내가 나의 특기를 우연히 찾은 것이고, 첼로를 하게 된 계기는 좀 특별하다. 나의 아버지는 법대를 나오셨는데, 바이올린을 하셨다. 6.25 전쟁 이후 인천에서 오케스트라를 창단하고, 자신이 직접 악장이 되셨다. 그리고 나에게 바이올린을 가르치셨다. 하지만 그 때에 나는 음악에 별로 재미를 느끼지 못하고 중학생 때 그만두게 되었다. 그런데 은퇴를 하고 나니 여름철엔 목공을 할 수 있으나 겨울에 할 일이 없는 상황이 발생했다. 그러다 생각난 게 중학생 때 배웠던 악기 연주였다. 나는 급하게 김포의 음악학원에 가서 악기를 가르쳐 달라 했고, 그 학원의 원장님이 첼로를 배우는 것을 제안하였

다. 나는 아무거나 좋다고 했고, 첼로 선생님께 수업을 받았다. 그 선생님은 내가 3달 정도 하다 그만 둘 거라고 생각 했겠지만, 나는 그 학원에서 나이가 제일 많은 학생이자 6년 반이라는 오랜 세월 동안 배운 학생이 되었다

Q : 저도 대사님처럼 첼로를 연주하는데요, 음악을 즐기면서 배울 수 있는 비법이 있다면 가르쳐주세요.

대사님 : 음악을 하다보면 재미없는 시간이 오게 된다. 그 시기는 대략 배우기 시작한지 3개월 정도가 되면 찾아오는데, 그 시기가 고비이다. 힘들면 그만 두게 되는 상황이 발생할 수도 있다. 하지만 언젠가는 다시 하고 싶은 날이 오게 된다. 그러니 음악은 힘들어도 항상 열심히 즐기면서 배우도록 하길 바란다.

인터뷰를 마치고 푸른울림은 감사의 뜻으로 대사님께 'Serenade to Spring', 'B Rossette', 그리고 '마법의 성' 이라는 세 가지의 곡을 대사님께 선물해 드렸다. 대사님 내외께서는 푸른울림의 연주를 녹화하면서 칭찬을 아끼지 않으셨다.

이번 인터뷰를 통해 좋은 직업에 대해 새로운 정보를 얻게 되었고, 세상을 올바르게 사는 법, 그리고 공부를 잘하는 방법도 알게 되었다. 또 기자들에게 자신의 삶을 반성하고 뒤돌아 볼 수 있는 유익한 시간이 되었다.

행복을 마시는 카페, 나눔을 마시는 카페
이광우 원장님 인터뷰

김민경 (미림여고 2)

    우리 주위에는 많은 카페들이 있습니다. 하지만 이런 카페와는 다른 의미를 지닌 곳이 있다고 해서 다녀왔습니다. <행복플러스 카페>는 서울특별시립 장애인생산품 판매시설의 신개념 브랜드로 전시판매, 커뮤니티 및 문화공간의 기능을 갖춘 멀티형 카페입니다. 서울 양천구 목동, 월촌중학교 앞에 위치한 <행복플러스 카페>를 찾아 이광우 원장님을 만나 행복플러스 카페에 대한 뜻 깊은 인터뷰를 하게 되었습니다.

장애우들이 만든 물품진열대

김민경 기자: 원장님, 안녕하세요. 행복플러스 카페는 어떤 목적으로 만들어진 곳 인가요?

이광우 원장님: 장애인들도 희노애락을 느낄 수 있고, 지적 장애인들조차도 감정을 가지고 있지만, 일반사람들에 비해 일을 하는 능력은 4분의 1밖에 미치지 못합니다. 그래서 남의 도움 없이는 살아갈 수 없습니다. 이들의 일자리를 창출하고 이들이 스스로 살아갈 수 있게 하는 것이 행복플러스 카페를 만든 목적입니다.

한결 기자: 카페 이름이 왜 '행복플러스 카페' 인가요?

원장님: '행복플러스 카페' 는 서울 시립 장애인 생산품 판매시설입니다. 의미 있는 소비를 통해 좋은 일을 하고, 소비하는 사람이 더 보람을 느끼는 '행복을 더한다' 라는 의미입니다.

김민경 기자: 행복플러스 카페는 전국에 몇 개가 있으며, 소득은 어떻게 쓰이는지 알고 싶습니다.

원장님: 카페형태로 운영 중인 행복플러스카페를 포함한 행복플러스 가게는 전국에 16개가 있으며, 서울에는 목동, 시청, 인사동 등 여러 곳에 있습니다. 전국 94개의 중증장애인 시설의 생산품을 위탁판매 하는 역할을 합니다. 소득의 100%는 장애인의 일자리 창출 및 급여로 쓰이며, 작년에만 80억의 소득을 올렸습니다.

한결 기자: 행복플러스 카페를 열게 된 결정적인 계기가 있으시다면 어떤 건가요?

원장님: 처음에는 장애우 생산판매 물품만 진열해 놓았더니 많은 사람들이 들어오기를 꺼려하고 어렵게 생각하시더군요. 그래서 일반인들과 좀 더 가까이 할 수 있는 방법을 생각하다가 카페형태인 행복플러스 가게를 생각하게 되었습니다. 그래서 행복플러스카페가 탄생하게 되었죠.

김민경 기자: 여러 가지 나눔사업 중 가장 애착이 가는 사업은 어

떤 것이 있나요? 있다면, 그 이유를 애기해 주세요.

원장님: 장애우와 일반인이 함께하는 문화공간인 행복플러스 카페가 가장 애착이 갑니다. 음악, 그림, 문화 활동을 통해, 나눔을 베풀고 받아들이는 행복한 공간이 되었으면 합니다.

한결 기자: 인터넷카페에 들어가 보니, 소외계층 지원 사업, 장애우 지원 사업 등 많은 일들을 하고 계셔서 깜짝 놀랐어요. 그 중 행복카페에 대해 간략하게 설명해 주세요.

원장님: 네, 많은 지원 사업을 하고 있습니다. 특히 행복플러스 카페는 장애인을 위한 시설이지만, 지역 주민의 커뮤니티공간으로 만들고 싶었습니다. 일반 사람들의 문화공간으로 공연도 가능한 '작은 문화 공간'이며, 장애우도 나와 같은 사람이라는 생각을 갖게 하는 '소통의 공간'입니다.

김민경 기자: 장애인 생산품은 장애우들이 만든다고 하셨는데, 아무래도 일반인들이 만들 때보다는 시간과 노력이 더 많이 필요한 작업이 될 것 같습니다. 이 사업을 진행하시면서 힘든 점은 없으셨는지요?

원장님: 집중도가 일반인들에 비해 조금 어려움이 있습니다. 그래서 뭘 만드는 작업을 한다는 게 많은 시간과 노력을 요하고 그 자체가 많이 힘들고 버거운 일이긴 하지만 자신 스스로가 만든 물품이 팔리면 인간으로서 성취감을 느끼며 성공이라는 자신감을 갖게 됩니다.

한결 기자: 이런 많은 나눔 사업을 해 오시면서 가장 기억에 남는 에피소드나 보람된 순간이 있으셨다면 소개해 주세요.

원장님: 어느 날 장애우들이 청소하는 곳에 채용이 되어 청소를 했는데, 양동이로 물을 계속 바닥에 붓기만 하더군요.(웃음) 그래서 바닥이 물바다가 되어서 당황한 적이 있었습니다. 장애우들은 특성

상 한 가지만 보고 집중해서 실행하는 경우가 있습니다. 그래서 작업을 같이 할 때는 하나하나 꼼꼼하게 의사소통을 하는 것이 중요합니다.

한결 기자: 저희가 아직 나이가 어려서인지 봉사, 나눔에 대해 막연한 느낌이 있었습니다. 그러나 행복플러스카페를 찾아오니, 봉사의 개념이 명확해지는 것 같습니다. 원장님께서는 중·고등학교 때 어떤 학생이셨나요?

원장님: 중·고등학교 때는 그냥 평범한 학생이었습니다. 지금과 똑같이 학생으로서 해야 할 일들이 많았기 때문에 봉사 일을 많이는 하지 못했어요. 하지만 저 자신도 3급 장애를 가지고 있습니다. 왼쪽 다리가 조금 불편하지요. 그래서 어릴 때는 의사가 되려고 하였으나, 지금은 경영학 박사로 대학원에서 학생들을 가르치며, 남에게 기쁨을 주는 일, 보탬이 되는 일을 하고자 합니다.

김민경 기자: 나라의 미래인 학생들에게 당부의 말씀이 있으시다면, 어떤 것이 있는지 말씀해 주세요. 앞으로 바라는 세상을 말씀해 주세요.

원장님: 세상은 다양합니다. 어울려 살아가면서 다양성을 인정할 줄 알아야 합니다. 그것이 인격존중입니다. 내가 좋아하는, 잘 할 수 있는 것을 발견하는 것이 바람직하다고 생각합니다. 고정관념을 버리고, 다양성을 인정하는 인격존중의 사회가 되었으면 합니다.

한결 기자: 많은 사람들이 행복플러스카페에 대해 잘 알지 못하는 것 같아 안타깝습니다. 더 많이 알리고 나눔을 함께 실천할 수 있도록 '행복플러스'를 가지고 오행시를 지어주세요.

원장님: 행, 행복한 나눔으로
　　　　　복, 복이 더해지는
　　　　　플, 플러스 공간

러, 러브하우스, 행복플러스 가게

스, 스마일 매장으로 초대합니다.

김민경, 한결 기자: 오랜 시간 따뜻한 인터뷰 감사합니다. 앞으로 행복플러스카페가 널리 알려져, 많은 장애우들과 사랑을 나누는 공간이 되었으면 합니다. 감사합니다.

　마시는 차안에 행복시럽을 넣고, 나눔의 뜨거운 물을 부어 인생을 플러스하게 해주는 특별한 카페. 우리는 많은 것을 느끼며 배우고 돌아왔습니다. 더불어 사는 세상에는 참 할 수 있는 게 많다는 것도 말입니다. 너, 나, 우리가 함께 어울리는, 장애우도 일반인도 하나가 되어 어울리는 그런 세상이 되기를 희망해 봅니다.

" 행동 없이는 행복도 없다."

- 벤저민 디즈레일리 (Benjamim Disraeli)

왜곡되는 역사,
위안부 할머니들의 생생한 증언

김채은B (덕성여고 2)

2009년 9월 20일 일요일, 엄마와 함께 첫 봉사활동에 나섰다. 장소는 경기도 광주에 위치한 나눔의 집. 교과서에서만 배웠던 '위안부' 피해를 겪으셨던 할머니 7분들께서 모여사시는 곳이다.

때는 태평양 전쟁 후기, 일본군은 조선여성들을 마구잡이로 잡아 데려갔다. 공장에 취직 시켜준다느니 편안한 곳으로 데려다 준다는 등의 말로 한창 꽃이 필 순수한 처녀들을 세계 각지에 보내 '일본군 위안부'로 삼았다. 그리고 그 분들은 일본군들에 의해 무참히 희생당하셨다.

엄마와 나는 우선 일본군 위안부 역사관부터 차례대로 둘러봤다. 할머니들의 그림 작품을 비롯해서 무서운 위안부 건물까지 재연되어 있었다. 역사관을 보는 내내 큰 상처를 받으셨을 위안부 할머니들께 조금이나마 도움이 되고 싶다는 생각이 들었다.

우리는 할머니들께서 계신 생활관으로 갔다. 처음엔 할머니들께서 낯설어 하셨지만 청소나 식사준비 등을 하고 나니 몇몇 분들께서 마음을 여셨다. 내가 안마를 해드린 박옥선 할머니께서 역사 이야기를 해주셨다.

위안부 역사관

김학순(金學順)의 생애

우리나라 최초로 위안부 피해 증언을 하신
故 김학순 할머니

김채은 기자: 할머니께서 당시 어떻게 위안부로 끌려가게 되셨나요?

　박옥선 할머니: 아유…그땐 형편도 어렵고 지금 같지가 않았어. 한 18살 땐가? 친구랑 물 길으러 갔는데 저쪽에 일본 군인이 버티고 서 있었어. 우리가 집 쪽으로 갈라고 하니까 우리를 불렀어. 우리가 그냥 못 본 척하고 걸어가니까 막 와서 우리를 힘으로 끌고 가, 우리가 싫다고, 싫다고 집에서 밥 지어야 된다고 울면서 말해도 질질 끌고 갔어. 항아리는 다 깨지고 군인 같은 사람이 여자들을 데려와서 큰 차에 실었어. 우리도 실렸어. 그리고 우리가 밖을 못 보게 커다란 보재기 같은 걸로 확 덮어 씌웠어. 가는 동안 아무 것도 안 먹고 도착하고 보니까 허름한 집이 하나 있어. 군인들이 사납게 굴면서 울지 마라 했어. 우리가 밥도 안 먹고 보내달라고 하니까 화를 내. 나는 집에 갈 거라고 하니깐 어떤 군인이 딱딱한 군인 장화로 내 정강이를 뻥 찼어. 아직도 남아있는데,(흉터자국을 보여주셨는데, 할머니 정강이의 한복판이 쑥 들어가 있었다.) 그때 피가 철철 나고 앞으로 고꾸라졌어.

김채은 기자: 위안소에 있으면서 어떤 기분으로 그 고된 하루하루를 보내셨나요?

　박옥선 할머니: 죽을 만큼 괴로웠어. 그런 데에서 22살까지 있었

으니…….군인들이 하도 많이 괴롭혀서 안 우는 날이 없었지. 중국 외진 땅에서 그런 날들을 너무도 많이 보내버렸어. 점점 친구들이 하나둘씩 없어져서 너무너무 무서웠어.

김채은 기자: 해방 후 한국에 언제 오셨나요?

박옥선 할머니: 일본군들이 우리도 갈 곳이 없으니 같이 가자고 해서 어쩔 수 없이 같이 갔어. 가다가 산 몇 개를 넘었는지……. 일본인들은 다가고 나는 조선 사람들 모여 있는 데에 도착했어. 한 영감님 집에서 살다가 어떤 부인 잃은 남자랑 결혼했어. 거기서 한 44살까지 살았나? 그리고 서울에 있는 조카 집에서 살다가 여기 2002년에 왔어.

김채은 기자: 앞으로 자라날 아이들에게 부탁하는 점들을 말씀해주세요.

박옥선 할머니: 아무리 힘이 세고 강한 일본이지만 제대로 된 것을 가르쳐주고 우리에게 진심으로 사과해야 돼. 일본사람들이 용서를 빌면 평생의 한이 풀리고, 너희들이 커서 꼭 역사를 알아야 우리 같은 불쌍한 사람들을 도와줄 수 있어.

할머니께서는 내 손을 꼭 잡으며 위인으로 자라서 잘못된 역사를 빨리 고쳐달라고 말씀하셨다. 일본이 진심으로 사과해야 할머니들의 가슴 속의 응어리가 풀릴 수 있다. 이제는 할머니와의 약속을 평생 동안 가슴 속에 새기며 왜곡된 역사를 바로 잡을 것이다. 집으로 돌아오는 길에 나눔의 집에서 일하시는 일본 분을 만났다. 그분은 나눔의 집 직원과 자원봉사자로 활동하면서 웬만한 우리나라 사람들보다 더 투철한 역사의식을 지니고 있는 분이었다. 일본인들의 잘못을 인정하고 할머니들께서 사과를 받으실 수 있도록 노력하고 계신다. 정말 정직하고 남다르신 분이다. 일본에도 이런 생각을 가진 사람이 많아야 한다. 역사의 중요성에 대해 이제 한번 경험 해봤으니, 앞으로는 한 달에 한 번씩 봉사활동을 하며 역사를 머릿속에 새길 것이다.

"나눔의 집의 할머니들! 건강하시고 장수 하세요^^"
나눔의 집- http://www.nanum.org/main.htm

" The weak can never forgive.
Forgiveness is the attribute of the strong."
약한 자는 절대 누군가를 용서할 수 없다.
용서는 강한 자 만의 특권이다. - 마하트마 간디

마음이 따스한 이상대 검사님과의 인터뷰

이지욱 (우신고 2)

 5월 26일 저는 아주 특별한 인터뷰를 하기 위하여 윤흠 기자와 법제처로 향했습니다. 교장 선생님의 추천으로 중앙일보 기자님과 함께 이상대 검사님을 만나 뵙고 궁금한 질문을 하고 좋은 시간을 가졌습니다. 저는 인터뷰를 준비하며 이상대 검사님에 대한 자료를 살펴보았는데 특이한 내용이 눈에 띄었습니다.

<이 상대 검사님>

 이상대 검사님께서는 15년 동안 검사 일을 해 오신 베테랑 검사 이신데 헌혈을 많이 하셔서 헌혈 유공 포상증도 받으셨고 법조협회

장(대법원장)으로부터 법조 봉사대상 본상을 수상한 분이셨습니다. 또한 소년범들을 일주일에 한번 씩 상담하시며 좋은 조언을 해주시고 그들에게 편지를 받는 분이셨습니다. 뭔가 특별한 분일 것이라는 마음에 더 빨리 뵙고 싶었습니다. 청소년 문제에 관심이 많으신 이상대 검사님께서는 참 밝은 표정으로 저희를 맞아주셨습니다. 미리 준비한 질문을 가지고 이상대 검사님과의 즐거운 인터뷰를 시작했습니다.

Q: 검사님은 어려운 검사 일을 하시면서 청소년들과 상담하기 위해 상담 과정도 이수하셨고 사이버 대학에서 상담 심리학도 배우는 중이라고 들었습니다. 이렇게 청소년 상담에 관심을 가지게 된 특별한 이유가 있으신가요?

A:소년범들을 만나보면 거의 다 환경이 어려워서 범죄를 범하게 된 경우가 많습니다. 그래서 좋은 방법을 찾아보기 위해서 상담을 합니다. 상담을 할 때에는 소년범들이 스스로 자신을 돌아보게 만들고, 스스로 자기 얘기를 하고, 자기 꿈도 얘기함으로써 제가 그 꿈을 이룰 수 있게 무엇을 도와줄 수 있는지 찾아봅니다.

Q: 일주일에 한 명씩 소년범들을 상담하신다고 계신다고 들었는데 상담하시면서 어떤 점이 어려우시고 어떤 점을 가장 안타깝게 생각하시나요?

A:아이들의 어려운 환경이 안타깝고 누군가 이 어려운 점을 개선해줬으면, 또 말을 걸어줬으면 하는 생각이 듭니다.

Q: 검사님께서 학창시절 때 공부를 어떤 방식으로 하셨는지 궁금합니다.

A:수업시간에 열심히 하는 것이 매우 중요하고 교과서나 참고서를 계속 읽고 외워서 완전히 자기 것으로 만들어야 합니다.

Q: 판사, 검사, 변호사를 꿈꾸는 학생들이 있습니다. 중학생인 저희들이 꿈을 이루기 위해 어떤 노력을 해야 하는지 알려주세요.

A: 사회에 대한 정의감이 필요할 것 같습니다. 항상 사회적인 것에 관심을 가지고, 자신만의 가치관 말고 법률적인 가치관을 기르는 노력이 필요할 것 같습니다.

Q: 요즘 가장 불행하다고 느끼는 청소년기가 중학생일 때라고 많은 학생들이 말합니다. 아마 특목고에 가야만 좋은 대학에 갈수 있어서 성적에 대한 스트레스 때문일 거라고 생각하는데 검사님은 이 문제에 대해 어떻게 생각하세요.

A: 공부도 중요하지만 열심히 운동해서 체력도 길러야 합니다. 지금 공부보다 나중에 판사, 변호사, 검사처럼 시험을 보려면 2년 정도 항상 공부를 해야 하기 때문에 체력이 뒷받침 되는 것이 매우 중요합니다.

Q:검사님께서는 봉사 활동도 많이 하시고 헌혈도 많이 하신분이라고 들었습니다. 특히 헌혈을 많이 하셔서 헌혈 유공 포상증도 받으셨는데 특별히 헌혈을 하시는 이유가 무엇이가요?

A: 대학교 때 오토바이 사고가 났습니다. 그때 다행히 다른 사람에게 피해도 주지 않고 별 큰일이 나지 않았을 때 '누군가 나를 위해 기도해주는 구나' 라는 고마운 마음이 들어서 헌혈을 많이 하게 된 것 같습니다.

Q: 청소년들도 학기 중에 하는 봉사 활동에 관심이 많은데 봉사 활동을 의미 있게 하길 원하는 청소년들에게 조언 한마디 해주세요.

A: 봉사를 할 때 학교에서 시간 때우기 위해서가 아니라 자신의 마음에서 우러나와서 해야 한다고 생각합니다. 봉사활동을 통해 불편한 사람들과 대화를 나누면서 나를 돌아보고 책임감을 가져서 불편한 사람들을 더 많이 도와 줄 수 있는 계기가 됐으면 좋겠습니다.

Q: 검사님께서 '이상대 검사와 함께하는 세상' 이라는 책을 출간하셨는데 검사 일을 하시면서 책을 내시기가 어려우셨을 것 같은데 어떤 점이 힘드셨나요?

A: 이 책은 검사생활을 하면서 업무적인 것 말고 가정에서 생활하며 느낀 것, 또 소년 범들에게 받은 편지들 등 여러 이야기를 통해 만들어 봤기 때문에 특별히 힘들지는 않았습니다.

Q: 친구들이 검사라는 직업에 대해 딱딱하고 무서울 것이라는 선입견을 가지고 있습니다. 검사님께서 생각하시는 검사라는 직업에 대해 한마디로 이야기해주세요.

A: 검사란 아름다운 세상을 이루는데 좋은 역할을 할 수 있는 직업인 것 같습니다.

Q: 청소년들이 아직 미래에 무엇이 되어야 할지 생각하고 결정하는 것이 가장 어려운 문제라고 이야기합니다. 아직 꿈을 정하지 못한 청소년들에게 지금 해야 할 가장 중요한 일이 무엇이고 미래의 꿈을 정하기 위해 어떤 노력을 해야 하는지 조언해주세요.

A: 많은 사람들을 만나서 많은 이야기를 들어보고 많은 직업들을 알아가는 것이 중요한 것 같습니다. 그리고 직업들을 살펴보며 내가 과연 그 일을 잘할 수 있는지에 대해 생각해 보는 것도 중요한 것 같습니다.

　검사라는 직업에 사람들은 다소 딱딱하고 엄격한 느낌을 받는다고 하지만 제가 만난 이상대 검사님은 참 자상한 마음을 가지신 분이고 저희들에게 마음을 열고 다가와 주시는 따뜻한 선배님 같으신 분이셨습니다. 세상에서 빛과 소금의 역할을 하면서 힘들게 살아가는 소년소녀 가장들을 도와주고 싶다는 검사님께 많은 것을 배우는 시간이었습니다.

검사님께서는 저희에게 좋은 선물을 가득 주셨는데 선물 중 검사님께서 쓰신 '이상대 검사와 함께 하는 세상' 책을 주셨는데 책에 -행복을 함께 나누고 싶습니다. 소망하는 모든 것들과 항상 행복한 동행을 하기를 바랍니다.- 라는 글귀를 저에게 써주셨습니다. 검사님께서는 따로 연락을 드렸을 때도 아주 반갑게 반겨 주시고 언제든지 필요할 때 연락을 하라는 말씀도 해주셨습니다. 저와 같은 청소년기는 많은 친구들이 방황을 하고 고민을 하는 때라고 생각합니다. 하지만 우리 곁에 따스한 마음으로 손을 내밀어 주시는 분들이 있다는 것을 알고 함께 사는 세상이 되었으면 좋겠다는 마음이 들었습니다.

<이 상대 검사님의 약력 소개 >

1966 충주 출생. 남한강 초등학교 졸업.

수유중학교 졸업. 동성고등학교 졸업.

고려대학교 법과대학 졸업.

1989 제31회 사법시험 합격.

1995 인천지검에서 검사생활 시작.

현 서울고등검찰청 검사.

수상경력으로 대한적십자사 총재로부터 헌혈 유공 포장증(은장,금장),

법무부 장관 표창, 검찰총장 표창,

법조협회장(대법원장)으로부터 법조 봉사대상 본상 수상

20년 후, 37살의 나와 만나다

김채은A (서울국제고 2)

면담계획서

1.나의 미래의 모습(20년 후 나는?) : 37살의 여배우 김채은. 영화계에 발을 들여 놓은 지는 이제 9년이 다 되어간다. 보통 청소년 때부터 기획사에 들어가 다년간 연습생 생활을 거친 뒤 드라마나 영화를 통해 데뷔하는 일반 여배우들과는 이력이 조금 다르다. 서울국제고등학교, 연세대학교를 졸업해 하고 싶은 공부는 다 한 그 후에 자신의 진짜 꿈을 찾아 대학로 연극 무대에 섰다. 큰 무대도 즐겼지만 관객들에게 더욱 생생한 연기를 전해줄 수 있는 소극장 무대를 더 좋아했고, 다양한 연극 무대에서 관객들과 소통하는 법을 배우며 그렇게 5년 동안 연극계에서의 입지를 다졌다. 그리고 28살이 되던 2024년, 좀 더 많은 사람들에게 연기로 감동을 주고 싶다는 생각에 영화 오디션을 봤고, 연극 무대에서 탄탄히 쌓은 연기로 실력을 인정받으며 성공적으로 영화계에 진출했다. 영화작품이 없을 때면 어김없이 자신의 고향 대학로로 다시 돌아오는 37살의 김채은은 영화관에서도 대학로에서도 찾아볼 수 있는 배우이다.

2. 인터뷰 장소와 시기(상황) : 인터뷰 장소는 김채은이 오랜만에 연극을 올리는 소극장. 김채은에게 인터뷰를 요청하자 자신의

연극을 본 뒤 극장에서 인터뷰하는 건 어떻겠냐는 대답이 돌아왔다. 나는 바로 승낙했고, 인터뷰 날짜는 연극을 올리는 10월 초였다. 대학로에서 오랜만에 김채은이라는 배우를 볼 수 있는 작품이라 그런지 작은 극장이 사람들로 가득 찼고, 모두들 연극을 즐기고는 하나둘씩 집으로 돌아갔다. 연극이 끝나고 20분 후, 편한 트레이닝복으로 갈아입고 나온 김채은과 조명 두어 개 빼고는 모든 불이 꺼진 소극장 무대에 걸터앉아 인터뷰를 시작한다.

3. 인터뷰 주제 : <연극인도, 영화배우도 아닌 '연기자' 김채은의 연기인생> - 연극, 영화 두 분야에서 모두 활발하게 활동하는 배우 김채은. 이 직업을 꿈꾸게 된 계기부터 연극계에서 영화계로 진출한 그 내막과 지금 그녀가 가지고 있는 꿈까지.

4. 질문 - 답변의 개요

Q1. 연기자를 언제부터, 왜 꿈꿨는가? - A1. 초등학교 6학년 때부터. 그 때 본 드라마가 내게 감동을 전해줘 나도 사람들의 감정을 움직이는 사람이 되고 싶다는 생각을 함.

Q2. 왜 첫 연기는 영화가 아닌 연극에서? - A2. 중학교 때 처음 연극과 뮤지컬을 접하고 무대에 섰을 때 사람들과 더 잘 교감할 수 있고 진정한 연기를 경험해 탄탄한 실력을 쌓을 수 있다고 생각함.

Q3. 연기자가 꿈이었다면 왜 특목고, 명문대에 진학했는가? - A3. 목표가 유명해지는 것이 아니었기 때문에 연기는 부모님께 부담 없게 공부를 열심히 한 후 내 능력이 될 때 시작해도 꿈을 이루기에는 늦지 않을 것이라는 판단을 내림.

Q4. 연극과 영화가 각각 가지는 매력은? - A4. 연극은 소수와의 깊은 소통, 영화는 다수와의 다양한 소통이 매력.

Q5. 롤모델은 누구이고, 지금 꿈이 있다면? - A5. 롤모델은 배우 김윤진. 지금의 꿈은 배우 김윤진이 밟은 할리우드 진출의 길을

더욱 탄탄히 다지는 것.

  5.내용 구성 및 사용할 이미지 : 김채은이 연기자라는 직업을 꿈꾼 어린 시절부터 연극인으로서의 시작과 영화계 입문, 그리고 그 과정에서 있었던 여러 일화들을 짧은 전기문 형식으로 시간 순서대로 나열한다. 연극관계자들의 양해를 구해 연극 공연 중 김채은과 인터뷰 중 자연스러운 모습의 김채은을 사진에 담아 기사에 2-3장 정도 싣는다.

  6. 참고자료(정보의 출처) : <세상이 당신의 드라마다> - 저자 김윤진

‘연기하는 감동쟁이’ 김채은을 만나다
연기자가 된 건 사람들에게 감동을 주기 위해…
이 세상에 꼭 필요한 연기 하고파

  대학로에서 오랜만에 김채은을 만날 수 있는 작품인 <흰 그림자>의 소극장 안은 기대로 들뜬 관객들로 가득 찼다. 연극이 끝난 20분 후, 조명 두어 개 빼고는 모든 불이 꺼진 소극장 무대에 걸터앉아 편한 트레이닝복으로 갈아입고 나온 김채은을 만나보았다.

  “제 연극 보실래요?”
  인터뷰 장소를 어디로 정하는 것이 좋겠냐는 물음에 돌아온 대답이다. 평소 연극에 관심이 많던 기자는 고민 없이 승낙했고, 인터뷰 시간과 장소는 자연스레 연극이 끝난 시간, 연극이 끝난 소극장으로 정해졌다. 기자가 보게 된 연극의 제목은 <흰 그림자>. 사회에서 옹호 받지 못하는 꿈을 가진 사람들의 이야기를 그리는 연극이다.

올해로 '연극배우 김채은'은 15번째, '영화배우 김채은'은 10번째 생일을 맞는다. 보통 청소년 때에 연습생 시기를 거쳐 기획사에서 배출하는 연기자였다면 영화계 데뷔는 20년쯤 지나 있었을 37살의 배우 김채은은 다른 배우들과는 남다른 인생을 살았다.

꿈은 초등학교 6학년 때부터 연기자였다. 교육열이 남다르셨던 부모님 탓에 공부에 방해된다는 이유로 집에는 텔레비전이 없어 부모님 몰래 매일 밤 엠피쓰리에 다운 받아 본 드라마가 2010년 KBS 청소년 드라마 <공부의 신>이었다. 이불 속에서 처음으로 누군가의 연기를 보며 울기도 했고, 드라마에 너무 몰입해 그 꿈을 꾸기도 했다. 그때부터 누군가의 감정을 움직일 수 있는 사람이 되고 싶다는 생각을 하기 시작했다.

꿈이 연극인으로 바뀐 건 중학교 2학년, 부모님 몰래 대학로 연극에 빠져 살 때였다. 연극배우들의 연기는 드라마 속 여러 아이돌의 그것과는 차원이 달랐다. 단 한번의 NG도 있어서는 안 되는 '연극'이라는 무대는 뛰어난 실력과 배우와 관객간의 더 제대로 된 소통을 요구했고, 작은 소극장의 좁은 관객석에 앉아 보는 무대는 이불 속에서 보던 드라마보다 더 한 눈에 들어왔다. 첫 연극을 볼 때부터 마음은 이미 방송국에서 대학로로 돌아서 있었다.

인터넷 포털 사이트에 김채은의 이름을 치면 가장 눈에 띄는 것은 아무래도 '학력'이다. 서울국제고등학교와 연세대학교를 졸업한 김채은은 왜 특목고, 명문대에 진학했냐는 질문에 "오늘 인터뷰로 다섯 번째 이 질문을 받는다"며 장난 섞인 짜증을 냈다. 이유는 특별하지 않았다. 교육열이 강하셨던 부모님의 영향도 없잖아 있었지만, 우선 자신의 꿈을 이루는 데에 부모님의 힘을 빌리고 싶진 않았다. 아무래도 안정적인 직업이 아니고 쌓아온 공부기 있었기에 중학교 졸업할 때 즈음 꿈이 연극이라는 것을 알게 된 부모님이 적극적으로 지지해 주시진 않았던 터라, 공부로 자신의 열정을 보여드린 후에 자신의 능력으로 연기 공부를 하는 것이 부모님에게 도 더 떳떳하고 당당한 길이 될 것이라고 생각했다. 만약 꿈이 인기 많은 배우가 되는 것이었다면 이런 학력을 가지게 될 일도 없었을 터. 명성이 목표가 아니라 '연기'를 하는 것이 목표였기 때문에 그 꿈을 찾아나서는 시작점이 20살이 되든 30살이 되든 상관없었다.

사실 이러한 학교들을 다니면서 연극인이라는 꿈을 계속 지탱하는 것은 여간 쉬운 일이 아니었다. 이 꿈에 대해 부모님의 인식이 긍정적이지만은 아닌 것이 보이기도 했고, 공부에 휩쓸리면서 가끔 꿈이 연극인이라는 사실을 잊기도 해 몇 번은 이 꿈을 포기하려고도 했었다. 그럴 때마다 그녀를 붙잡아준 것은 가끔 보는 영화나 연극 속 배우들의 연기였다. 기숙사 생활에 찌들어 연기에 대해 잊고 있다가도 주말에 가끔 영화나 연극을 보고 나면 다시 연기에 대한 열망이 불타올랐다. 그런 그녀에게 롤모델을 묻자 그녀는 "그걸 어떻게 뽑느냐"며 진심으로 괴로운 표정을 지었다.

한참을 고민하던 김채은은 주머니에서 휴대폰을 꺼내더니 메모장을 켰다. 메모장에는 50명이 넘는 배우들의 이름이 쓰여 있었다. 그녀는 고등학생 때부터 배우들의 연기를 보고 감동을 받거나 그 연기가 마음에 남을 때면 그 감동을 잊지 않기 위해 그들의 이름만이라도 메모장에 남겨둔다고 했다. 그녀의 메모장에 쓰인 이름들은 대부분이 중년, 노년 배우들의 것이었다. 고등학생 때부터 쓴 것이라 그 때의 젊은 배우들과 중년 배우들은 지금의 중년 배우와 원로 배우들이 되었다.

김채은이 어렵사리 고른 롤모델인 배우 김윤진은 꿈에 대한 확신이 없던 고등학교 시절 다시 연극인이라는 꿈을 잡게 해준 배우이다. 배우 김윤진의 자서전 <세상이 당신의 드라마다>는 모든 배우들이 꿈꾸는 길인 자신의 할리우드 진출기를 그린 책이다. 고등학교 1학년 때 그 책을 읽은 후부터 김채은의 궁극적인 꿈은 김윤진이 밟은 할리우드 진출의 길을 더 탄탄히 다져 보다 더 많은 한국 배우들이 할리우드에서 연기할 수 있는 기반을 마련하는 것이다.

"제가 이 책을 읽은 지 20년이 지났잖아요. 그 20년 동안 할리우드에서 김윤진 선배님만큼의 위상을 가진 배우들이 나오지 못했다는 점이 참 씁쓸해요."

이러한 김채은과 배우 김윤진 사이에는 공통점이 있다. 둘 모두 연기를 연극에서 시작했다는 것이다. 더욱 완벽한 연기를 요하는 연극이라는 분야에서의 활동으로 성숙한 연기실력을 키운 김채은이 연극계 데뷔 5년 만에 영화계에 눈길을 준 이유는 뭘까?

"제 연기로 더 많은 사람들에게 감동을 주고 싶었어요. 마침 대학로에서 연극제작자로 일하던 고등학교 동창이 함께 작업해보지 않겠냐는 제안을 했어요. 그렇게 만들어진 작품이 제 영화 데뷔작 <주변인>이죠."

그녀는, 영화계 진출의 목적은 명성이 아니라 자신의 연기로 누군가가 감동을 느낄 때 자신에게 돌아오는 '역감동'이었다고 말했다. 연극, 영화중에 한 분야만 고르라고 하자 그녀는 "오늘 여러 번 곤란하게 하신다" 며 장난스럽게 웃었다. 롤모델 질문보다는 비교적 쉽게 돌아온 대답은 "아직은 연극" 이었다. 그녀에게 "다양한 경험을 하게 해준 영화의 매력이 다수와의 다양한 소통이라면 연극의 매력은 소수와의 깊은 소통" 이다. 영화가 다양한 경험을 하게 해주는 학원선생님이라면 연극은 연기를 시작하게 해준 학교 선생님이라고 그녀는 말했다. 영화 스케줄이 없을 때 연극을 올리기 위해 대학로에 다시 돌아올 때마다 그녀는 졸업한 학교에 계속 찾아오는 졸업생의 마음을 가진다.

김채은의 영화 데뷔작 <주변인>, 이번에 올리는 연극 <흰 그림자>처럼 그녀의 작품의 주인공들은 대부분 소외되는 삶을 사는 인물들인 경우가 많다.

"제 연기가 주는 감동이 그저 한순간의 감동에서 그치지 않았으면 좋겠어요. 그 감동이 이 사회의 소외계층에게 그대로 전해질 수 있을 만큼 이 세상에 꼭 필요한 연기를 하고 싶어요."
훗날 어떤 배우로 기억되고 싶으냐는 질문에 "감동쟁이 배우"라고 답하던 김채은은 기자의 눈엔 연극배우도, 영화배우도 아닌 '연기하는 사람' 이었다. 질문에 대한 그녀의 대답 대부분에는 '감동' 이라는 단어가 한 번쯤은 들어가 있었던 것으로 기억한다. 이미 그녀는 많은 사람들에게 자신이 아는 것 보다 더 감동적인 사람일지 모른다.

"꿈을 글로 적으면 목표가 되고, 목표를 쪼개서 기한을 설정하면 계획이 된다. 그 계획을 더 잘게 쪼개어 날짜를 붙이면 일정표가 된다. 일정표대로 실천하면 계획이 달성되고 계획대로 행동하면 목표가 달성되고, 목표가 달성되면 꿈이 이루어진다."

5.
숨고르기(시, 서평)

−푸른울림의 마음의 소리를 담아서−

숨바꼭질

박영지 (하나고 2)

썰물 때 도착한 갯벌 위에서
우연히 꽃게를 보았다

멀리서 오라고 손짓하기에
놓치지 않으려 뛰어갔는데
어디로 갔는지 숨어버렸다

구멍 앞에서
기다렸는데
안나온다

손가락으로 꾸물꾸물
발가락으로 꼬물꼬물

구멍 속에서
스쳐갔는데
안보인다

체념하고 일어서면 불쑥
반가워서 앉았는데 쏘옥

보고싶은데
가까이서
보지도 못하고

난 항상 술래다

(네이버 한글한글 아름답게 아름다운 우리 시 50선
"아름다운 한글, 시로 담다" http://hangeul.naver.com)

'국경 없는 괴짜들'을 읽고.

박근모 (청원고 1)

하얀 조끼가 마음에 들어서 국경 없는 의사회에 들어온 주인공이 파키스탄, 예맨, 수단, 소말리아 같은 보통 사람들은 너무 위험해서 가보지 못하는 곳에서 일하는 국경 없는 의사회의 진짜 모습을 재미있게 들려준다.

국경 없는 의사회에는 불쌍한 사람들을 돕고 싶어서 온 사람들도 있고, 주인공처럼 큰 이유 없이 들어온 사람들도 있지만 모두 구호활동에는 최선을 다하고 항상 더 많은 사람들을 살릴 수 있도록 노력한다.

이런 모습을 보고 국경 없는 의사회가 더 진실 되게 느껴졌고, 아픈 사람들을 한 명이라도 살릴 수 있다면 매일 자살 폭탄 테러가 일어나는 위험한 곳까지 가서 살리는 것이 진정한 구호 활동이라는 생각이 들었다.

그리고 사람들을 살리겠다는 열정만으로 전쟁터로 뛰어들어 다른 사람들에게 큰 도움이 되어 주는 사람들을 보고 나도 국경 없는 의사회 사람들의 뜨거운 열정을 느끼고 싶다

．

About World Scholar's Cup

임지원 (이화여고 2)

Last Friday, I went to listen to the speech about the 'World Scholar's Cup'. The speaker was '**Daniel Berdichevsky**' who graduated from Havard University. I was very excited as he was from the world's best college, and it was my first time to listen to the speech legally. When he appeared, Ewha's poor girls greeted him with cheers because he was very handsome. I thought that I couldn't understand any of his talking, but thanks to his consideration such as speaking slowly and using easy words, I could comprehend what he said.

World Scholar's Cup is 'Debating Contest'. It consists of four large rounds, in Ewha, in Korea, in Asia, and in World. The best is the round of Asia in Dubai and World in Yale University.

The World Scholar's Cup is an international team tournament which students take part in from over 40 countries. It was founded by DemiDec, Daniel Berdichevsky especially, today's speaker and DemiDec's president.

I felt Daniel Berdichevsky was a quite shy man. When he was

young, he could participate in the first year of the W.S.C. He said that he felt jealous when his friends have got the prize. And next year, he participated in the competition, he got the second prize in the USA! Encouraged a lot, he studied hard and he enrolled Havard at last. When I listened to his speech, as the World Scholar's Cup became turning point in his life, I could make my turning point, as well.

We could have a meeting with Korean participants, who joined the contest and advanced in World Round last year . She dropped herself out from 'Yong in foreign language high school' and did homeschooling. But she couldn't find her achievements, goals. At that time, she met WSC. After participating, she got encouraged and could know obviously what she need to do. Now she is students of Yale University.

When I listen to his speech, it was humorous and free. I could get the difference between his and Korean speech style, which is very stiff and serious. He sat even on the floor and kept talking. Nevertheless we all have concentrated greatly and easily.

In middle school, I didn't have a chance to listen to the speech like that. I reckon it is good for me to come to Ewha. I hope that teachers give us many chances to have great speech like this.

'돌아온 외규장각 의궤와

외교관 이야기'를 읽고.

박근모 (청원고 1)

프랑스의 루브르 박물관에는 직지와 외규장각 의궤와 같은 우리나라의 문화재가 많이 있다. 모두 프랑스가 병인양요 때 약탈한 문화재들이다. 당시 프랑스가 약탈한 책은 모두 340권인데 현재는 297권만이 남아있다고 한다.

수십 권의 책은 여러 가지 경로로 잃어버렸다고 한다. 의궤 중 1권은 영국에 있는데, 프랑스의 한 치즈 가게에서 샀다는 영수증이 있다고 한다. 우리나라의 문화재를 약탈하고 그 과정에서 수십 권의 책이 사라졌다는 사실에 정말 화가 났다.

우리나라의 문화재는 프랑스뿐만 아니라 일본에도 많이 있다. 일제강점기 시절 일본이 우리나라의 문화재를 빼돌린 것이다. 우리나라가 힘이 약해서 소중한 문화재들을 지키지 못했다는 사실이 안타까웠다.

우리의 문화재를 지키기 위해서는 우리의 역사를 알고 소중히 지키려는 마음과 문화재를 향한 끊임없는 관심이 필요하다.

수학자 페트로스가 골드 바흐의 추측에 미쳐야만 했던 이유

(사람들이 미쳤다고 말한 외로운 수학 천재 이야기, 아포스톨로스 독시아디스)

박영지 (하나고 2)

      페트로스 삼촌은 골드 바흐의 추측을 풀어내기 위해 계속해서 끊임없이 도전하는데 그 모습을 지켜보는 모든 사람들은 페트로스 삼촌을 수학 천재라고 부르기도 했지만 골드 바흐의 추측을 풀어내려고 애쓰는 모습을 보고 미쳤다고 말한다. 그래서였는지 '나' 가 수학자의 길에 들어서려는 것을 페트로스 삼촌은 막으려고 했다. 여름방학동안에 '이 문제' 를 풀어내면 수학자가 되는 것을 막지 않겠다고 하지만 '나' 는 길을 약간은 돌아가면서도 수학을 전공으로 선택하게 되는데 나중에서야 고등학생이었던 '나' 에게 냈던 '이 문제' 가 골드 바흐의 추측이었던 것이라는 걸 알았다. '나' 가 수학을 전공하려고 노력했던 과정을 책을 통해 자세하게 알 수 있었고, 수학과 과학을 좋아해서였는지 처음 읽는 수학 소설도 즐거웠다. 특히 수학자가 되기 위해 노력하는 '나' 의 모습은 충분히 그 과정에서의 '나' 의 마음과 생각이 공감되고, 이해됐던 것 같다. 나는 현재 장래 희망이 수학분야가 아니 지만, 고등학교를 다니면서 심도 있고 깊이 있는 수준의 수학 문제들을 풀어나갈 수 있는 수학적 사고력과 문제 해결력을 차근차근 쌓아서, 수학 분야에 충분한 내공을 쌓아나가고 싶다.

수학을 전공하기까지의 모습들과 더불어 소설을 읽으면서 인상 깊었고, 다시 한 번 생각하게 만든 것으로, 수학자 사이의 연구 혹은 신경전을 읽는 것이 또 하나의 재미있는 요소로 작용했다. 페트로스와 그의 라이벌이었던 쿠르트 괴델과의 관계를 보는 것이 흥미로웠다. 과학자들 사이에서도 서로 먼저 논문을 발표하기 위해서 서로의 연구 과정이나 실험결과를 몰래 빼돌리거나 알아내서 몇 분 차이로 논문을 완성해 발표하기도 하고 자신의 논문의 오차들을 찾아내어 고쳐내는데 사용하는 것처럼 수학자 사이에서 서로 먼저 문제를 풀어내기 위해 애쓰는 페트로스의 모습을 볼 수 있었다. 풀이 과정을 알아내려고 하는 모습을 보면서 연구를 하는 과정 속에서 생기는 도덕적 문제점에 대해서 들여다보게 되었다. 그래서 요즘 들어 논문이 아니어도 부각되고 있는 저작권 침해 문제와 관련해서도 생각하게 되었다. 예술 분야에서는 음원 표절이 문제되고 있고 인터넷 상에서는 다른 사람의 블로그에 올라온 사진이나 글을 복사하여 사적 이익으로 사용하기도 하고 학생들은 숙제를 하면서 아이디어가 없을 때나 어떻게 해야 할지 막막해지면 인터넷이나 책 속에서 출처를 밝히지 않고 그대로 사용하는 학생들이 많아져 결국 2차적 문제로 교육적 목표에도 어긋나게 한다는 점에서 드물게 논란이 되고 있는 사회이다. 수학자나 과학자도 마찬가지다. 물론, 여러 학자가 한 번에 너무나도 똑같은 주제로 연구를 시작하게 되고, 그 연장선에서 이루어지는 많은 실험이나 풀이 과정을 만들어가고 탐구하는 과정 속에 표절의 유혹에 쉽게 빠질 수밖에 없는 상황이 닥치기도 한다. 왜냐하면 연구와 탐구가 자신의 직업인 학자들은 솔직히 자신의 논문이나 결론도출이 또 다른 경쟁자에게 정말 근소한 차이로 완성된 논문이 될 수 없어질 때, 그 동안 자신이 이루어

낸 과정이 아까울 것이다. 또 직업으로 하는 일이기에, 명예가 최우선의 가치에 놓여 있는 직업군이라서 더더욱 자신의 노력이 한순간에 무의미해질 때 그동안 쏟았던 노력과 열정이 한순간에 물거품이 되어버리기 때문에 그 경쟁이 더욱 치열하고, 1분 1초의 제출 시간 차이가 논문의 작성자를 결정지어버리기 때문이다.

페트로스 삼촌이 주변 사람들에게 수학에 미쳤다는 말을 들을 수 밖 에 없었던 이유, 페트로스 삼촌의 라이벌이었던 쿠르트 괴델이 자신의 심장이 아주 심각한 지경에 이르렀다고 믿어서 추위를 막지 않으면 심장이 멈춰버릴 거라고 생각하며 겨울옷을 몇 겹씩 껴입는 정신적 질환을 앓게 된 이유도, 그래서 '나'가 페트로스 삼촌을 비롯한 많은 수학자들처럼 수학에 미친 수학천재들의 모습을 보고 수학자가 되지 않기로 결심하게 만든 상황도 이러한 상황이 만들어 낸 두려움 때문이라고 이야기한다. 학자들 스스로의 마음가짐 또는 양심을 지켜나갈 수 있는 신념도 필요하지만, 그들의 연구 노력이 헛되지 않도록 연구하기에 좀 더 좋은 환경이나 제도를 사회에서 마련해 주어야 할 필요도 있다고 생각한다.

수학과 과학, 더 넓게는 학문의 깊이를 더해가고 발전시켜나가는 데에 있어서 표절을 비롯한 저작권 침해의 문제는 현재 해결해야 한다고 생각한다. 모든 학자들, 학생들은 충분히 스스로 해결할 수 있는 능력을 갖고 있을 것이다. 단지 포기하거나 쉽게 지치지 않고 끊임없이 노력하고 이루어내려는 끈기와 정직한 마음을 기본적 소양으로 꼭 갖추었으면 좋겠다.

좋다

임시현 (성재중 1)

쌀쌀한 날씨에 꽁꽁 싸맸지만
핫 팩처럼 내 맘을
따뜻하게 녹여준
인상 깊었던 하루

힘들던 학교 학원 생활을
잊게 해 준 좋은 날씨

여름같이 덥지 않고
겨울같이 춥지 않던
포근한 그 느낌
우리에게도 이 세상에도
좋은 느낌은 존재한다

바쁜 하루하루를 잊게 한
잠시라도 가만히 있지 못하던 나를
깊은 생각에 빠지게 해 준
고마운 그 느낌

진정한 행복 -파우스트-
명작 소설을 읽고

이원상 (고창중 2)

 여러분은 내기를 해보신적이 있나요? 친구들, 부모님, 선생님 등 주위의 사람들과 내기를 해본 경험이 있을 겁니다. 제가 소개해드릴 주제인 진정한 행복을 떠오르게 한 책이 바로 로가 내기를 하는<파우스트>라는 책입니다. 이 책의 주인공 파우스트는 하느님과 악마, 메피스토펠레스 사이의 내기에서 시험을 보는 역할의 사람입니다. 파우스트가 죽어서 과연 하느님의 품속으로 들어갈 것인가에 대해서 내기를 펼쳐집니다. 메피스토펠레스는 파우스트가 하느님의 품속에 들어가지 않도록 조금한 계약을 하게 됩니다. 살면서 메피스토펠레스가 파우스트의 종이 되고, 죽은 후에는 파우스트가 메피스토펠레스의 종이 되는 계약을 맺게 되는데요. 파우스트는 살면서 종인 악마를 통해 젊고, 화려하고, 웅장한 삶을 보내게 됩니다. 하지만 죽기 직전에 자신이 아직 원하는 것을 모두 이루지 못하여 후회하는 모습을 보이게 됩니다. 과연 메피스토펠레스는 파우스트를 유혹하여 하느님과의 내기에서 이길 수 있을까요? 마지막에 파우스트가 죽고 난 뒤 하느님께서 파우스트의 영혼을 데리고 가면서 악마가 내기에서 지게 됩니다. 파우스트에는 사람이 살면서 근심, 절망, 행복이 존재한다는 내용이 제 마음에 와 닿았습니다. 무언가에 대해 궁금할 때, 알고 싶을 때 고민을 해본 경험이 있을 것입니다. 문제의 답을 찾기 위해서 노력을 해본 경험이 있었을 것입니다. 하지만 고민에 대한 답을 찾지 못해서 절망에 빠진 기억도 있을 것입니다. 여러분의 기억 속에는 모든 것을 떨쳐내면서 누리는 행복도 있을 것입니다. 퍼즐이 단 한 개가 없다면 맞지 않듯이, 근심, 절망, 행복에도 무언가 빠지면 모든 것을 이루지 못하게 됩니다.

파우스트의 근심은 영원한 행복과 진리를 찾기 위해서 늘 고민했지만 자신이 원하는 답을 찾을 수 없었다는 것으로 볼 수 있습니다. 그리고 절망은 파우스트가 '그레트헨'이라는 여자와 사랑에 빠지게 되는데 나중에 이 여자가 미치게 됩니다. 파우스트는 죄책감으로 인하여 절망에 빠지게 됩니다. 하지만 모든 것을 떨쳐내고 일어나 자유로운 국가를 만들게 되면서 행복을 느끼며 생을 마감하게 됩니다. 파우스트는 신에 가장 가까운 인간이라고 자신을 표현했지만 다른 사람과 다를 게 없는 보잘것없는 인간에 불과했습니다. 항상 근심을 품고 다니고, 죄책감으로 절망에 빠지고, 모든 것을 극복해낸 후 행복을 느끼는 것이 모든 사람의 특징입니다.

근심, 절망 행복 중 사람들이 원하는 것은 행복입니다. 파우스트는 자신이 행복해지기 위해서 다른 사람들을 불행하게 만들었습니다. 그러나 파우스트는 죽기 직전에 모든 사람이 행복해져야 자신도 행복해질 수 있다는 것을 깨닫게 됩니다.

우리가 진정한 행복을 누리기 위해서는 돈, 명예로 욕구를 채우는 것이 아니라, 남을 돕고, 배려하는 행동을 통해서 남들이 행복해하는 모습을 보며 웃음을 짓는 그 순간, 진정한 행복을 느끼고 있는 것입니다. 여러분도 진정한 행복이 무엇인지, 자신만이 이익을 쫓으며 가는 것인지 다함께 웃으며 나아가는 것인지 한번쯤은 생각해 봤으면 합니다.

다시 찾은 나의 꿈

<세상이 당신의 드라마다>를 읽고

김채은A (서울국제고 2)

고등학교 원서 접수를 할 때 제출했던 자기소개서에도 당당하게 써 내었던 내 꿈은 '연극인'이었다. 비록 연기를 배워 본 적은 없지만 그 꿈에 대한 한 치의 의심도 없었고, 연극인이 아닌 내 미래는 상상해 보지조차 못했다. 그런데, 고등학교에서 한 학기 동안의 생활은 이에 대한 허무함을 갖게 했다. 고등학교에 입학해 한두 달을 정신없이 적응기로, 또 다음 달은 중간고사에 찌들어 보냈다. 게다가 기숙사 생활을 하는 나의 생활에서 연극은 찾아볼 수 없었다. 연기학원을 다닐 수도, 예전처럼 연극을 보러 다닐 수도 없는 여건에 나는 이 꿈에 대한 의구심이 들기 시작했다. 심지어 나도 연극에 관한 걱정보다 성적에 관한 걱정에 더 매달려 있었다.

기말고사가 끝나면 좀 덜해질 줄 알았던 내 고민은 더욱 심해졌다. 연극이 맞는 길인지 아닌지, 내가 좋아하는 일을 해야 하는지 아니면 안정적인 길을 택해야 하는지. 이러한 고민에 시달릴 즈음, 도서관 한 컨에 꽂혀 있던 이 책은 꿈을 어렵사리 지탱하며 아슬

아슬하게 서 있던 나에게 한 줄기 빛으로 다가왔다.

<세상이 당신의 드라마다>는 배우 김윤진의 할리우드 진출기를 그녀가 직접 쓴 자서전이다. 2002년 청룡영화제 여우주연상을 수상한 그녀가 한국에서 얻은 명성을 뒤로 한 채 할리우드로 발길을 돌린 이유에서부터 할리우드라는 험난한 산길을 어떻게 헤쳐 나가 그곳에서 인정받을 수 있었는지까지 모두 알려준다.

미국에서 연기 공부를 하며 연극배우로 생활하던 배우 김윤진은 한국에서 <밀애>, <쉬리> 등의 작품으로 우리나라에서 최정상의 배우로 인정받아 여우주연상까지 수상해 한국의 영화계에서 안정적인 입지를 다질 즈음, 자신의 오랜 꿈인 할리우드 진출을 위해 미국으로 떠났다. 동양인의 배역이 많이 주어지지 않는 할리우드의 특성상 그녀는 누구보다도 피나는 노력을 해야 했고, 그 노력은 김윤진을 배신하지 않았다. 할리우드 첫 진출작 이었던 <로스트>는 2004년 시즌1로 시작해 2010년 시즌6까지 이어졌고, 올해 2013년, 그녀는 새로운 미국드라마 <미스트리스>에 주연으로 출연하였다.

할리우드와 우리나라의 영화계는 요구하는 연기의 성격, 배우의 외모 등이 모두 다르다. 김윤진이 할리우드의 기준에 자신을 맞추었다면 할리우드 진출의 길이 훨씬 수월했을지도 모를 일이지만 그녀는 자신만의 연기와 외모를 메리트로 사용할 수 있는 길을 만들어 '할리우드를 김윤진에' 맞추어 냈다. 그것이 그녀가 할리우드에서도, 우리나라에서도 롱런하는 배우로 남아있을 수 있는 비결이라고 생각한다.

할리우드와 우리나라 영화계의 성격이 다른 것처럼, 내가 원하는 길과 수월한 길, 그리고 주변 사람들이 원하는 길은 하나하나 모두 다르다. 만약 내가 원하는 길이 아니라 다른 길들을 선택한다면 그

'만들어진 꿈'에 도달하는 것은 쉬울지 모르겠지만 그 일을 즐겁게, 오래 지속하며 하기는 힘들다. 김윤진이 그랬듯이, 나는 내 길에 다른 길들을 맞춰보려고 한다.

　이 책이 잘 쓴 책인지 아닌지를 감히 가늠할 수는 없지만, 나에게 '좋은' 책임은 분명하다. 다시 내 꿈을 찾을 수 있게 도와주었고, 꿈이 연기자인 사람들이 아니더라도 한 분야에서 정상에 올랐을 때 다른 곳을 돌아봐 더 큰 기회를 잡으라는 교훈을 준다.

　용기는 운명을 선택한다. 이제 나는 아직 연기를 단 한 번도 배워보지 못한, 또 국제고 에서의 삶을 살고 있는 나의 특징들을 메리트로 적용할 수 있는 길을 찾아볼 것이다. 내가 학교 자습실에 앉아 수학 문제집을 풀고 영어 단어를 외우고 있을 때 연기학원에서 연기공부를 하고 있는 배우 지망생들이 가진 연기 능력은 연기를 배운다면 누구나 다 가질 수 있는 능력이라면, 서울국제고 에서 다양한 경험을 통해 쌓은 내 삶은 훗날 연극인으로서 무대에 설 때 다른 배우들과 차별화되어 내 연기에 고스란히 드러날 것이라는 믿음으로, 난 다시 욕심내어 연극인이라는 꿈을 꾸려 한다.

"도전이 아름다운 이유는 포기하지 않아서이다."

야 구 장 (동시조)

정재엽 (백신중 2)

날쌔게 날아온 공
잡아내면 와아아!

아뿔싸 날아온 공
빠지면 우우우우!

야구공 쳐다보면서
우리마음 바뀌는 곳

승리

이원상 (고창중 2)

희망이 없다.
도착점은 나에게서 너무 멀리 있다.
아니, 점점 멀어져 가는 것 같다.

한 걸음 내딛는 것조차
힘들고, 고되다.

내가 이길 확률은
전혀 보이지 않는다.

마음을 비우고
서서히
앞을 보았다.

저 멀리
나에게 보이는
조그마한 빛

그 승리라는 빛을 향해
나는 다시 일어나 달린다.

6.

점프(창의 체험)

−우리에게 필요한 '성장'의 시간−

산출물대회를 준비하며 얻은 교훈

김종현 (청담고 1)

중학교 2학년 때, 학교에서 진행하던 과학 영재반 수업을 들으면서 수업과는 별개로 4명씩 팀을 짜서 산출물 대회를 준비하였다. 우리 팀은 구성원이 모두 각자의 개성과 고집을 가지고 있었고, 성격이 너무 달라, 의견을 수렴하는데 큰 어려움을 겪었다. 우리 팀은 무엇을 만들 것인지 그 주제부터 정해야 했는데, 하고 싶은 것이 달라 서로 의견이 부딪혔고, 다른 팀들에 비해 주제를 제출하는 시기가 늦어질 수 밖 에 없었다.

우리 팀은 처음부터 이렇게 힘들게 시작하였다. 주제를 정한 후에는 구체적으로 어떤 모형을 만들 것인지를 정해야 했다. 우리 주제는 빗물을 저장하여 식수로 이용하는 방법이었다. 세계의 물 부족문제가 점점 심각해지고 있는데, 빗물을 친자연적인 방법으로 정화하여 식수로 사용할 수 있게 된다면 환경오염을 줄이고 물 부족문제를 해결하는데 효과적일 것이라고 생각하였다. 먼저 우리는 물은 많지만 식수가 부족한 동남아시아를 대상으로 선정하고 그 중에 필리핀을 대표적인 예시로 할 것을 정하였다.

이런 문제를 정하는 데에도 다른 팀들의 두 배 이상의 시간이 걸렸고, 결국 주어진 시간 안에 우리가 만들어야 하는 산출물의 미니어처, 그리고 산출물 포토폴리오의 완성도도 떨어질 수 밖 에 없었다. 시간이 지나면서 우리 팀원들은 한 명을 제외하고서는 모두 어느 정도 자신의 의견을 양보하고 남의 의견을 듣는 데에 익숙해지게 되었다. 시험기간에도 시간을 어느 정도 희생하여 일을 하고 자료를 탐색하는 등 여러 작업을 하였지만, 자신의 사정만 내세우고 모일 때는 오지도 않는 한 명이 있어 우리의 작업은 다음 단계에 진행하는데 큰 어려움을 겪을 수밖에 없었다. 이러한 팀원과의 갈등에서 우리는 그를 설득하려 하였지만 그는 한 팀을 이루어 일하는 성향의 사람이 아니었기에 결국 우리는 그를 빼놓고 일을 할 수 밖에 없었다. 그러자 우리가 해 내어야 하는 일의 성취도도 향상되고 작업 속도도 전과는 비교할 수 없을 정도로 빨라졌다. 팀에서 제외당한 그가 선생님께 우리가 만든 것을 다 자신이 하였고 우리는 아무것도 하지 않았다고 하는 식으로 보고하는 등의 여러 문제점이 있었지만, 우리는 이 산출물 대회에서 요구하는 모든 것을 시간에 맞추어 만들어 내는데 성공하였다.

　완성도가 떨어지는 문제점은 어쩔 수가 없었지만 우리는 이 팀 구성원을 가지고 해내었다는 것에 의미를 두었다. 비록 우리 팀은 입상하지는 못했지만, 나는 이런 구성원이 팀으로 대회에 나가면서 한 팀으로 일할 때 의견을 수렴하는 방법, 팀원을 설득하는 법, 그리고 갈등이 발생했을 때 어떻게 대처해야 하는지 등을 배울 수 있었다. 이 경험은 앞으로 내가 살아가면서 다른 사람과 일해야 하는 일이 생겼을 때 크나큰 도움이 될 것 같다.

"가슴 먹먹한 우리 땅 독도"

김태리 (하나고 2)

청와대 어린이기자 출신인 나는 방송 촬영을 위해 독도를 방문해 1박을 한 적이 있다. 독도에 간다는 기대감과 설레임에 전날 밤 잠을 제대로 못 이룰 정도였다. 해양경찰 소속 경비정을 타고 바다를 가르며 독도로 향하던 그 날을 잊을 수 없다. 저리도 멀리 있는 섬인데, 저리도 조그만 섬인데,.. 우리에게 얼마나 가깝고도 크나큰 존재인가를 생각하니 가슴이 먹먹해졌던 기억이 있다.

우리가 독도에 도착했을 때 우리를 맞아주시던, 독도에 살고 계신 어부 최종덕씨 가족과 예쁜 개 한 마리...

"일본과 우리가 이 독도를 놓고 네 땅이다, 내 땅이다 승강을 벌인다는 말은 많이 들었지만 옛날부터 우리 땅이고 우리 백성들이 고기를 잡아먹던 바다인데 새삼스레 땅 싸움이라니 말도 안된다."고 말씀하시는 최종덕 아저씨의 말씀처럼, 옛날부터 우리 땅인 독도가 어찌하다가 날카로운 국제적 분쟁지역이 되어 긴박감을 놓지 못하게 됐는지 생각할수록 황당한 일이다. 독도에 갔을 때, 잘 몰랐던 일이라 놀라운 점이 있었다. 독도를 지키는 30여명의 해안경비대는 군인이 아닌 경북지방경찰청 소속의 경찰들이었다.

우리는 그 이유가 궁금해서 여쭤보았는데, 독도는 우리 교유의 영토이지 분쟁지역이 아니라는 의미로 군인 대신 경찰이 치안을 담당하는 것이며, 군대 출동으로 인해 전투가 시작되면 분쟁지역으로 바뀔 수 있는 우려 때문이라고 말씀해 주셨다. 우리 독도 주변 바다를 지키는 해경의 인력과 장비는 독도와 이어도에 대한 영유권을 호시탐탐 노리는 일본과 중국의 해상치안기관과 비교하면 여전히 절대 열세에 놓여 있다고 한다. 우선 해양영토 주권을 둘러싼 주변국과의 경쟁에서 밀리지 않기 위해서라도 인력과 장비 확충이 시급하다고 한다.

독도가 옛날부터 우리 땅이라는 근거와 역사적 사실은 이루 말할 수 없을 정도로 많다. 이미 17세기부터 외국이나 일본에서 독도를 한국 영토로 표시한 사실이 있고, 일본 내무성과 태정관 역시 독도를 한국 영토로 재확인하였다. 우리나라 역시 19세기 말, 대한제국 정부가 독도와 울릉도를 한국 영토로 정확히 표시한 바 있다. 연합국의 구일본 영토 처리의 관한 합의서에서도 "독도는 한국 영토"라고 규정하게 된다. 또한, 샌프란시스코 일본강화조약에서 독도를 누락한 조약을 발표하였다.

이렇듯 누가 봐도 명명백백히 우리나라 영토임이 분명한 독도를 일본은 왜 자기네 영토라고 우기는 걸까? 일본은 옛날부터 독도의 존재를 알고 있었고 한국 역시 고문헌과 고지도 등을 통해 명백히 우리 땅임을 인식하고 있었다.

샌프란시스코 강화조약의 기초문서에서 미국은 독도를 한국의 영토로 인식하여 지도에 분명한 선을 그어 일본 영토에서 제외하였고, 사령부는 일본 점령 기간 동안 울릉도와 함께 독도일본은 1905년 내각회의에서 '독도를 다케시마라고 부르고, 시마네현 오키도

소관으로 한다'고 결정한 것을 근거로 독도영유권 주장을 되풀이하고 있다. 하지만 우리는 1432년 세종실록지리지, 이후 발간된 고려사, 신증동국여지승람 등 다양한 문헌에서 독도가 고유 영토로 표기돼 있음을 밝혀 대응하고 있다. 특히 일본이 1877년 울릉도와 독도가 자신들과 상관이 없다는 태정관의 지령에 주목하고 있다. 일본 스스로가 독도를 이미 한국 땅으로 인정하고 있었다는 의미다. 그러나 최근의 일본 총리의 강제병합 사죄 담화 발표 직후 나온 방위백서가 독도 문제에 대해서 단 한 발짝의 진전도 없다는 점은 심각한 문제인 것 같다.

한일병합 100년을 맞아 일본의 근본적인 사과가 있어야 함에도, 한국인의 불만을 피해가면서 다시 독도 문제를 슬며시 꺼내는 것은 일본의 과거사 청산 의지가 없음을 여실히 보여주는 것이 아닐 수 없다. 게다가, 지난 3월 일본 정부의 지침에 따라 독도를 일본 땅으로 표기한 초등학교 교과서가 일반에 공개됐다. 검정 전 교과서와 비교하면 일본 정부의 노골적인 역사 왜곡 지시가 확연하게 드러난다.

국제법상 독도가 일본으로 넘어간다면 일본은 샌프란시스코 조약에서 언급 안 된 한반도 내의 모든 부속 도서를 대상으로 일본 영유권을 주장할 가능성도 있다고 한다. 독도와 마찬가지로 다른 섬들도 우리가 실질적인 지배와 점유를 하고 있는 까닭에 현실적으로 불가능할 것으로 보이지만, 역사적으로 그동안 일본의 행동들을 감안해 볼 때 그런 가능성은 배제할 수 없는 것이다. 독도 문제의 중대함이 바로 여기에 있는 것이다. 일본이 언론이나 담화문 등을 통해 독도 문제 또는 그 밖의 과거문제를 거론할 때마다 분통이 터지고 어이가 없는 것이 사실이다.

일본 정부의 과거 잘못에 대한 부정은 우리나라와 일본의 역사 뿐 아니라 인류의 역사를 왜곡하는 것이다. 이것은 일본의 발전과 미래에도 부정적으로 작용할 것이다. 일본 정부가 일본에서만 통하는 논리와 주장으로 그들의 과거의 잘못이나 사실을 부정하는 역사 인식이 일본에 존재하는 한, 한·일 두 나라의 미래 관계는 결코 밝아질 수 없을 것이다.

우리 정부는 일본의 독도 영유권 주장에 대해 국제 사회에서 독도가 우리 땅임을 밝혀주는 다양한 문헌과 증거 확충에 주력하면서, 실효적 지배를 강화하는 방식으로 대응하는 방침을 갖고 있다고 한다. 정부 관계자는 "독도가 우리의 영토라는 점은 너무나도 명백한 사실"이라며 "일본 정부 관계자를 통해 이 같은 점을 다시 한 번 밝히고 강력한 유감의 뜻을 전할 것"이라고 강조했다. 우리 정부는 이 같은 기조를 바탕으로 일본에 반복되는 독도 영유권 주장에 강력한 항의의 뜻을 표명하면서도, 현재의 '독도문제'를 해결하기 위해서는 무조건적인 주장이나 감정적인 대응이 아닌 그 실체로의 접근이 필요할 것으로 보고 있다. 일본의 억지 주장을 철저하게 논박하고 제압하기 위해서는 현재 확보하고 있는 우리측의 자료와 사료를 한층 더 보강해야 하겠다. 영토문제는 가장 민족주의적인 성격을 띠기 때문에 일본 측에서 제기될 때마다 일본이나 우리 국민들의 감정이 대립되게 될 수밖에 없다.

감정을 진정시키면서 일본을 침묵케 하는 길을 찾는 것이 현재 우리 한국인이 발휘해야 할 지혜이다. 독도가 역사적으로나 국제법상으로 대한민국의 영토라는 정부의 입장은 확고하다. 그러나 일본이 독도에 대한 영유권을 주장하고 나올 경우 우리도 같이 영유권을 주장하며 맞대응하면 국제적으로 독도가 분쟁 수역이라는 인식을 심으려고 하는 일본 측의 의도에 말려드는 꼴이 된다. 그렇게 되면 독도 문제가 국제 분쟁으로까지 이어져 그 결과를 예측할 수 없게 된다. 일본이 독도의 영유권 문제를 국제 사법 재판소에서 해결하고자 하는 이유도 바로 거기에 있는 것이다.

경상북도 울릉군 울릉읍 독도리 1-96번지

엄연한 우리나라 주소지를 가지고 있는 우리 땅 독도를 사랑하고 지키려는 크고 작은 노력들이 지금도 계속되고 있다.

독도의 지리적, 자원적, 문화적, 경제적, 군사적 가치들은 새삼 말하지 않아도 될 정도로 크고 중요하다. 그러나 그것보다 중요한 것은, 멀쩡한 우리 영토임에도 불구하고 다른 나라에서 부리는 야욕에 맞서 지켜내야 한다는 점일 것이다.

예전에야 우리나라가 힘이 없었으니 강대국의 침략 야욕에도 그저 속수무책으로 당하고만 있었지만, 지금은 얘기가 다르다.

정부는 정부대로 할 수 있는 최대한의 정책과 방침으로, 또 국민인 우리는 우리대로 민간 외교를 펼쳐 나간다면 일본의 독도 영유권 주장 따위는 저 역사 속으로 사라져 갈 것이라고 믿는다.

알로하! 하와이를 만나다

김채은B (덕성여고 2)

2013년 초 중학교 3년 동안 학교에서 열심히 방과 후 활동을 한 친구들 15명과 함께 하와이 문화탐방을 하게 되었다. 열심히 공부한 만큼 많이 배우고 느끼고 오리라 다짐했다. 설레는 마음을 안고 비행기로 9시간 비행을 거친 후 하와이 땅을 밟을 수 있었다. 여러 곳을 다녀왔지만 그중 인상 깊었던 장소 몇 군데를 소개해보겠다.

<진주만 국립공원>

하와이 공항에서 버스를 타고 우리 친구들이 가장 먼저 방문한 곳은 진주만 국립공원이다. 우리들은 따뜻한 날씨에 적응을 해가며 현지 가이드 분의 설명을 열심히 귀담아 들었다. 일제에 의한 식민 통치를 겪던 우리나라의 암울했던 시대의 원인으로 꼽을 수 있는 태평양 전쟁 그리고 태평양 전쟁의 중심인 진주만전쟁. 그 암울했던 역사의 상처를 눈으로 조금이나마 확인 할 수 있었다. 친구들끼리 모여 수다를 떨 때와는 사뭇 다른 모습으로 고개를 끄덕이는 진지한 친구들의 모습을 보니 이번 여행이 단순한 경험이진 않을 거라는 기분 좋은 확신이 들었다.

밖으로 나온 우리들은 하와이의 상징이라고 할 수 있는 야자수 앞에서 기념사진을 많이 남겼다. 깨끗하고 푸른 하와이의 하늘과

산들산들 시원한 바람을 쐬니 더욱 설레고 앞으로의 여행이 기대되었다. 바다 속에 수장된 대형 군함을 멀리서 관찰하고 기념품가게에도 들어가 보며 우리의 짧지만 의미 있었던 진주만에서의 시간은 끝이 났다.

<파인애플 농장>

우리의 다음 일정은 파인애플 농장 탐방이었다. 버스를 타고 이동한 파인애플농장은 이미 각국 각지에서 온 관광객들로 붐볐다. 친구들은 파인애플 아이스크림을 맛 볼 수 있다는 기대에 젖어 한걸음에 농장 안으로 들어왔다. 학교 사회 시간에 배운 플랜테이션 농업 표시판이 한 눈에 들어왔다. 미국 농업의 가장 큰 특징이라고 할 수 있는 플랜테이션 농업을 우리의 두 눈으로 직접 볼 수 있었다. 일단 우리가 이곳에서 가장 놀라웠던 점은 파인애플의 자라는 형태였다. 땅 가까이에서 자라나는 열매인 파인애플은 3번째 수확했을 때가 가장 당도가 높고 맛있다고 한다. 이렇게 따뜻한 기후에서 나는 파인애플은 얼마나 맛있을까? 교장선생님께서 간식으로 사주신 파인애플 아이스크림의 맛에서 그 답을 알 수 있었다. 신선한 아이스크림의 맛이 장시간 비행으로 지친 우리들의 몸과 마음을 개운하게 해주었다.

<와이키키 해변>

호텔에 무거운 짐과 가방을 푼 우리들은 하와이의 상징이라고 할 수 있는 와이키키 해변으로 발걸음을 옮겼다. 맑고 아름답기로 소문난 와이키키 바닷가에 간다고 하니 너나 나나 할 것 없이 모두

다 들뜬 마음을 감추지 못했다. 도보로 10분쯤 걸어 도착한 와이키키! 그곳의 첫 느낌은 "낭만" 이라고 말할 수 있겠다. 밀려오는 파도에 발도 담가보고 손으로 투명한 바닷물을 만져보면서 점점 해가 져가는 풍경을 감상했다. 학교에서 나름대로 노력한 보람의 대가라고 생각하니 더욱 만족스러웠다.

해가 저물어가는 석양을 배경으로 우리는 한없이 바다를 바라보았다. 언제 또 다시 올지 모르는 바다 앞에서 친구들과 기념촬영을 하며 이 아름다운 광경을 눈에 담아 두었다. "꼭 성공해서 이곳에 다시 올 수 있었으면!" 희망찬 미래를 기약하며 우리는 다시 숙소로 돌아왔다.

< 호놀룰루 해변에서 >

1) 펀치 볼 국립묘지

차량으로 이동을 하며 설명을 들었던 펀치 볼 국립묘지. 분화구 속에 잡은 국립 묘지였다. 우리나라의 현충원 처럼 전쟁 참전 용사를 기리는 공간이다. 우리나라와 다른 점은 비석에 세워져 있지 않고 평평하게 바닥에 묻혀있다는 점이다. 비석의 형태는 다르지만 동양이나 서양이나 나라를 위해 희생하신 선열들에 대한 존경심이 지극한 것은 마찬가지 인 것 같다. 아쉬운 점이 있다면 전에 한국 관광객의 쓰레기 무단투기로 인해 한국 관광객들이 제대로 이곳을 둘러볼 수 없다는 점이었다. 우리 친구들은 의식 있는 행동으로 대한민국의 위상을 드높이리라 마음먹었다.

2) 이올라니 궁전, 카메하메하동상

우리는 미국의 단 하나 뿐이라고 불리는 궁전인 이올라니 궁전으로 향했다. 시간 관계상 내부까지 둘러보진 못했지만 외부를 보는 것으로도 그곳의 분위기를 파악할 수 있었다. 현대문물로 넘쳐나는 미국에 궁전이 있다는 것이 매우 신기할 따름이었다. 유럽과 같은 서양 국가들에서 볼 수 있는 양식으로 지어진 궁전이 자리 잡고 있었다. 그리고 맞은편에는 하와이를 통일했던 카메하메하 대왕의 동상이 있었다. 한반도보다 넓은 하와이를 아주 오래전에 통일했다니, 참 대단한 인물이다. 우리나라는 수십 년이 지난 지금도 아직 통일을 하지 못했기에 더욱 동상은 카리스마 넘쳐 보였다. 이곳 사람들의 존경을 받고 있다는 증거로 동상은 매우 화려하게 꾸며져 있었다.

3)알로하 타워

오하우섬의 전망을 둘러보기 위해 우리는 알로하 타워로 향했다. 그곳에는 오래되어 보이는 엘리베이터가 있었다. 옛날부터 많은 관광객이 다녀갔었음을 알 수 있었다. 올라가보니 4개의 발코니 밖으로 푸른 바다와 정박해있는 여객선과 푸르른 산과 야자수 등 정말 많은 풍경이 눈에 들어왔다. 탁 트인 시원한 공간에서 우리는 맑은 공기를 마음껏 마셨다. 투명한바다 속으로 예쁜 물고기들이 살랑살랑 지나다니는 모습을 보고 우리는 하와이의 자연경관에 한 번 더 놀랐다.

<오하우 섬 일주>

1) 한국인 지도 마을

우리 친구들은 너무 피곤한 나머지 버스 안에서 거의 잠들었다. 하지만 한국인 지도 마을을 보러 졸린 몸을 이끌고 모든 친구들이 내렸다. 거의 한반도와 흡사한 모양에 우리들과 선생님들께서는 매우 놀랐다. 예상치도 못한 곳에서 한국의 기운을 받을 수 있었다. 한국에 있는 부모님들과 친구들이 생각나는 것을 뒤로 한 채 우리는 다시 버스에 올랐다. 가는 길에 멋있는 파도가 치는 해변이 있어서 잠시 들렀다.

2) 폴리네시안 민속 마을

우리나라의 민속촌 같은 역할을 하는 폴리네시안 컬쳐 센터에 갔다. 이곳은 모르몬 이라는 미국의 유명한 종교재단에서 만든 곳이다. 또 모르몬 재단에서 설립한 학교의 학생들이 이곳에서 아르바이트를 한다. 한국 학생으로 보이시는 분도 이곳에서 일하고 계셔서 반가운 마음이 들었다. 하와이의 전통을 살리면서도 정겨운 느낌이 들도록 쾌적하게 잘 꾸며진 기분 좋은 곳이었다. 식사를 하고 나서 ha show라는 하와이 전통 쇼를 보았다. 미국인들과는 외모가 조금 다른 하와이 원주민들의 전통 생활 방식을 그린 공연이었는데 웅장한 분위기가 물씬 풍겼다. 불을 가지고 멋진 퍼포먼스를 선사했을 때가 가장 멋있었다. 배우들의 원활한 공연을 위해 사진 촬영이 금지되어있어 눈으로 열심히 그 장면 하나하나를 담았다.

<하와이 주립대학교 캠퍼스 투어>

　세계 대학 중 명문 대학으로 꼽히는 하와이 주립대에 갔다. 넓은 캠퍼스 중 우리 눈에 가장 들어왔던 곳은 단연 한국관 이었다. 이곳에서 우리의 문화를 볼 수 있어서 놀랍고 자랑스러웠다. 그 밖에도 이곳은 도서관이 많이 위치해서 학생들이 자유롭게 책을 읽을 수 있는 게 특징이라고 한다. 마침 주일이여서 이곳 사람들이 예배를 드리려고 입장하고 있었다. 사람들은 밝은 모습으로 먹을 것을 나눠먹으며 우리나라와 마찬가지로 활기찬 종교인의 모습들을 보여주었다.

　이렇게 다양한 문화 체험을 하고 나니 세상을 바라보는 시야가 넓어졌다는 느낌이 들었다. 자유스러움 속에서 여유를 찾는 이곳 사람들의 마음가짐을 보니 우리나라 사람들이 참 부지런하고도 힘들게 살아간다는 것을 알 수 있었다. 이제 더 많은 공부를 해나가면서 조금 힘들 때, 하와이에서의 멋진 추억을 되새기며 힘을 얻을 것이다. 고된 일상 속에서 잠시 여행을 떠나는 일이 정말 아름답고 값지다는 것을 다시 한 번 깨달을 수 있는 좋은 기회였다. 그리고 나중에 성공해서 가족들과 꼭 다시 찾아가고 싶다.

꿈도담기자단,
한국공항공사로 취재가다!

임시현 (성재중 1)

지난 16일 꿈도담 기자단은 김포공항 옆에 있는 한국공항공사로 취재를 다녀왔습니다. 먼저 우리는 회의실에서 홍보실장님께서 한국공항공사가 어떤 곳인지, 무슨 일을 하는지 알려주셨습니다. 홍보실장님께선 홍보 동영상을 보여주셨는데 내용은 World Class의 공항기업이고, 비즈니스 국제공항도 운영, 안전서비스, 사회공헌 등을 한다는 동영상이었습니다. 그다음엔 기획조정실에 근무하시는 이경진 과장님께서 KAC (한국공항공사)를 소개해주셨습니다. 이곳은 국제공항 7개와 국내공항7개를 관리하고 항공수송을 원활하게, 경제 발전, 국민 복지에 기여한다고 하셨습니다.

KAC의 뜻은 높은 곳에서 하늘 길을 알려준다는 뜻입니다.

이곳의 대단한 점은 서비스평가 (ASO) 에 1위를 하고 ATRS 운영 효율성 1위를 하는 등 공항의 질을 높이기까지 했습니다. 또 공항을 화물수송이나 항공기탑승 보단 복합생활공간으로 만들어 가겠다는 의지를 표현했습니다.

과장님께서 말씀을 다 하시고 기자들이 물었던 질문을 답해주는 시간을 가졌습니다.

질문① 한국공항공사의 목표가 있다면?
답변: 고객 수는 약 4,950만 명, 매출은 약 7,250억 원입니다.

질문② 항공기 관리는 언제하나요?
답변: 밤 11시 부터 새벽6시 까지 합니다. 표면 상태, 각종 기계 장치 등을 확인합니다.

등과 같이 잘 답변을 해주셨습니다. 이젠 R&D센터라는 곳으로 갔습니다. 이 곳은 장비를 국산화한다는 뜻인데 실제로 직원 분들께서 여러 시행착오를 거쳐 직접 만들어 이젠 터키, 수단 같은 나라들에게 수출도 한다고 합니다. 브라질이나 네덜란드에서 홍보를 하면 판매를 해 설치까지 해준다고 합니다. 그래서 16개국에 수출을 하기도 했습니다. 이제는 더 많이 수출하기를 기대합니다.

그 다음엔 '소방구조대'로 가보았습니다. 소방대원님께서 동영상을 보여주셨는데 주제가 항공기에 불이 났을 때' 이었습니다. 소방차4대가 동시에 출발하고 주위에 가까운 소방대와 함께 불을 끄고 승객들을 모두 구출해 내는데 성공한 연습영상이었습니다. 그 다음, 응급상황 때 필요한 조치 방법인 심폐소생술을 알려주셨습니다. 이 방법은 절차가 많아서 보통 사람들은 잘 외우지 못해 사고가 더 심각해진다던데 이젠 흉부압박만 해도 충분히 살 수 있다고 합니다. 설명을 듣고 직접 체험도 해보았습니다. 그 후 소방차를 직접 타보기도 하였습니다.

마지막으로 해양경찰들이 타는 비행기를 보러 갔습니다. 2개의 비행기에 대해 알려주셨는데 이 비행기는 서해, 남해, 동해를 순찰한다고 합니다. 첫 번째 비행기는 'CL-604'라는 비행기인데 2001년에 도입했고 12명이 탑승할 수 있고 최대 5920km를 날 수 있다고 합니다. 시속 833km로 빠른 편인 것 같습니다. 두 번째 비행기는 'CN-235'이고 최근 2012년에 도입했고 16명이 탑승할 수 있지만 최대 2800km밖에 날지 못하고 시속 383km로 첫 번째 비행기의 반이었습니다. 하지만 더 넓고 특이한 점은 프로펠러가 없다는 점이었습니다. 안에 직접 들어가 보니 좁았지만 좌석은 아주 고급스러웠고 저는 조종실에도 들어가 보았는데 약간 불편했습니다. 하지만 조종하시는 분들도 순찰 때문에 힘드실 텐데 존경스러웠습니다.

모든 취재가 끝나고 꿈도담 기자단은 기념품을 보고 해산했습니다. 기념품은 고무동력기와 책받침, 기념사진이 있었습니다. 처음 설명하실 때 여러분들은 고객이기도 하고 더 많이 항공을 이용한다는 말이 와 닿았는데 저도 우리나라항공을 더 알리고 좋아해야겠습니다. 한국공항공사 파이팅!

"곤란은 대개의 경우 게으름의 딸이다."
- 세무얼 존슨

지구촌 체험관으로 고고씽~

한윤성 (월촌중 2)

드디어 3월24일! 내가 기다리고 기다렸던 지구촌 체험관으로 출발! 처음으로 하는 취재라 가슴이 떨렸지만 새로운 친구들도 만날 생각에 두근거리며 집결장소에 도착했다. 우리가 도착한 곳은 이번에 세 번째로 지구촌 체험관 전시하는 KOICA의 해외봉사단 훈련센터였다. 이곳에서 지구촌 문제해결과 글로벌 파트너십 구축을 위한 지구촌 체험관 '남미전'을 개최한다. '그란 아미고- 잉카에서 온 위대한 친구'라는 주제로 열리는 이번 체험관은 과거 문명의 발상이 된 잉카제국의 후예들인 페루, 에콰도르, 볼리비아의 문화와 고대 잉카 유적지를 소개하는 자리뿐만 아니라 국경과 인종, 종교, 문화를 초월해 참석한 모두가 하나 되는 자리로 구성됐다. 남미전 개막식을 위해 많은 행사들이 준비되어 있었는데 우리는 먼저 공연장에 가서 다른 나라사람들과 함께 여러 가지 문화를 즐겼다.

외국인들이 아리랑을 불렀는데 잘 불러서 깜짝 놀랐다. 그 뒤 박대원 이사장님의 말씀을 들었는데 "지구촌체험관은 글로벌 이슈의 문제를 전시와 체험을 통해 관람객에게 알리기 위해 마련됐다"며 "이번 남미전을 관람하는 모든 이들이 글로벌 파트너십 구축을 위해 고민하고 참여하는 기회가 되길 바란다"고 말씀하셨다. 또 우리나라가 도와주는 국가는 아시아, 아프리카, 남아공 등이 있다고 하셨다. 이사장님의 말씀이 끝나고 이번 지구촌 문제 해결에 동참하고자 일본 지진 피해복구 기부성금 걷는 시간도 마련되어서 의미 있는 시간을 가졌다. 여러 가지 음식과 문화를 체험하는 체험관을 둘러보며 남미의 전통문화들을 관람했다. 안내원선생님께서 재미있게 설명해 주셔서 이해하기가 쉬웠다. 내가 보던 것 중 가장 멋있고 인상 깊었던 것은 나스카라인의 콘도르였다.

콘도르는 약 크기가 12㎞~13㎞나 되는 무시무시한 크기를 갖고 있다고 했다. 그리고 아직까지 보존 돼있는 이유는 콘도르가 있는 지역이 가장 건조하고 모래바람이 불지 않기 때문이라고 한다. 이 신비하고 멋진 나스카라인은 외계인이 그려 놓았다는 설도 있고 열기구로 그려놓았다는 설도 있었다. 나중에 꼭 내가 가서 직접 가서 보고 그 이유를 알아내고 싶다. 그 후에 도자기도 보고 자전거발전기도 보았다. 그 쓰임새도 알아봤는데 정말 우리세계의 선조들의 지혜에 새삼 감탄했다.

기회가 되어 이렇게 재미있고 흥미로운 탐방을 다녀올 수 있어서 너무 좋았다. 이 곳에 다녀오면서 느낀 점은 늘 할 수 없어 라고 생각만 하면 정말 할 수 없는 것 같다. 나는 계속 도전하고 도전해서 나의 꿈에 한발씩 다가갈 수 있도록 노력할 것 이다.

I have a Dream

이원종 (안산동산고 2)

서양사에서 중세는 어둠의 시기로 불린다. 단테의 '신곡'은 이러한 중세를 종합하고 르네상스 시대를 개막한 작품으로 평가된다.

르네상스 시대는 인간 이해의 시대이다. 단테는 신곡의 첫머리에서 다음과 같이 적고 있다. '우리네 인생길 반 고비에서 정의의 길을 잃어버린 나는 어두운 숲에 서 있었다.' 이 글은 인간의 수명을 칠십으로 보던 시기에 35세의 단테가 자기가 가야 할 길을 잃고 어둠 속에 서있는 모습을 의미한다. 위대한 르네상스의 유산 '신곡'은 이렇게 탄생했다. 인생의 정점을 막 지난 단테가 위대한 정신적 스승 베르길리우스와 천상의 숭고한 연인 베아트리체를 멘토로 삼아 과거를 돌아보고 지옥과 연옥과 천국을 순례하는 내용이다.

이러한 신곡의 첫머리 글은 고등학생이 된 나에게 지난 시절을 돌아보고 미래를 계획할 수 있는 마음을 갖게 하였다. 초등 시절과 중등 시절을 철없이 보내고 대학과 전공을 계획해야 하는 지금이 마치 단테가 서있는 숲속과 같다. 사람은 누구나 살아가는 목적이 있다. 어린 시절 그려보는 인생의 꿈과 비전도 여기에 속한다. 꿈을 꾸는 사람은 행복하다. 꿈을 위해 열심히 노력하는 사람은 더 행복하다. 인생의 긴 여정에서 꿈을 갖는 것은 행복의 필수 조건이라 할 수 있다. 누구나 꿈을 이루기를 기대한다. 그것도 빨리 이루기를 원한다. 그러나 꿈은 한순간에 이루어지지 않는다. 오랜 시간 잘 준비된 사람에게만 행운처럼 찾아온다. 이제부터 어린 시절을 돌아보고 미래를 계획하는 나만의 인생을 글로 적고자 한다.

어린 시절부터 나는 교회를 중심으로 생활했다. 부모님의 영향으로 자연스럽게 신앙을 접하게 되었다. 내가 28개월이 되던 2000년 1월, 1달 동안 연습하여 처음 암송한 유치부 성경요절을 부모님은 지금도 기억하신다. 아마도 내가 어릴 때부터 하나님의 말씀으로 양육되기를 바라셨던 것 같다. 자주 갔던 장소로는 '양화진'이 생각난다. 양화진은 광혜원으로 시작된 제중원에서 의사로 일했던 선교사 헤론의 무덤으로 시작된 외국인 선교사 묘지가 있는 곳이다. 특히 내가 자주 찾아갔던 선교사 묘지는 언더우드(H. G. Underwood)일가의 묘지이다. 언더우드 선교사는 미국에서 철학, 신학, 의학 등 여러 학문을 배운 엘리트였다. 그는 한국에 갈 선교사를 찾는다는 애기를 듣고 한국선교사로 자원하였다. 그는 광혜원에서 일하고, 이후 교육을 위해 조선기독교대학(현재의 연세대학교)을 세웠다. 한국어 사전도 출판하고 선교활동을 위해 새문안교회 설립하였으며, 한글 성경과 찬송가를 번역하였다. 또한, 언더우드 1세가 돌아가신 후에는 후세들이 언더우드家를 형성하여 계속해서 교수와 선교사로 한국을 위해 일을 했다. '어둠 속에 갇혀 아무것도 보이지 않는 조선에서 주님이 일을 시작하셔서 그들이 눈을 뜨게 될 때를 기다리며 머지않아 이곳이 은총의 땅이 되리라' 믿었던 그의 묘지를 찾을 때마다 나는 내 미래상에 대해 생각해보았다. 비록 어렸을 적의 기억이지만 이 기억은 아직도 영향을 끼쳐 지금, 나의 롤 모델은 언더우드 목사님이다.

돌이켜보면 내 인생의 터닝 포인트(turning point)는 '제1기 청와대 어린이기자단' 선발이었다. 초등학교 5학년이던 2008년 우연히 다가온 기회를 살려 신청을 하고 선발되었다. 꿈으로만 그리던 청와대 영빈관 마당에서 발대식을 하고, 대통령 할아버지와 사진도 찍었다. 그날 이후 정말 열심히 어린이기자 활동을 했다. 많은 견학 기회가 있었고 견학 경험을 기사로 작성하였다. 그 결과 월별 우수기자 그리고 특별상을 받는 우수기자로 선발되는 기쁨도 있었다. 기자로서 활동한 경험은 나에게 글쓰기와 말하기 그리고 논리적인 생각을 하는 데 자신감을 갖게 하였다. 자연스럽게 학교 공부에도 집중할 수 있게 되었고, 재미있는 학교생활을 하는 데 도움이 되었다. 무엇보다 기억에 남는 경험은 '김연아 선수 인터뷰 기자'로 선정된 것이다. 천 명이 넘는 신청자 중에서 여러 단계의 신청서 심사와 전화 인터뷰를 통해 최종 선발되었다. 'EBS 어린이날 특집, 김연아를 만나다!' 프로그램에 출연하여 어린이 기자단을 대표하여 김연아 선수와 직접 인터뷰를 하였다. 김연아 선수는 내게 악수를 청하고 긴장하지 말라며 하이파이브를 해 주었다. 빡빡한 연습일정 중에 잠시 시간을 내었음에도 넘치는 여유와 웃음이 있었고, 주위 사람을 편안하게 해주려는 리더의 모습을 보았다. 어려운 과정을 거쳐 선발된 인터뷰인 만큼 열정이 가득했고 잊을 수 없는 경험이 되었다. 이후 내 마음속에는 나도 언젠가는 김연아 선수처럼 인터뷰를 받는 사람이 되는 꿈을 갖게 되었다.

또 하나의 중요한 경험은 지금도 계속되고 있는 '푸른울림' 봉사단 활동이다. 푸른울림은 제1기 청와대 어린이 기자단 활동 중 악기를 연주하는 기자들이 자발적으로 만든 오케스트라이다. 5명의 창단 멤버로 시작한 나와 단원들은 푸른울림을 청소년 음악 봉사

동아리로 확대하여 지금도 활발하게 활동하고 있다. 푸른울림 오케스트라를 통하여 다양한 봉사 활동을 경험하였다. 구세군 자선냄비 재능 나눔 활동에 참여하고 있으며, 소외되기 쉬운 노인 요양원 등을 찾아 함께 봉사하고 있다. 고등학생이 된 지난해에는 제5기 청와대 어린이 기자단 꿈도담 발대식에 초청되어 제1기 선배로서 후배들을 축하하고 격려하는 활동도 하였다. 5년 전 어린이 기자를 처음 시작하면서 마음 설레며 발대식에 참여했던 기억이 수많은 후배를 앞에 두고 적극적인 도전과 참여를 권하는 선배의 모습이 된 것이 자랑스럽기도 했다.

나에게 바이올린 악기를 통한 재능은 여러 방면에서 적극적으로 활동하는 계기가 되었다. 광복절을 맞아 독도를 방문하는 프로그램에 초대되어 독도 정상에서 애국가를 연주한 경험은 가슴 뭉클한 경험이었다. 지금도 독도에 대한 신문기사나 방송 뉴스를 접할 때면, 태극기와 애국가 생각에 심장이 벅차오르는 것을 느낀다. 이 외에도 김포 청소년 오케스트라 활동을 통하여 정기연주회와 지방의 자매결연 학교 기관을 방문하여 함께 연주하는 활동은 전국의 친구들을 만나는 소중한 경험이었다. 이러한 경험은 고등학교 오케스트라 동아리 활동으로 계속되고 있으며 이제는 30여 명의 단원들을 위해 봉사하는 지휘자가 되어 섬기는 리더의 새로운 경험을 하고 있다.

중학교 시절 나는 10대에서 20대까지의 버킷리스트(Bucket List)를 작성하여 지금도 실천하기 위해 노력하고 있다. 내가 작성한 버킷리스트는 단순히 내가 즐기고 싶은 내용만 있는 것은 아니다. '교회에서 일렉기타로 찬양단 하기'와 같이 신앙적인 부분, '안산동산고등학교 합격하기', '영어로 칭찬받기'와 같은 학업 부분, '학생회장 출마', '오케스트라에서 바이올린 독주'와 같은 비교과이지만 인성적이고 예능 부분, '영국 맨체스터, Old Trafford 경기장에서 맨유 응원하기'와 같은 취미 부분 등 균형된 인격을 갖출 수 있는 항목으로 구성하였다.

이제 나의 미래에 대해 다짐을 하고자 한다. 미래에 대한 이야기이긴 하지만 구체화한 현재의 이야기이기도 하다. 크게 보면 남아 있는 고등학교 생활, 그리고 대학과 유학을 꿈꾸는 내용이다. 그리고 교수가 되어 연구와 가르치는 일을 통하여 사회에 기여하는 내용이다. 중학교에서는 공부 잘한다는 소리를 들었지만, 더 열심히 노력하고 있다. 나는 중학교 때부터 공부 외에도 비교과 활동에 비중을 두었다. 봉사활동, 음악활동과 같은 비교과 활동에 중점을 두다 보니 친구들보다 공부에 투자하는 시간이 적었다. 나는 비교적 적은 공부시간을 효과적으로 활용하기 위해 노력했다. 이 때문에 중학교 3년 동안 집중력이 크게 향상되었다. 또한, 효과적인 인성 활동을 지속하면서 스트레스를 푸는 방법에 대해서도 배웠다. 중학교에서 경험한 여러 활동은 고등학교에서도 더 다듬어 효과적으로 사용하고 있다.

나는 동산고에서 하고 싶은 활동이 참 많다. 동아리 활동과 신앙 활동이 매우 활발하다. 나는 동산고등학교에서 학업, 신앙, 인성활동 3가지를 다 잡으려 한다. 이것이 내가 동산고를 선택한 결정적인 이유이다. 실력 있는 고등학교는 많다. 하지만 진정으로 하나님의 품성을 함양할 수 있는 학교는 많지 않다. 또한, 음악, 봉사와 같은 인성적인 비교과 활동까지 지속할 수 있는 학교는 동산고등학교라고 생각한다. 나는 지역 청소년 오케스트라에서 바이올린으로 많은 활동을 해왔다. 나는 이 재능을 이용하여 '동산오케스트라'

에서 바이올린 연주자로 활동하고 있으며 이제는 지휘자가 되었다. 또한 나는 교회 찬양단 에서 일렉 기타로 봉사하고 있다. 또한, 이 재능으로 학급에서 경건회 찬양 리더로 활동하고, 기숙사에서는 신앙부장으로 1년간 봉사하게 되었다.

고등학교에 입학하면서 생각한 대학의 전공은 경영학이었다. 그리고 교수가 되어 실력 있는 신앙인으로 전문적인 영역에서 사회에 기여하고 싶다. 2학년이 된 지금 전공 분야를 선택하는데 폭넓은 고려가 필요하다는 것을 알았다. 특히, 인문사회 분야에서는 인접 학문에 대한 이해와 융합이 필요하다는 것도 알게 되었다. 경영학이 내가 오랫동안 꿈꿔 왔던 분야이긴 하지만 인문학적 소양을 중심으로 한 학문도 중요하다는 생각이다. 학문분야에 대한 관심과 재능을 확인하기 위해서 관련 분야의 고전을 통한 깊이 있는 독서를 하고 있다. 경영학과 경제학을 이해하기 위해서 근대경제학의 아버지로 불리는 애덤 스미스를 공부하고 있다. 흔히 경제학자로만 알려진 애덤 스미스가 신학, 철학, 정치학, 경제학 등 융합적 학문 배경을 가진 것을 새롭게 알게 되었다. 경영학 및 경제학이 실용 학문으로서 전문영역을 가지고 있지만, 신학, 철학에 대한 기본 인식이 더 중요하게 작용했다는 것도 알게 되었다. 앞으로 나에게 적합한 구체적인 전공 영역을 찾기 위해 시간을 갖고 결정할 생각이다. 학문 분야에 대한 신중한 결정이 필요하다는 생각과 달리, 교수가 되고자 하는 생각은 오히려 더 확고해졌다. 고등학교에서 나눔 활동의 하나로 참여하고 있는 푸른 교사 활동은 가르치는 것에 대한 즐거움과 기쁨을 미리 맛볼 기회가 되고 있다. 지금 시점에서 구체적으로 대학을 선택하는 것은 매우 어려운 일이다. 다만, 교수의 꿈을 가지고 최고 수준의 학문과 교육을 받을 수 있는 대학을 목표로 노력하고 있다. 아직 부족한 부분이 있지만 최선을 다하여 노력하면 좋은 결과가 올 수 있을 것으로 기대한다.

연세대학교, 내가 가장 존경하는 언더우드 선교사께서 설립한 학교이다. 많은 선교사가 키워왔고 기독교 정신을 바탕으로 교육하는 것에 호감을 가지고 있다. 또한, 우리나라 최고수준의 상경 계열 학과를 자랑하고 있는 것도 내겐 큰 관심이다. 기독교 신앙의 깊이 있는 바탕을 위해 필요한 신과대학이 있는 것도 중요한 장점으로 생각한다. 또한, 국립대학으로 최고수준의 대학인 서울대학교도 인문분야는 물론 사회분야 전반에 걸쳐 꿈을 이룰 수 있는 곳으로 적합하다는 생각이다.

학업으로 분주한 학교생활에서 내가 가진 꿈을 다시 정리해 보는 것은 필요한 과정이다. 이를 통해 흐트러진 마음을 정돈하고 어두운 숲 속에서 길잡이 빛을 찾아 순례했던 단테의 모습처럼 인생의 멋진 꿈을 이룰 수 있기를 기대한다.

" 계획을 세우는 건 미래를 현재로 가져오는 일이다.
지금 당장 미래를 위해 무슨 일이라도 할 수 있도록."
- 앨런 라킨

경제 새내기, 증권에 도전하다

정재엽 (백신중 2)

지난 9월 18일, 청와대 어린이 기자들은 일산에 있는 증권박물관을 취재하였다. 증권박물관은 예전의 종이증권이 보관되어 있으며, 증권의 역사가 고스란히 담겨있는 장소였다.

이 기사를 통하여 독자들이 증권을 쉽게 이해하기 위해 몇 가지 단어를 설명하여 보고자한다. **이자**라는 단어를 설명하기 위해 1,000,000원을 예금한 경우를 예로 들겠다. 만약 1년 이자가 10%라고 한다면 1년에 100,000원씩 늘어나는 것이다. 또한 **복리**란 만일 1,000,000원을 예금하였고 1년 이자가 10%면 1년에 100,000원, 2년 후에는 110,000원, 3년 후에는 111,000만원을 얻는 식으로 이자를 원금에다 더하는 것이다. **증권**이란 유가증권의 준말로, 증권 면에 일정한 권리나 금액이 기재되어 있어 자유롭게 매매나 양도 또는 증여 등이 가능한 증서를 말한다. 증권은 옛날 로마시대-이탈리아 도시국가시대-네덜란드 중흥기-대영제국과 금융혁명-세계경제와 새로운 시장의 개척-미국과 대 공항 시대가 있었지만 지금은 네덜란드 시대의 증권까지만 존재한다.

증권박물관은 약 8년간의 준비를 거쳐 2004년 5월 27일 개관하였으며, 스위스의 증권박물관에 이어 세계에서 두 번째로 설립되었고 국내 유일의 증권전문박물관이다. 그리고 증권박물관에 근무하고 계시는 양보석 선생님은 기자단에게 경제에 흐름에 대해서 설명을 해주셨다. 선생님께서는 식혜 가게 한 곳을 소유하고 있었던 친구의 이야기를 들려주셨다. 줄거리를 잠깐 설명하자면, 그 집 주인인 선생님의 친구는 자전거 장사를 하기 위해서 식혜가게를 팔기로 결정하게 된다. 하지만 그 친구는 자금이 30만원밖에 없었다고 한다. 그 소식을 들은 친구들은 서로 40만원, 50만원에 사겠다고 한다. 그러나 갑자기 그 순간 비가 와서 그 친구의 친구들은 결국 그 식혜 가게를 사지 않게 되고 모두 떠나고 만다. 결국에는 어떤 사람이 20만원에 싸게 사들이게 되고, 그 가게를 산 사람은 후에 자신이 산 가격보다 더 비싸게 팔게 되었다고 한다. 이 이야기는 결국 경제의 흐름을 주제로 담고 있는 것이다.

평소에 TV 뉴스에 증권이나 경제에 관련된 기사가 많이 나오는데 내용을 하나도 이해하지 못하곤 하였다. 하지만 증권박물관 취재를 한 후, 증권이나 경제와 관련된 기사를 쉽게 이해할 수 있게 되었다. 또 이번 취재는 어려서부터 경제공부를 하는 것은 매우 중요하다는 것을 느끼게 해준 경험이 되었다.

라디오에서 균형된 시각을 기르다

이원종 (안산동산고 2)

누구나 한 번쯤은 라디오나 TV에 출연해보고 싶다는 소망이 있을 것이다. 그런 소망에 라디오 문자를 보내기도 하고 전화를 해보기도 한다. 나는 신기하게도 그런 경험이 몇 번 있다. EBS '보니하니'라는 방송에서 헬리콥터를 타고 독도를 방문해서 인터뷰와 게임을 진행했었다. 그 외에도 여러 방송에 출연해왔던 나에게 KBS 제1라디오 '교육을 말 합시다'는 새로운 도전을 하는 기회를 만들어주었다. 나는 2011년 12월부터 시작해 2012년 10월까지 총 8번의 라디오에 패널로 참가하였다. 매주 금요일마다 '우리 생각은요!'라는 코너에서 중학생 대표로 친구들의 의견을 대변하는 역할을 맡았다. 친구들에게 받은 설문조사를 바탕으로 라디오에서 내 의견과 친구들의 의견을 대변하였다. 단순히 대변한 것뿐만 아니라 다른 학교의 이야기도 들어보고 아나운서와 이야기를 나누며 재미있는 시간을 보냈다. 나는 주제가 나올 때마다 이정연 PD와 전화를 했는데 그때마다 방송 준비를 잘해온다고 칭찬해주셨다. 또한, 내가 마지막으로 출연했던 방송은 코너의 마지막 방송이었다. PD님께서 마지막 방송은 내 이야기로 진행하고 싶다는 말씀을 하셨다. 나는 라디오 패널이라는 경험을 통해서 많은 것을 배웠다. 함께 출연한 친구들을 통해서 다른 학교 학생들의 생활에 대해 생각해보는 계기가 되었다. 또한 친구들이 고민하는 주제에 대해서 다시 한 번 생각해보고 내 생각을 정리해보는 시간도 가졌다. 만약 학생들의 시각으로만 방송을 진행했다면 단순한 자기주장 발표대회가 되었을지도 모른다. 하지만 아나운서와 이야기를

나누며 학생들의 입장 외에도 선생님과 부모님의 시각으로도 생각해보는 균형적인 시각을 키울 수 있었다. 이런 경험을 통해 나의 의미 없이 지내던 생활에 대해 생각해보고 더 좋은 학교생활을 위해 고민하는 자세를 갖게 되었다.

2011년 12월 09일 (금) : 스마트폰과 우리, 그리고 학업

스마트폰이 우리의 삶에 큰 영향을 끼친다는 것에 대해 자각하였다. 또한, 스마트폰이 학업에 방해되고 공부할 때는 자제가 필요하다고 생각했다. 처음으로 참여한 패널활동이라 긴장되었다. 하지만 이야기를 계속 하다 보니 방송이라는 것을 의식하지 않고 나와 친구들의 이야기를 하는 시간을 가졌다.

2012년 01월 27일 (금) : 칭찬과 체벌, 우리들이 원하는 기준은?

칭찬은 많을수록 좋지만 과한 칭찬은 오히려 역효과를 불러일으킨다고 생각했다. 체벌은 최소화하는 것이 옳다. 하지만 그 무엇보다 중요한 것은 이유를 알고 행동의 변화를 불러일으킬 수 있어야 한다는 생각을 가졌다.

2012년 03월 09일 (금) : 두발과 복장, 우리들의 생각은?

학생이라는 선을 지킬 수 있는 것이 중요하다는 것을 깨달았다. 또한, 규제가 전혀 없는 것이 꼭 좋은 것은 아니라는 생각을 하게 되었다.

2012년 04월 20일 (금) : 봉사활동, 어떻게 진행되고 있는가?

봉사활동이 원래의 취지를 살리지 못하고 단순히 시간 채우기에 초점을 맞추는 것 같아 안타까웠다. 개인의 흥미와 관심에 맞는 다양한 봉사활동의 필요성을 느꼈다. 직접 제안해서 채택된 첫 주제여서 그런지 더 애착이 갔고 더 열심히 준비해서 여러 시각에서 이야기를 꺼냈던 것 같다.

2012년 06월 01일 (금) : 수행평가, 과연 우리에게 필요한가?

수행평가를 통해 학문을 실생활에 적용하는 방법을 배운다는 생각을 했다. 단순히 결과를 보고 점수를 주기보다는 발전 정도와 가능성을 보고 점수를 주는 방법을 생각해보았다. 이 주제 또한 내가 제안해서 채택된 주제인데, 이 주제 같은 경우 친구들과 더 많은 이야기를 통해서 제안한 만큼 친구들이 원하는 수행평가에 대해서 더 많이 고민했었다.

2012년 07월 20일 (금) : 여름방학, 내 여름방학 계획은?

언제나 야심 찬 계획을 세우지만 금세 포기하던 나를 반성하고 다시 계획을 세워보는 계기가 되었다. 친구들의 계획을 공유하며 그 전에 해보지 못했던 새로운 것에 도전하겠다는 계획을 세웠다.

2012년 09월 14일 (금) : 억울하게 야단맞았던 기억

여러 친구들과 억울한 기억에 대한 이야기를 나누며 모두 비슷한 생각을 하고 있다는 것을 깨달았다. 공부하다가 잠시 쉬고 있을 때 듣는 꾸중과 같이 여러 친구들의 공감대에 대해 다시 한 번 생각해보았다.

2012년 10월 26일 (금) : 축제, 여러 학교의 가지가지 축제들

우리 중학교(김포고창중)의 특별한 축제식 졸업식에 대한 이야기를 하며 바람직한 축제와 졸업식 문화에 대해 설명하였다. 다른 나라에서는 자신들의 고유한 문화를 살린 학생축제를 한다고 한다. 우리나라에서도 우리 문화를 살리는 축제를 하면 어떨까 생각해보았다. 코너의 마지막 방송으로 시청자들에게 아나운서와 함께 인사를 했다.

하나고등학교를 다녀온 뒤

한지성 (월촌중 2)

지난여름에 하나고등학교(이하 하나고로 칭함)를 지망하는 누나들을 따라 하나고를 방문하게 되었다. 사실 내가 목표하는 고등학교는 아니지만 호기심 반 기대 반 함께 하나고 설명회를 들으러 버스를 탔다. 생각보다 꽤 먼 거리를 지나서야 도착한 학교에는 정말 많은 사람들이 모여 있었다. 먼저 강당에서 하나고에 대한 설명회를 개최했고 나중에 멘토 누나 형들이 조를 짜서 각자 조끼리 학교 견학을 시켜주셨다.

견학을 하면서 부러웠던 것은 학교 급식실과 도서관 이었다. 특히 도서관은 복층구조처럼 2층으로 되어 있었는데 그곳에서는 인터넷으로 숙제도 할 수 있도록 되어 있었고 생각만큼 엄격하지도 않고 자유스럽게 책을 읽을 수 있을 것 같았다.

나는 목동에 있는 월촌중학교에 다니고 있어서인지 그 근방에 있는 몇 개의 고등학교를 제외하고는 구경도 한 적이 없었다. 하나고등학교를 방문해 보니 학교마다 각자 개성이 있는 것 같았다. 하나고등학교는 자유로운 분위기에 전교생이 기숙사 생활을 해서인지 여러 가지 시설들이 정말 많았다.

　개인 독서실과 운동이 가능한 운동시설들이 있었고 넓고 여유로
워 보였다. 특히 우리를 데리고 견학을 시켜준 하나고 멘토 누나의
자세한 설명에 지루하지 않고 재미있게 견학을 할 수 있었다.

<하나고 정문에서 찰칵, 학교 안의 헬스실과 복층구조의 도서실>

　그리고 운동장에서 우연히 만난 누나들의 선배 형을 만났는데 그
형의 말로는 하나고등학교에 들어와서 중학교 시절 중 가장 아쉬운
게 뭐냐고 물어보니 중학교 때 게임을 하느라 시간을 많이 빼앗겼
던 게 가장 아깝고 아쉬웠다고 했다. 그 형도 중학교 때는 친구들
이 게임을 많이 하니까 함께 게임에 빠져 게임하느라 공부하는 시
간을 많이 빼앗겼는데 그 때는 그게 별로 아깝지도 아쉽지도 않았
는데 고등학교에 들어오니 그때 해놓았더라면 지금 좀 공부하는데
도움이 되었을 거라는 아쉬움이 크다고 했다. 그때 하지 않아서 지
금은 그때의 2~3배의 노력과 시간이 든다는 것이었다. 그 말을 들
으니 많은 반성이 되기도 했다.

무엇보다도 기분 좋았던 건 도서관에서 우연히 발견한 공책들이었다. 숙제로 제출한 듯 독서 감상문을 적은 두꺼운 공책들은 하나 고등학교 학생인 형, 누나들이 직접 쓴 글씨체를 볼 수 있었는데 내가 깜짝 놀란 이유는 바로 그 글씨체 때문이다. 나는 공부를 아주 잘하는 형, 누나들은 글씨를 엄청 잘 쓸 줄 알았는데 의외로 악필들이 많았다. 나도 왼손잡이라서 글씨체가 엉망인데 내가 썼나 싶을 만큼의 글씨체들도 있었다. 글씨 못쓴다고 구박받는 친구들에겐 희망적인 이야기가 아닐까?

공부성적은 잘 쓴 글씨체 순이 아니었다. 그래서 나도 희망을 가지고 더 열심히 공부해서 내가 원하는 고등학교를 찾아 선택하고 그 학교진학을 위해 노력해 봐야겠다고 생각했다.

" 위대한 것 중 열정 없이 이루어진 것은 없다." -에머슨

기자들의 친구,

방송! BCPF 콘텐츠 캠프를 가다

정준엽 (고양외고 1)

지난 2월 19일, 푸른누리 기자단은 처음 접해보는 BCPF 콘텐츠 캠프에 대한 설레는 마음을 안고 가평 행 버스에 올라탔다. 쉽게 설명하자면 BCPF 콘텐츠 캠프는 방송콘텐츠 진흥재단이라는 곳에서 개최한 캠프로 방송 기기나 UCC, 인터넷 신문, 아나운서와 관련된 것에 대해 배우고 알아보는 캠프이다.

가평으로 가기 전, 푸른누리 기자단은 여의도에 있는 KBS 체험관을 견학하였다. 마당에는 라디오 89.1 FM을 방송하는 오픈 스튜디오를 생생히 볼 수 있었다. 가장 먼저 들어간 곳은 방송 기기의 발달사를 안내해주는 공간이었다. 그곳에서는 텔레비전, 마이크, 카메라, 라디오 등의 변천사를 볼 수 있었다. 또한 라디오 효과음을 어떤 식으로 녹음을 하여 방송하는지 알려주는 공간도 신기하게 다가왔다. 또 스튜디오를 직접 구경하거나 홀로그램을 감상하였다. 가장 인상 깊었던 곳은 9시 뉴스 체험 공간이었다. 뒤에는 뉴스 배경이 깔려 있었고, 중도에 주어진 자유 시간에 그 자리에 앉아서 직접 뉴스 진행을 체험해보니 정말 실감이 났고 뉴스 진행의 어려움을 깨달았다. 저녁 여섯 시, 기자단은 가평 청심 국제 청소년 수련원에 도착하였다.

첫째 날은 레크리에이션으로 방송에 관한 공부를 할 다음 날을 준비하며 신나게 몸을 풀었다. 조도 20조로 편성하였다. 조장들은 한국 폴리텍 대학교의 대학생들이었다.

둘째 날, 기자단은 방송에 관한 수업에 참여하였다. 첫째 시간에는 전성진 카메라 감독님께 방송용 카메라에 대하여 수업을 받았다. 방송용 카메라로는 ENG 카메라, 6mm 카메라, Jimmy Jib 이라는 기기에 대해 배웠고, 이런 기구들로 하나의 방송을 찍어낸다는 사실도 알았다. 그 다음 시간에는 신영철 교수님께 UCC 제작법에 관해 배웠다. UCC 영상물도 몇 가지 보고, 조별로 다음 시간에 준비할 UCC에 대해 주제를 정하고 역할을 분담하는 시간도 가졌다. 역할은 카메라, 배우, 연출, 편집이 있었다.

세 번째 수업은 박상도 SBS 아나운서에게 방송 이론에 대한 설명을 들었다. 아나운서 아저씨에게 들은 설명에 의하면 방송은 '널리 던지는 것' 이라고 한다. 또 방송이 있기 전에는 사람들은 소식을 신문이나 왕래하는 사람들로부터 직접 전해 들었다고 하였다. 또한 방송에 대한 여러 가지 이론들도 설명 들었다. 마지막으로, 질문하는 시간이 있었다. 첫 번째 질문은 바로 가장 기억에 남는 소식이었다. 아나운서님의 대답은 성수대교 붕괴 소식이었다. 두 번째 질문은 아나운서가 된 계기였다. 아나운서를 한 이유는 바로 송석형 아나운서가 뉴스를 진행하는 것을 보고 멋있어 보였기 때문이라고 했다. 세 번째 질문은 방송을 하면서 힘든 점이었다. 이의 질문에는 방송을 사고 없이 잘 해내야 한다는 부담감이라고 대답하셨다.

다시 신영철 교수님께 강의를 들었다. 둘째 날의 마지막 일정이었다. 기자단은 4시간에서 5시간의 촉박한 시간을 이용하여 UCC를 직접 제작했다. 먼저 각조마다 주제를 정한뒤, 직접 UCC 영상을 찍었다. 배우들은 멋진 UCC 결과물이 나올 수 있도록 연기를 열심히 했고, 촬영팀은 배우의 행동이 잘 보이도록 영상을 촬영했다. 약 세 시간의 시간을 소비하고 난 뒤 약 1시간 반 가량의 시간 동안 편집을 하였다. 그리고 그 최종 영상물을 함께 감상하는 시간을 가졌다.

셋째 날에는 뉴데일리 연예부의 조광형 기자에게 인터넷 신문 제작법을 배웠다. 인터넷 신문은 인터넷을 통해 볼 수 있고, 실시간으로 제공되며, 분량 제한이 없고, 텍스트, 사진, 동영상을 통해 기사를 제공하며, 마지막으로 소비자가 뉴스를 제보하거나 평론을 달 수 있다는 특징을 설명하셨다. 또한 인터넷 신문의 발명 계기, 탄생 시기, 영향력, 제작 방법 등에 대하여 설명을 들었다.

퇴소식 후, 기자들은 마지막으로 롯데 홈쇼핑 회사를 견학하였다. 홈쇼핑의 카메라도 한 번씩 다루어 보고, 우리나라에서 가장 넓은 "스튜디오 250"을 관람하였다. 그 곳에서는 생방송으로 상품 광고를 하고 있었다. 스튜디오에서 촬영을 하는게 저렇게 홈쇼핑으로 전달이 된다는 것이 실감이 났다. 또한 홈쇼핑의 우두머리 주조종실에서 직접 만든 CF 영상물도 관람하고 분장실에서 홈쇼핑의 쇼 호스트와 특별 출연자들이 분장하는 모습도 볼 수 있었다.

이 캠프를 통해 푸른누리 기자단들은 기자인 만큼 더 방송에 대해 자세히 알고, 방송을 직접 제작해 보는 가치 있는 시간을 통해 더 많은 지식을 쌓은 좋은 계기가 되었다.

< 콘텐츠 캠프를 마치고 단체사진 찰칵! >

 "햇빛은 하나의 초점에 모아질 때만 불꽃을 피우는 법이다." - 벨 (미국의 발명가)

다 빈치 뮤지엄을 다녀와서

한지성 (월촌중 2)

지난 12월에는 런닝맨에 나와서 더 유명해진 '다 빈치 뮤지엄'을 방문했다. 규모 적으로는 아시아 유일한 레오나르도 다 빈치 박물관이라고 한다. 박물관에 전시한 레오나르도 다 빈치 발명품을 이탈리아 현지에서 직접 가져왔다고 하니 정말 더욱 실감났다. 그냥가도 볼거리가 많아서 좋았지만 미리 알아보고 도슨트 시간에 맞춰서 가면 자세한 설명과 재미난 일화도 들으면서 즐겁게 관람할 수 있다. 사실 그전에는 레오나르드 다 빈치에 대해 자세히 알지는 못했다. 모나리자, 최후의 만찬, 다 빈치 코드 등은 유명해서 알고 있었지만 이외에도 의학, 발명, 예술뿐만 아니라 그의 과학기술 업적은 정말 놀라웠다. 다 빈치가 직접 기록한 수기노트와 그 시대 때 만들었다고 믿기 어려울 만큼 진보된 과학발명품들이 각 테마별로 구성되어 있다.

먼저 미래를 내다본 문명 디자이너라는 테마로 구성된 다 빈치의 예술작품들도 훌륭했지만 내가 제일 관심 있게 본 것은 로봇과 휴머니즘관과 전쟁과 미래관 이었다. 다 빈치는 기계에 대한 기초지식을 바탕으로 인류 최초의 휴머노이드 로봇을 제작했다. 로봇은 다 빈치의 인체에 대한 연구를 토대로 사람의 근육과 힘줄은 '줄'

로 관절은 '도르래'로, 심장은 '원형 메카니즘과 태엽'으로 설계했다고 한다. 정말 그 시대 때 로봇의 시초를 만들 수 있는 그의 상상력이 놀라웠다.

< 최초의 관절 로봇과 아이어 맨 닮은 전투 로봇 >

그 중 기사모습의 전투 로봇은 전쟁에서 인명피해를 줄이고 전투력을 증가시키기 위해 고안된 작품이라고 한다. 이 로봇도 인간과 거의 같은 관절을 가지고 있어 의자에 앉거나 구부릴 수 있으며 갑옷을 입혀 적으로부터도 안전하게 보호 할 수 있도록 설계되었다고 한다. 마치 영화에서 나오는 아이언맨을 보는 듯해서 정말 신기했다. 이외에도 우리가 타는 자동차의 기원도 1482년 레오나르도 다 빈치가 구상한 태엽 자동차로부터 시작 되었다고 한다. 집안의 벽시계 태엽을 감다가 열쇠가 튕겨져 이마를 다치게 되었는데, 이 때 태엽이 풀어지는 힘을 이용해 만든 것이 최초의 자동 추진차라고 한다. 또한 다 빈치는 배가 가라앉지 않도록 이중선체도 개발하였고 특히 인체에 대한 관심이 많았던 다 빈치는 신체의 원리를 구체적으로 연구하여 인체를 포함한 여러 가지 원리를 생각해 내는 발명을 할 수 있게 되었다고 한다.

이외에도 너무나도 흥미롭고 재미있는 체험프로그램을 통해 다 빈치 과학 발명품을 직접 만들어 볼 수 있었는데 투석기나 자동차, 와륜선, 비행기계 등을 만들다 보면 다 빈치의 발명품의 원리를 쉽게 체험하면서 알 수 있게 되어 좋았다. 체험 프로그램 참가비가 좀 비싼 게 흠이지만 자기가 만든 축소판 다 빈치 과학 발명품을 가져 갈 수 있으니 좋은 것 같았다.

'다 빈치 뮤지엄'을 다녀와서 느낀 점은 단순한 상상력과 호기심만으로 세상을 바꿀 수 있는 발명품을 만들 수 있는 게 아니라는 것이다. 내가 관심을 가지고 있는 분야에 대한 지식이나 원리를 충분히 이해하지 못한다면 아무리 뛰어난 창의력을 가졌어도 소용이 없다는 것을 알았다. 또 레오나르도 다 빈치의 수많은 발명품들과 예술작품들이 지금 현재에 만들어진 로봇, 자동차, 비행기 등의 수많은 발명품의 기초가 되어 있었다는 사실을 보면서 내가 혹은 다른 친구들이 가지고 있는 작은 호기심도 나중에 크게 쓰일 수 있다는 사실을 알았고 그래서 지금보다 더 노력하는 사람이 되어야겠다고 느꼈다.

"가장 위대한 변화는 차례로
쓰러지는 도미노처럼 시작된다."
- B·J 쏜턴

우리들의 특별한 여름방학 이야기

한 결 (목동고 2)

지난 7월24일 전라남도 여수에서 제12회 여수 국제청소년축제 오리엔테이션 및 발대식이 열렸다. 여수엑스포 기간 중이던 7월24일부터 7월29까지 국내외 청소년 참가자들은 국제문화교류캠프, 청소년축제 환경포럼참가, 해양레져 스포츠체험 같은 각종 프로그램에 참여하는 축제의 장이 마련되었다.

여수 국제청소년축제에서는 청소년들을 대상으로 취재계획서와 동기 등을 심사해서 5명의 취재기자를 선정하였는데, 초등학교 시절 청와대 '푸른누리 기자단' 활동을 하면서 '푸른울림'이라는 봉사단체를 만들어 함께 활동하고 있는 김태리 친구와 함께 선발되어 특별한 여름방학을 보낼 수 있었다.

여수시가 주최한 이번 행사는 ' Youth, moving toward the island-청춘, 미래로 움직이는 섬' 이라는 슬로건 아래 국내외 청소년들이 여수도심과 전역을 문화예술작업을 스튜디오화 하는 참여형 축제로 기획되었다. 우리나라 최초로 시도되는 참여형 워크숍 축제였는데 특히 이번에는 국내청소년 150명 외국청소년 150명으로 구성되어 진행되었는데 국내외 참가자들이 창의성을 바탕으로 청소년들 스스로 청소년 문화를 만들고 체험하는 시간을 가질 수 있었다는 점이 인상적이었다. 첫날에는 팀 별로 5개의 섬(개도, 금오도, 백야도, 여자도, 적금도)중 하나의 섬을 맡아 탐방하였다.

<국제청소년 교류단아 모여라~!!>　　　<여수의 섬 금오도를 탐방하며>

러시아, 미국, 필리핀, 일본, 몽골, 이집트, 유럽 등지에서 온 각
국의 친구들과 함께 여수 인근의 아름다운 자연도 감상하고 여수
엑스포의 여러 전시관 관람, 열기구체험, 심리검사체험 등을 통해
참여형 워크숍 축제로서의 면모를 유감없이 발휘했다. 이 모든 게
무료로 진행되어 전 세계 청소년들이 한국이라는 나라를 탐험하고
체험해 볼 수 있는 기회로 제공하고 있다는 점과 다국적 국내외 기
획단을 구성하여 청소년들이 직접 기획하고 참여한다는 점에서 자
랑스러운 우리의 문화축제로 자리 잡을 수 있을 것 같다.

무엇보다도 400여명의 국제청소년 교류단과 하나가 되어 준비한
플래시몹은 지나가는 시민들의 발걸음을 잡아 하나 되는 지구에 대
한 메시지를 즐겁게 전달 할 수 있었다. 마지막 날에 열린 여수 국
제청소년축제 환경포럼인 '하나의 지구: 지속가능한 발전과 청소
년의 역할' 은 현재 지구가 처한 심각한 환경문제들과 이에 따른
지속가능한 발전의 전개과정을 알아봄으로써 세계 여러 나라에서
환경을 위해 어떠한 노력을 하는지 알아 볼 수 있었다.

<전통의상을 입고 등장하는 국제청소년 참가자들과 참여형 공연축제 및 플래시몹>

　또한 세계 각국의 많은 참가자들을 만나면서 국적, 언어, 생김새가 달라도 우리는 하나라는 생각으로 서로 웃고 소통할 수 있다는 사실에 놀랐으며 비록 짧은 기간이었지만 함께 우정을 나누고 숨겨 둔 끼와 재능을 마음껏 발산하면서 서로 다른 문화를 이해를 통해 이 축제의 진정한 의미를 느낄 수 있었다.

　이번 축제에 참가하면서 지속가능한 환경순화, 공정한 경제에 대한 관심, 타인에 대한 관용과 포용, 창의성을 위한 나의 혁신 등 여러 가지 나의 조그마한 노력 하나로도 세계가 변화할 수 있다는 깨달음을 또한 얻게 된 소중한 시간이었다.

"당신이 할 수 있다고 생각하면 할 수 있고,
할 수 없다고 생각하면 할 수 없다 "- 헨리포드

7. Flying high(봉사)

−푸른울림은 사랑 가득한 베이스 캠프−

크리스마스이브에 펼쳐진, 꿈같은 날

이원상 (고창중 2)

2013년 12월 25일, 크리스마스를 앞둔 날인 크리스마스 이브. 12월 24일에는 누구든지 다음날인 크리스마스가 기대되고 부푼 마음으로 '내일은 어떤 일이 벌어질까?' 라는 호기심어린 긴장도 될 것이다. 김포에 위치하고 있는 고창중학교에서는 다른 곳과 다르게 선도부의 깜짝 퍼레이드가 펼쳐졌다. 모든 학생들이 다 그런 것은 아니지만, 나와 많은 학생들은 이 날 어린 아이들에게 볼 수 있는 환한 웃음을 짓는 것을 보았다. 많은 학생들이 이로 인해서 크리스마스가 더 즐거웠고 나는 나중에라도 다시 이런 이벤트를 해보았으면 한다. 지금 내가 재학 중인 고창중학교는 다른 학교와는 다르게 등교 시 선도부와 함께 공·수배, "열심히 하겠습니다.", "감사합니다." 라는 멘트로 학교의 생활을 시작한다. 선도부에서 아침 등교를 지도한다.

등교 지도 시 학생이라는 이름에 알맞지 않는, 규정에 맞지 않는 것을 잡아 지도를 한다. 항상 학생들에게는 시크하고 냉정한 모습을 보이지만 이날만은 이런 모습이 아니라, 밝고 부드러운 모습을 가진 것 같다. 고창중학교에서는 곧 소개할 선도부라는 부서만이 아니라 다른 학교에서는 쉽게 볼 수 없는 공·수배라는 인사법을 한다. 고창중학교 학생이라면 등교를 할 때, 조회를 할 때 수업을 시작할 때, 학교 선생님이나 어른들에게 인사를 할 때 큰 목소리로 "열심히 하겠습니다." 라고 인사를 한다. 그리고 종례 후 인사를 할 때, 수업이 끝날 때, 선생님의 말씀이 끝났을 때 "감사합니다." 라고 인사를 한다.

내가 고창중학교 1학년으로 입학한지 얼마 지나지 않아, 새로운 인사법을 배운지 오래 되지 않은 채 선도부 학생을 모집한다는 공지가 올라왔다. 이름을 쓰는 그 작은 칸에는 수많은 이름들이 적혀졌다. '아무것도 모른 체 봉사시간을 준다는 그 이유만으로 지원하기도 하고, 장난스럽게, '한번쯤은 해보고 싶다.' 이런 마음으로 이름을 적는 학생 등' 많은 이유들로 이름이 적혀졌다. 그 중에서 선생님의 지원 추천서, 선도부 기존 선도부 선배님들의 면접을 통해서 발표를 한다. 이것으로 뽑힌 선도부 학생들은 선생님들을 대신해서 학생들을 지도한다고 할 수 있다.

고창중학교 선도부가 크리스마스이브에 이벤트 퍼레이드를 했다는데, 그럼 평상시에는 무슨 일을 하는 걸까?

'선도' 라는 말은 올바르고 좋은 길로 이끈다는 뜻을 가지고 있다. 그 말과 같이 우리는 아침 등교 지도, 급식 지도, 학교에서 축제가 있을 때 선생님을 도와주거나, 학생들에게 도움이 필요하다면 달려가 도와주는 필요한 존재가 되는 일을 한다. 그리고 가장 중요한 학생이라면 지켜야할, 학생 명분에 어긋나는 복장, 화장 같은 것을 지도하기도 한다.

2013년 12월 24일, 환한 아침이 다가오고, 학교에 갈 준비를 한다. 교문을 지나고 공·수배를 하고 있는 학생들이 있는 곳으로 가고 있었다. 그런데 저 멀리 항상 아침 등교 지도를 하는 선도부가 안 보인다. 친구들과 어울려 서로 얘기를 하고 있는 도중 갑자기 저 멀리 후문에서 "Merry Christmas~!" 라는 소리가 들려온다. 그 소리의 주인공들은 선도부 학생들이었다. 내일인 크리스마스를 축하해주기 위해서, 우리 학생들에게 웃음을 주기 위해서 교복위에 수면바지를 입고, 위에는 산타 복장이나 학생들에게 웃음을 줄 수 있는 분장을 하였다. 나도 고창중만의 특별한 크리스마스 퍼레이드를 같이 함께한 학생 중 하나이다.

어느 학생들보다 더 빨리 일어나 모인 다음에 춥고 추운 아파트 안의 계단에서 수면 바지를 입고, 산타 분장을 한 뒤 당당하게 "Merry Christmas~!" 라고 외치며 후문을 지나 공·수배를 하는 곳까지 왔다. 공·수배를 하는 장소 옆에서 크리스마스를 외치며 퍼레이드를 하는 선도부의 사진을 웃으며 찍는 학생들도 많았다. 아침 등교가 끝나고 우리는 학교 교무실과 몇몇 반을 돌아다니며 크리스마스 퍼레이드의 막을 내렸다.

< 2013. 크리스마스 퍼레이드를 하는 중에...>

고창중학교의 선도부는 아침에 누구보다 일찍 일어나 선생님들과 함께 학생들을 밝은 모습으로 반겨주고, 급식 시간에는 질서와, 순서를 지키기 위해 선도부들이 일을 하고 있다. 그리고 겨울이 되어 눈이 내리면 학생들이 넘어지지 않게 눈을 치우기도 한다. 그리고 길이나 폭을 줄인 바지나 치마, 화장, 머리 꾸밈을 한 학생들을 지도하기도 한다.

고창중학교 선도부는 비록 학생들이 자신들이 원하는 것은 하지 못하여도 가끔씩은 크리스마스 퍼레이드 같은 웃음을 주는 이벤트도 하니 고창중학교 학생들은 항상 웃음이 떠나지 않는 것 같다.

The world is full of suffering but it is also full of people overcoming it.

세상은 고통으로 가득하지만, 그것을 극복하는 사람들로도 가득하다.-헬렌 켈러

소아암 환자들의
마음을 감싸주는 모발기증

한 결 (목동고 2)

머리카락을 기부하겠다고 결심한건 중학교 2학년 초, 같은 나이의 친구가 암에 걸려 머리를 깎았다는 말을 듣고서이다. 우리처럼 어린 15세의 나이에도 암은 언제든지 찾아올 수 있다는 사실에 충격과 슬픔에 놀란 마음만 가득했다.

더군다나 몇 년 전 캐나다에 사시던 큰 이모가 경부선암이라는 판정을 받고 항암치료를 6차까지 받으셔서 머리가 많이 빠지셨는데 그때도 너무나도 마음이 아팠던 기억이 있다. 그런데 나의 머리카락을 잘라서 모발기증을 하면 소아암 환자들에게 무료로 가발을 줄 수 있다는 말을 듣고서 바로 모발기증을 결심하게 된 것이다. 같은 학교친구와 엄마한테 말씀을 드리니 좋은 일이라며 기꺼이 함께 동참해 주셨다.

모발기증은 생각보다 굉장히 어려운 일이었다. 먼저 건강한 모발을 위해 염색이나 파마를 할 수도 없다고 했다. 소아암 환자들이 쓸 가발이기 때문에 자극적인 화학염료들은 몸에 안 좋을 수도 있다는 것이었다. 그리고 25센티 이상을 잘라서 기부해야 하기 때문에 그 당시 단발에 가까웠던 내 머리카락은 자라는 데만 거의 2년이 걸렸다. 드디어 2년이 지난 지금, 길게 길었던 머리를 모발기증을 위해 단발로 잘랐다. 좀 많이 잘라 달라고 했더니 엄마는 45센티를 나는 35센티를 잘라 주셨고 나중에 보내온 친구 하은이는 26센티였다.

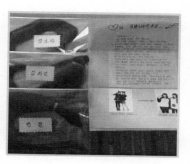

<모발기증을 위해 머리카락을 자른 한결과 함께 모은 모발들 >

돈이 아닌 마음으로 함께 할 수 있는 모발기증은 이렇게 머리를 길어서 기증할 수 도 있고 머리를 샴푸한 후 머리를 말릴 때 빠지는 머리카락들을 모아서 기부 할 수도 있다. 나는 머리를 길게 길어서 기부도 했지만 머리 말릴 때 빠지는 머리카락을 모아서 기부도 하였는데 놀랍게도 2년 넘게 길러서 자른 머리만큼의 머리카락이 모아졌다. 정말 티끌 모아 태산이라는 말이 실감이 났다.

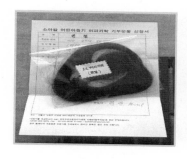

< 모은 머리카락으로 제출한 모발기증신청서와 받은 모발 기증서 >

아무튼 이렇게 모은 머리카락은 다시 다른 봉지에 담아 모발기증 신청서에 내용을 적어 보내니 모발기증서가 메일로 도착했다. 이런 걸 바라고 기증한건 아니지만 헌혈 할 때 주는 증서처럼 뭔가 뿌듯함을 느낄 수 있었다. 그럼 여기에서 간단하게 모발기증의 절차를 함께 알아보자.

1. 모발기증을 받고 있는 기관을 미리 알아보고 자기가 원하는 곳을 선택한다.
   (ex: 한국백혈병소아암협회, 하이모 등)
2. 모발기증을 위해 머리길이를 측정한다. (단 이때 모발의 상태 가 염색이나 펌 머로 손상되지 않은 건강한 모발로 25센티 이상 이어야 함)
3. 25센티 이상을 자를 수 있는 상태이면 미용실에 가서 모발 기증의 의사를 밝히고 머리를 고무줄로 25센티 이상으로 하나로 묶은 후 한꺼번에 잘라준다.
4. 자른 머리카락은 고무줄로 묶은 상태 그대로 비닐 팩에 잘 보관하여 준비 하고 미리 출력한 신청서에 꼼꼼히 적어 소포로 보내면 끝~!

소아암환자들을 위해 우리가 그들의 상처를 직접 치료해 줄 수는 없지만 그들의 마음을 감싸줄 수 있는 작은 힘이라도 될 수 있다는 사실에 기분이 좋았다. 머리는 다시 자라면 되는 것이고 나는 또 한 번의 모발 기증을 위해 머리를 길게 기를 것이다. 그때는 지금 보다도 더 많은 친구들과 주위 분들이 함께 해주기를 희망해 본다.

"최선을 다하는 사람은 절대로 후회하지 않는다."
-조지 할라스

'귀천'을 기다리는 사람들.
샘물 호스피스 봉사활동 후기

임지원 (이화여고 2)

내가 다니는 학교인 이화여자고등학교는 다른 학교와는 다른 특별한 봉사활동을 한다. 바로 샘물 호스피스 봉사활동이다. 샘물 호스피스는 1993년 원주희 목사님이 말기 환우들을 위해 세우신 병원으로 환자들에게 죽음은 두려운 것이 아닌 또 다른 시작이라는 것을 알려주면서 삶의 마지막을 누릴 수 있도록 하는 곳이다.

내가 처음 샘물에 간 날은 4월 중순이었다. 반 친구들과 함께 그곳에 가서 드릴 찬양과 워십 그리고 연주를 준비하면서 나는 많은 생각을 하였다. 혹시 내가 가서 마음이 약해져서 누워계신 환우 분들을 보며 우는 것은 아닐까, 그 분들께 혹여 모를 상처를 드리지는 않을까 하며 말이다. 이런 걱정들을 안고 샘물에 도착하니 내가 생각했던 분위기와는 아주 다른 분위기를 가지고 있었다. 조용한 분위기였지만 슬픔은 전혀 느낄 수 없었고, 다급한 보통의 병원 분위기와는 달리 아주 침착하고 마음이 안정되는 분위기였다.

예배시간에는 목사님께서 죽음이라는 주제로 이야기를 해주셨다. 목사님께서는 죽음에 관해 보통의 사람들과는 다른 생각을 가지고 계신 분이셨다. 죽음을 회피하려는 다른 사람과는 달리 언제든지 일어날 수 있다는 생각을 가지고 계시고 심지어 아침에 사모님과 인사를 하실 때, "여보 나 병원가요~ 혹시 오늘 못 오면 천국에서 만나요~" 이런 인사를 하신다고 한다. 왜냐고 여쭈니 다녀오겠다고 하고는 못 올 수도 있기 때문이라고 하셨다. 이외에도 그 병원에 있는 17살짜리 여자아이 이야기를 해주셨다. 그 아이는 어느 날 갑자기 머리가 아파서 병원에 갔더니 악성 뇌종양이라는 진단을 받고 여생을 보내기 위해서 호스피스 병동에 온 친구였다. 그 친구의 이야기를 들으니 한창 공부하고, 친구들과 재밌는 시간을 보낼 나이에 병원에만 갇혀서 죽음을 기다리는 그 친구가 너무 불쌍했고 나에게 이런 건강과 행운을 허락해 주신 것에 대해 정말 감사함을 느꼈다.

<연못을 치우는 봉사 중>

귀 천

나 하늘로 돌아가리라
새벽빛 와 닿으면 스러지는
이슬 더불어 손에 손 잡고

나 하늘로 돌아가리라
노을빛 함께 단 둘이서
기슭에서 놀다가 구름 손짓하면은

나 하늘로 돌아가리라
아름다운 이 세상
소풍 끝내는 날
가서, 아름다웠더라고 말하리라

예배가 끝나고 우리는 환우 분들께 직접 찾아가 인사도 나누고 얘기도 하는 시간을 가졌다. 나와 내 친구는 한 할아버지를 만나게 되었는데 그 할아버지께서는 예전에는 죽는다는 것이 믿기지도 않았고 생각만 하면 눈물이 났지만, 이곳에 들어온 이후로는 마음도 편안해지고 이렇게 찾아오는 사람들도 많아서 더 활기차지셨고, 목사님의 말씀대로 죽는 것이 삶의 또 다른 시작이라고 생각하니 더 이상 두렵지 않다고 하셨다.

　모든 활동을 다 끝내고 집으로 가는 길에 이 날 하루를 돌아보며 나는 천상병 시인의 "귀천" 이란 시를 생각했다.

　자연스럽게 사라지는 이슬과 노을처럼 우리 삶도 자연스럽게 사라지는 것이고, 살다가 죽는 것은 마치 소풍을 다녀오는 것처럼 아름다운 일이라는 죽음에 대해 달관한 시인의 태도가 마치 샘물 호스피스 병동의 사람들 같이 느껴졌다.

　처음에 학교에서 출발할 때 나의 다짐은 울지 말고 샘물에 계신 분들에게 에너지가 되고 와야겠다는 것이었는데, 막상 다녀오고 나니 오히려 내가 위로를 받고 왔고, 많은 생각을 할 수 있는 시간이 되어서 처음의 다짐을 넘어선 더더욱 의미 있었던 시간임을 알았다.

A day without Laughter is a day wasted
웃음 없는 하루는 낭비한 하루다. -찰리 채플린

The true meaning of volunteer work found in Philippines"

A few years ago, I went to Philippines to study English after I completed the first term of middle school. I stayed at Ledesco Village in Iloilo, Philippines and my daily life was so busy. I attended Iloilo Central Commercial High School. At first time, It was hard to follow the lessons. Because every class was given in English. But I got better and better at English day after day, so I could make many friends.

As all of you know, Philippines is one of the countries of southeast Asia and many people have a rough time due to the gulf between rich and poor. Therefore, I volunteered to serve the poor. From now on, I'm going to tell you the story of my volunteer service in Philippines.

Where I used to stay was a rich village in Iloilo. So, there was nobody who doesn't have a car. However, slam is only a short distance away. Most children couldn't go to school to earn the money instead of studying. I heard of "Feeding Program" which is activity that gives students food for free. So, My company and I went to <Cagbang Elementary School> where the family of pastor who have done a feeding program continuously was. The family of pastor, my schoolmates and I participated in the program.

< Cagbang school>

< local house >

Truly, I was astonished when I visited there at first. Because it differed widely from my school. In my school, almost of equipments are prepared- canteen, indoor gym, swimming pool, auditorium and so on. On the other hand, Cagbang School has only 2 classrooms. The gap between my school and Cagbang school was so big beyond comparison. In addition, most students there was poor and 1/3 of students are pauper. Moreover, they couldn't settle even food, clothing and shelter problem. Christians in the church and many groups supported for preparing food but still only the lower grades could receive the free meals. Because the budget was too deficient to share a food the upper grades.

< Feeding   Program >

I interviewed with Mrs. Clavel, the teacher of the school. She told me that most students were unhealthy and weak. Because they didn't have breakfast due to poverty. What was worse, some children didn't attend the school, because they should help their parents to earn money. she told me that she wanted to supply more foods to kids and hoped to supply not only foods but another valuable things.

When I distributed some porridges to kids, they all enjoyed it. So I ate some by way of trial. But it didn't suit my taste and I didn't want it anymore. At that moment, I felt sorry and thankful for them at the same time- they just felt thankful of having daily meals whether it is delicious or not.

Mrs. Clavel said that some students couldn't speak or understand English, and the reason why they couldn't be that their parents know nothing but farming. Mrs. Clavel told me that she felt worth when her teaching gives a good effect to many students like solving, counting, and so on.

After we finished a feeding program, we went to the village around the school.

There were some small houses connected with thin logs. When I went deep inside, the ground was covered with soils and lots of mosquitoes were flying in the air. I was amazed by the people who couldn't do anything in hazard of 뎅게 mosquitoes and didn't put any cement on the ground due to lack of money. 뎅게 is the mosquito which has a strong virus and it's in full swing these days. So if you are bitten by the mosquito, you might be dead. I was lost for words after I saw the scene that I have watched only on TV or pictures.

And the more shocking thing is that a big family lives in one small house, and the money which get from working with bicycle is only 6000~7000won in korean money but they just barely make ends meet.

We visited 5 sisters' house, the firstborn didn't go to college due to lack of money even though she was 17 years old.

The others also couldn't attend school properly.

Mrs. Clavel said thank you to us for helping a feeding program. But I was the one who should appreciate.

I will always think of these poor kids when I don't want to attend school and reflect on myself about my petty complains.

Mrs. Clavel said thank you to us for helping a feeding program. But I was the one who should appreciate. Not only me but also others thought we have to be thankful

for their eating foods. I did volunteer work to help others but it was the helpful time in my life. I hope we all live our life with thanks about food plus comfortable house, good parents, having a good family or healthy body, and additional things.

My dream is to become a diplomat who works for the benefit of underprivileged people. I want to help Korean immigrants to exert their sovereignty. So I try to study hard to give more opportunity and right to many isolated people. Because every human is born having their rights to live equally.

아름다운 동행, 아름다운 선율

정준엽 (고양외고 1)

  지난 11월 29일, 푸른울림은 구세군 아트홀에서 개최된 불우이웃 돕기 행사 '아름다운 동행'이라는 구세군 행사에 참여하였다. 이 행사는 구세군에서 불우한 이웃을 돕자는 구세군 측의 의견을 알리기 위하여 개최한 행사이고, 오케스트라 역시 봉사연주를 통하여 불우이웃 돕기를 실천하자는 의견을 알리기 위해 이 행사에 참여하였다.

  또한 이 콘서트에는 많은 연예인들이 참석을 해주었다. 레이저 쇼를 선보인 레이저 맨 아저씨, 아름답고 멋있는 목소리로 노래를 선보인 남자의 자격 출신의 뮤지컬 배우 선우, 뮤지컬 가수 최재림, 가수 김태우, 아웃사이더 등이 출연하였다. 사회는 신영일 아나운서가 맡았다. (아나운서가 꿈인 나는 신영일 아나운서에게 사인을 요청하자 흔쾌히 받아주시며 아나운서의 꿈을 꼭 이루길 바란다고 전했다.) 연예인 출연자들은 노래하는 데에만 열중하지 않고, 본인의 공연을 마치고 나서 불우이웃들이 모두 잘 되었으면 좋겠고, 자신도 불우이웃 돕기 행사가 있다면 동참하고 싶다는 의사를 관객들에게 전하였다.

본 공연 시작 전 오케스트라는 연습실에서 10분가량의 공연을 위하여 많은 양의 연습을 하였다. 오케스트라 단원들은 불우한 이웃들에게 희망을 실어주기 위하여 신나고 희망찬 크리스마스 분위기의 노래 '징글벨락', 크리스마스에는 축복을', 그리고 '자선냄비 종소리' 라는 곡을 멋지게 연주하기 위하여 연습하였다. EBS 프로그램 '톡톡 보니하니' 에서도 푸른누리 오케스트라의 연습 및 공연현장을 취재하러 구세군 아트홀을 찾았다. (나는 그 날 방송의 주 출연자로 촬영을 하였다.) 공연이 끝난 후에는 서로 수고했다고 격려를 하는 한편, 연습과 리허설 때처럼 화합이 잘 맞지 않아 아쉽다는 의견도 있었다.

공연의 막이 내리고, 오케스트라는 미리 인터뷰 요청을 멜로 보냈던 가수 김태우씨와 인터뷰 시간이 주어졌다. 그리하여 푸른울림 단원들이 인터뷰 한 내용들을 이 기사에 올리고자 한다.

◆ 이하 김태우씨와의 인터뷰 일문일답 ◆

Q : 우리가 흔히 생각하는 아이돌 외모는 아니지만 자신감 넘치는 표정은 정말 인상적이다. 외모에 신경 쓰지 않고, 자신감 있게 사는 비법이 있나요?

김태우 : 나는 나름대로 내가 잘생겼다고 느낀다. 사실 데뷔 초

에 내 꿈이었던 가수를 주위에서 안 된다고 말렸었다. 하지만 그 때 나는 가수로서 필요한 것은 진정성, 하자는 자신감, 하겠다는 힘이 훨씬 중요하다고 생각했고, 그래서 지금 이 자리에 있다. 사실 가수는 외모보다는 가창력 같은 음악적 요소가 더 중요하다.

Q : 봉사로 공연을 많이 하는데, 봉사활동을 시작한 계기는?

김태우 : 나도 사실은 GOD 멤버들과 함께 자선냄비를 들고, 거리에 나가서 봉사를 하자는 생각도 한 적이 있다. 비록 실행하지는 못했지만, 봉사에 있어서 제일 중요한 것은 마음이라고 생각한다. 그리고 내가 지금 봉사로 공연을 하는 가장 큰 이유는 바로 나의 큰 장점인 음악, 목소리, 그리고 노력에 자부심을 갖기 때문이다.

Q : 기부하면서 힘들었던 점은 어떤 것이 있었나요?

김태우 : 나는 기부를 하면서 힘든 점은 전혀 없다. 기부를 하는 것은 가수활동을 하면서 가장 기쁘게 느끼는 것이고, 또 무대 자체에 서는 것이 행복하므로 어려운 점은 없다. 그래서 기부할 때는 전혀 어려움이 없다.

Q : 혹시 학창시절 때에 어떤 학생이었나요?

김태우 : 지금의 여러 학생들 모습과 비슷했던 것 같다. 변하지 않고 처음모습 그대로 살려고 노력했다. 또 나는 정말 고집이 센 아이였다. 뒤에서 주저하는 것도 싫어했고, 리더십이 정말 강했던 것 같다. 그래서 전교회장을 한 경험도 있다. 또한 특히 남에게 비난 받는 것을 매우 싫어했다. 믿기 어렵겠지만 사실 나는 고등학생 때 공부를 잘했던 편에 속했다. 하지만 꿈은 그대로 가수였다. 노래 연습을 하면서 주변 사람들에게로부터 잘한다는 소리를 듣기 위해 항상 최선을 다했다.

Q : 봉사활동을 같이 하는 연예인은 누가 있나요?

김태우 : GOD의 같은 멤버들도 기부를 나처럼 좋아한다. 여태까

지 봉사에 관한 뜻 깊은 자리가 있었을 때에 모두 반대하지 않고 동참해 주었다. 또한 JYP엔터테인먼트 박진영 사장님도 좋은 일을 많이 하셨다.

Q : 가장 기억에 남는 활동이나 에피소드가 있다면?

김태우 : GOD로 활동을 할 때 가장 기억에 남는 봉사활동이 있었다. 매년마다 한번 씩 찾아가던 어린이집이 있었는데, 우리 활동 때 만든 '길' 이라는 노래의 뮤직비디오 끝부분에 나오는 어린이들이 바로 그 아이들이다. 우리가 그 어린이집을 떠날 때 마다 매우 서운해 하던 모습이 아직도 기억에 남는다. 이 모든 게 바로 함께 봉사에 대한 관심을 가지고 시작했기 때문인 것 같다. 우리나라에 생각보다 잘 사는 사람들이 많다. 하지만 불우이웃을 도와주는 사람들은 그다지 많지 않다고 생각한다. 우리나라의 모든 사람들이 다 나와 기자단 여러분처럼 어려운 이웃에게 많은 관심을 가져주었으면 좋겠다.

인터뷰가 끝난 뒤에 보니하니 방송 촬영을 재개하였다. 밤 9시부터 30분간 충정로역 길거리 자선냄비 옆에서 구세군 옷을 입고 종을 쳤다. 길에 많은 사람들이 지나다니지는 않았지만, 몇몇 사람들은 기부를 하였다. 무척 그분들께 감사하는 마음을 느꼈다.

이번 봉사활동과 방송촬영을 통하여 우리 주위에는 많은 어렵고 자들이 많다는 것을 깨달았고, 가난한 자들이 있는 만큼 그들을 잘 도와주는 사람들도 있다는 것을 느꼈다. 이번 봉사활동은 그분들처럼 불우한 이들의 생활에 보탬이 되어야겠다는 생각을 심어주었던 유익한 시간이었다.

따뜻한 마음을 배우고 온
사랑의 김장 나누기 체험

이지혁 (우신중학교 3)

봉사의 참 의미란 아름다운 마음이 행동으로 표현된 것이고 대가를 바라지 않고 어려운 이웃을 돕는 것이며 도움을 받는 사람의 입장에서 생각하고 도와주는 것이라고 합니다. 11월 16일 푸른 누리가 한국야쿠르트와 사랑의 김장 나누기 봉사 활동을 하러 가는 날, '과연 내가 도움이 될 수 있을까?' 라는 생각을 가지고 시청으로 출발했습니다. 도착하여 본 시청 광장 풍경, 광장 가득 길게 늘어선 김장 재료들이 있는 테이블이 눈에 띄었습니다. 김장을 준비하는 한국야쿠르트 아주머니와 취재하는 분들의 모습에서 아주 큰 행사임을 느낄 수 있었습니다. 푸른누리 기자들은 봉사에 초대해준 한국야쿠르트 라세균 과장님께 설명을 듣고 준비해준 앞치마, 모자, 장갑을 착용하고 조를 나누어 김장을 시작하였습니다. 사실 저는 김장을 해 본적이 없어서 걱정이 조금 되었습니다. 하지만 걱정은 잠깐, 한국야쿠르트 아주머니는 저희를 반갑게 맞아주시고 방법도 알려주셨습니다. 준비된 김장재료는 잘 절여진 배추와 배추 속에 들어 갈 양념이었는데 저희가 할 일은 배추 속에 양념을 잘 묻히는 것입니다. 아주머니께서는 양념을 한 주먹정도 잡고 제일 위에서부터 한 장씩 넘겨 가면서 양념을 칠하는 것이라고 알려주셨습니다. 조심스럽게 배추에 양념을 묻히는데 처음엔 서툴렀지만 점점 요령이 생기게 되었지요. 제 옆에서 가르쳐 준 아주머니는 저에게 김장의 달인이라는 칭찬도 해주셔서 더 신나게 정성껏 김장을 했습니다. 일하는 중간 중간에 옆에 계신 아주머니들이 맛보라고 김치도 먹여주셔서 맛있게 먹기도 했습니다. 사회자의 재미있는 멘트, 활짝 웃으시며 즐겁게 일하는 아주머니들 덕분에 완성된 김치가 김치 통에 쏙쏙! 뿌듯한 마음이 가득 생겼습니다. 정말 아주머니들은 모두 김장의 달인이셨고 봉사를 기쁘게 하는 분들이었습니다.

라세굼 과장님과 인터뷰

봉사하신 분과 인터뷰

우리가 함께 담근 김치는 바로 어려운 독거노인들과 소년, 소녀 가장들, 어려운 이웃에게 보내진다고 했는데 이 김치를 먹는 사람들이 정말 맛있게 먹어주었으면 하는 마음이 들었습니다. 봉사를 마치고 모인 푸른 누리 기자들 모습은 앞치마가 고추 가루 양념으로 빨갛게 물들었지만 모두 밝은 표정이었습니다. 저는 봉사 후에 김장을 담근 아주머께 행사에 참여 한 소감을 여쭈어보았습니다. 아주머니께서는 힘들지만 이 김치를 먹을 사람을 생각하면 보람이 있고, 더 맛있게 김치를 담가야겠다는 생각이 든다고 말씀하셨습니다. 다음은 행사를 이끌어주신 한국야쿠르트 나세균 과장님과 인터뷰를 하였습니다. 사랑의 김장 나누기 행사를 한 소감에 대해 여쭈어보니 할아버지, 할머니, 그리고 소년. 소녀 가장들이 겨울동안 맛있는 김치를 먹을 수 있어서 보람이 있다고 하셨습니다. 그리고 기업은 사회의 영리를 위해 봉사를 하는데 우리 푸른 누리 기자들이 봉사를 통해 좋은 경험을 해볼 수 있도록 초대했다고 말씀하셨습니다. 한국야쿠르트는 지난 2001년부터 사랑의 김장나누기 행사를 시작하여 전국 주요도시의 노인들과 소년소녀가장 등 어려운 이웃을 위해 사랑의 김장 나누기 행사를 진행하였습니다. 작년에는 10리터 플라스틱 용기에 담은 김치를 전국의 독거노인과 소년 소녀 가장 등 2만 5천 여 가구에 전달하였다고 하니 정말 대단한 일입니다. 특히 올해는 야채 값이 너무 올라 비용이 많이 들어 행사 진행이 어려웠다고 합니다. 하지만 어려운 상황일수록 행사를 진행하여 나눔 정신을 확산하겠다는 마음으로 김장 나누기 행사를 진행했다고 합니다. 이런 좋은 일을 하는 한국야쿠르트 회사가 참 좋게 느껴졌습니다. 저는 사랑의 김장 나누기 행사를 통해 한국야쿠르트가 어려운 이웃에게 베푸는 나눔 정신이 무엇인지 배웠고 한국야쿠르트 아주머니들에게는 봉사의 자세를 배웠습니다.

봉사의 자세란 내가 한 일을 아무도 몰라주더라도 기쁜 마음으로 실천을 하는 것, 내가 할 수 있는 일을 작은 일부터 실천하도록 하는 것, 남을 돕는 것은 어려운 일이 아니며, 우리 주변에서 쉽게 찾을 수 있고 실천할 수 있다는 것, 봉사는 가진 것이 많은 사람만이 하는 일이 아니라, 누구나 할 수 있는 일임을 조금이나마 깨달을 수 있었습니다. 푸른 누리와 함께 한 사랑의 김장 나누기 체험, 정말 뿌듯한 마음이 가득한 시간이었습니다.

푸른교사, 나의 미래를 보다

이원종 (안산동산고 2)

안산에는 자립형 사립 고등학교가 하나 있는데 바로 '안산동산 고등학교'이다. 동산고등학교에는 여러 가지 자랑할 만한 프로그 램들이 많은데, 그 중 하나가 바로 '푸른 꿈 학교, 푸른교사'이 다. 푸른교사는 동산고등학교의 학생들이 안산 지역의 지역아동센 터에 가서 야간자율학습 시간을 이용해서 초, 중학생과 함께 공부 하는 프로그램이다. 현재 약 100여명의 학생들이 조를 이뤄 봉사활 동을 진행하고 있다.

나 또한 푸른교사이다. 2013년 9월부터 시작한 이 봉사활동에 나 는 여러 아동센터 중 '팔곡 늘푸른 지역아동센터'에서 매주 참여 하고 있다. 가르치는 학생이 정해져 있는 것은 아니지만 나는 문재 원(상록중1)학생을 전담해서 가르치고 있다. 재원이와 나는 이유가 없더라도 가끔씩 연락을 주고받을 정도로 친하다. 언제나 수업에 빠지지 않고 열심히 참여하는 모습에 감명을 받곤 하는데, 봉사활 동을 마치고 학교로 다시 돌아갈 때면 가르쳐줘서 고맙다는 문자에 다시 한 번 감동하곤 한다.

하루는 감기에 걸려 목소리가 잘 나오지 않았다. 내가 느끼기에도 수업이 잘 진행되지 않았고 서로 집중이 잘 되지 않음을 느꼈다. 그때만큼 학생에게 미안했던 적이 없던 것 같다. 내 부주의로 건강을 챙기지 못해 학생에게 피해를 준 것에 대해서 미안하다는 생각 말고는 아무 생각도 들지 않았다. 그때 나는 내 책임감을 다시 느꼈다. 나는 선생이다. 아직 고등학생의 신분이지만 한 학생을 부분적으로나마 책임지는 작은 선생이다. 내 건강이 학생에게 영향을 미친다는 것을 깨달았다. 나는 그것을 자각하고 언제나 푸른교사를 생각하며 생활하고 있다. 나는 이제 전보다 성장한 선생이다.

푸른교사는 그 어떤 봉사활동보다도 내가 배우는 것이 많은 활동이다. 지식만을 전달하는 선생님이 되고 싶은 생각은 추후도 없다. 나는 소통에는 눈높이가 중요하다고 생각한다. 언제나 공부만 시키려는 선생님의 눈높이가 아니라 가끔은 놀기 좋아하는 어린아이의 눈으로, 어쩌면 불량학생의 눈으로 학생을 바라보고 이해하는 것이 진정한 소통이라 생각한다. 지식만을 전달하는 것은 누구든지 할 수 있다. 하지만 나는 푸른교사 활동을 통해서 진정한 소통을 배워나가고 있다. 내가 불량학생이 되어가고 있다는 뜻은 아니다. 나는 나 중심적인 시각이 아닌 타인에게 시선을 맞추고 공감할 수 있는 능력을 배워나가고 있다.

센터에 있는 친구들과 이야기를 나누면서 그들의 고민이 내가 중학생 때 했던 고민과 비슷하다는 생각을 했다. 전국의 모든 학생들에게도 적용되겠지만 학업과 친구, 부모님과의 관계에 대한 이야기들이었다. 나는 그 고민들을, 이야기들을 그 누구보다도 잘 들어주기 위해 노력했다. 공부 진도가 맞지 않더라도 그것은 나에게 별로 중요하지 않았다. 공부는 어떻게든 다른 시간을 이용해서 보충할 수 있는 것이라고 생각한다. 하지만 함께 나눴던 고민들은 그렇지 않다. 그 순간 해결할 수는 없더라도 이야기를 나누는 과정을 통해서 해결되는 고민들은 학생의 미래를 바꿀 수도 있다고 생각한다.

공부 할 때는 그 누구보다 집중해서 공부하는 모습을 보였다. 그런 태도 덕분에 센터를 관리하시는 선생님께서도 내가 잠시 공부와 상관없는 이야기를 하고 있어도 인정해주시기 시작했다. 센터에서뿐만 아니라 내 개인적으로도 그렇다. 아무래도 야간자율학습시간을 이용해서 봉사활동을 하다 보니 친구들에 비해서 자습시간이 부족하다. 하지만 그럴수록 공부할 수 있는 시간에 더 집중하고 잠을 줄여서 부족한 시간을 채우겠다는 열정적인 자세를 갖게 되었다.

나는 교수라는 꿈을 가지고 있다. 이 꿈을 토대로 나는 푸른교사에서 내 미래를 보고 있다. 물론 교수와 푸른교사는 많이 다르겠지만 교육자라는 커다란 줄기 안에서 나는 내 미래를 느끼고 있다. 푸른교사는 내 고등학교 동안 나를 이끌어준 커다란 강줄기가 될 것이다. 학생을 더 사랑하고 축복할 줄 알고 공감하는 방법을 배우게 해 준 푸른교사는 내 미래를 가까이서 볼 수 있도록 도와주는 망원경이다.

My role model

김민경(미림여고2)

I have various of role models that I admire a lot. there are some people who are widely known throughout the word or there are some who I only know about. also they are some who have passed away and some who are living in the same century as me. from all these possibilities, I want you to guess inside your mind which role model would I like to introduce to you now. First of all, she is famous for her saying 'if you ever need a helping hand, you'll find one at the end of your arm'. Secondly, she is an actress who filmed many movies such as Roman holiday, breakfast at tiffany and many more. A lot of you would probably be thinking of a beautiful woman. It's Audrey Hepburn. Even though she has passed away a long time ago she is still famous for her beauty, but actually Audrey Hepburn was way more beautiful in the inside than the outside. Because of her perfect look however, her careful concerns are not widely known. Therefore I would like to introduce her life and write about myself related to her.

In 1929, Belgium, Audrey Hepburn was born. Unlike her golden time she had severe pertussis so she could have died in 3 weeks after her birth. Her dad went out from home to do nazi activities, so young Audrey had to live with her mom. She dreamed of being a ballerina so she went off to the Netherlands to get ballet lessons and to learn English. Unfortunately by the time she was just about to get herself comfortable in the Netherlands the world war two broke out and the German invaded the Netherlands. As the war kept on, she had to suffer from serious hunger. All she could eat was dog food or some grass. In 1945, after the massive war had finished, Audrey had many diseases. In her most tragic time of her life she gets various help from a organization called UNICEF. By the help of UNICEF, she had chances to overcome and start a new life as a wonderful actress. After her success as an actress she finds a perfect man to live with her for the rest of her life and after filming some more movies she retires from hollywood and starts a second life as a social volunteer worker. She remembered the time she received aid from UNICEF and becomes one of the members of the UNICEF with her husband. She was always willing to help the countries which were having the hardest time full of confliction and starvation. She has been to 50 different countries including Ethiopia and Bangladesh to help. Audrey once said in her autobiography that the most critically harmed country that she has been to was Somalia. The kids in Somalia were dying every now and then, and it wasn't even a serious problem since there were so many kids dying out, so the parents put their dead babies into a plastic bag and just throw it away. Living a life as a volunteer angel she gathers her family members and the people she loves on christmas eve and reads out the poem by Sam Levenson called 'Time tested beauty tips', this poems shows us what life she wanted to live. But sadly that was the last christmas of her life. She finds out that she had cancer and she could only live for 3 months. So in 1993, at her age of 63 the world's most splendid woman finishes her life.

I first got to know her while watching Roman holiday when I was 10. Then my parents started to talk about her achievements as a voluntary worker. I was surprised to find out that such a beautiful woman would ever volunteer until the very last day of life. When I thought of the people who have done many volunteer work are someone like mother Theresa or Albert Schweitzer. Frankly speaking, volunteering felt kind of boring to a 10 year old girl. However Audrey was different, she was good enough for a young girl to look up to.

By admiring Audrey Hepburn for 7 years, I have learnt a lesson from her, always do an action for others than myself.

Many people who have good reputation always say to think of others rather than to practically do an action. But Audrey's achievement has showed the whole universe to actually get on to the move and start changing for the others. She was fully loved by her audience in her movies and she says that it is obvious to give it back and share the love she got. I was touched by her scarifies that she had to give up to live a new life. To sum up my speech, I think that she has made everyone smile throughout her entire life. In her youth, she gave us a smile by her appearance and in her later days, she gave us a smile by her warm heart.

The man who moves a mountain begins by carring away small stones.
산을 움직이려 하는 자는 작은 돌을 들어내는 일로 시작 하느니라 -공자

19인의 가슴에 멘토가 되는 말 말 말~

행동의 가치는 그 행동을 끝까지 이루는 데 있다 - 징기스칸

풍파는 언제나 전진하는 자의 벗이다 - 니체

당신이 좋은 책을 읽고 지식을 얻는 것은 남을 도울 수 있고
남에게 무엇이든 줄 수 있는 힘을 얻기 위한 것이다 - 에픽테토스

It ain't over till it's over - Lawrence Peter Berra

전에 일어난 일을 잊지 않는 것은 훗날 있을 일의 스승이다 - 사기

태양이 졌다고 울지 마라. 눈물이 별을 볼 수 없게 만든다.
- Violeta Parra

이 세상에 열정 없이 이루어진 위대한 것은 없다. - 게오르크 빌헬름

'푸른울림'의 시간 속으로

부록

1) 푸른울림의 활동 연혁표
2) 블루마블 사수대
〈2017년 제1회 자원 순환 연대 리더쉽 프로젝트〉

푸른울림 프로그램 주요활동표

일정	프로그램	장소	내용
2009 10월 ~ 2014 현재	봉사 활동 [푸른누리] 청와대어린이 신문 기자단 [푸른울림] 봉사연주단	연습실	• 단체 봉사 기획 회의(개인별 봉사 기획 및 진행) • 봉사일자와 장소 결정 후 인터넷카페에 공지 • 참가자 결정 후 봉사활동 취지에 맞게 음악 선정. • 봉사 후 고칠 점, 보완할 점 등을 논의 • 2009~2012년:[푸른누리: 청와대어린이신문]에 공동기사 　혹은 개인별 기사작성 후 기고 • 2014~현재: 봉사활동, [푸른울림]봉사연주단 활동 및 　봉사 후 개별기사, 보고서, 신문형태의 기록으로 다양한 　형태의 피드백으로 활용
2009 12.12	구세군 자선냄비 모금운동	동아일보 구세군 자선냄비 앞	• 봉사활동관련 사전교육 및 1박2일 연주연습실시 • 크리스마스에 어울리는 곡 선정 후 캐롤송 합동 공연 • 모금운동에 참가한 시민들 인터뷰 • 봉사연주 후 자체평가를 하고 개별적으로 기사작성 후 　[푸른누리: 청와대어린이신문]에 기고
2009 12.25	역곡 천사의집 봉사공연	역곡 천사의집	• 봉사에 앞서 어르신들께 예의 있는 자세 등 사전교육 • 요양원의 특성상 어르신들을 위한 트로트 위주의 　곡 선정 및 연합연습 • 할아버지, 할머니의 어깨 주물러 드리고 말씀나누기 • 사랑의 카드와 함께 사진을 찍어 선물로 드림 • 연주 후 자체평가 및 공동기사 작성을 위해 각자 맡은 　부분 파트별 논의
2010 1월	아프리카신생아 손뜨개 모자 뜨기 봉사	청소년 센터	• 봉사자의 손뜨개 강의 및 인터넷 손뜨개 동영상 시청 • 2주 동안 2~3개의 손뜨개 모자완성, 신생이들에게 사랑을 　담아 영어편지를 작성 및 전달 • 봉사활동 후 봉사의 참의미를 되새겨봄 • 신문기사 작성하여 각자 개별기사로 기고

2010 3월	유니세프 아이티, 칠레 타이완 참사 관련 모금운동 거리봉사연주	양천구 목동 교보문고 앞	• 봉사활동을 위한 사전교육 • 봉사활동 시 필요한 재료 사전준비- 피켓, 선물 등 • 봉사내용에 맞는 음악선정 후 총연습 • 봉사연주와 거리홍보 팀별로 진행 • 봉사 후 길거리 쓰레기 줍기 등 거리 청소 • 봉사 후 자체평가로 각자 느낀 점 발표, 개선할 점을 논의 • 신문기사 작성하여 각자 개별기사로 기고
2010 5.7	노인전문요양원 어버이날행사 봉사공연	군포요양 전문센터	• 어버이날 행사를 휘해 트로트 형태의 연주방식 • 어버이은혜 및 트로트 곡을 노래 팀과 협연 연습함 • 카네이션 제작하여 연주 도중 봉사자들이 어르신들께 카네이션 가슴에 달아드리기 • 봉사 후 각자 소감 발표 후 공동기사작성
2010 7.11	김포연세 요양원 봉사공연	김포연세 요양원	• 2기 기자단들 중 일일연주봉사자 모집 • 통기타 협연자, 노래팀 과의 협연연습 • 각자 파트를 정해 공동기사작성

2010
7.8
	행복플러스
	카페
	일일찻집
	봉사공연
		행복
		플러스
		카페
			• 2기 기자단들 중 일일연주봉사자모집 –가야금, 피리 등
			   국악협연자들과 협연연습
			• 1시간이 넘는 연주시간을 위해 새로운 곡과 개별독주나
			   앙상블 형태의 공연을 기획, 연습
			• 일일찻집을 위해 티켓제작 및 포스터제작 봉사활동
			• 일일찻집 티켓 값을 장애우 지원 사업에 전액 기부
			• 봉사연주 후 자체 평가 및 향후 계획 논의
			• 파트별 개별기사를 취합하여 공동기사작성

2010
11.29
	제2회
	자선냄비
	페스티발
	자원봉사자
	들과 함께 하는
	'아름다운 동행'
	봉사연주
		대한본영
		구세군회
		관
			• 공연초청을 받고 1기 정규멤버들과 2기 일일봉사연주자를
			   인터넷카페에서 모집
			• 크리스마스 분위기에 어울리는 캐롤송 위주로 곡
			   선정하여 인터넷카페에 동영상과 악보올림.
			• 구세군 측에서 개사한 자선냄비로고송 동영상 촬영하여
			   협연하는 합창팀 조이플 측에 제공함.
			• 공연관련 사항을 함께 기획하고 연합연습

			• 공연장소 사전방문 및 공연기획과 자리배치 및 소품준비
			• 파트별 개별기사 및 공동기사 작성 후 기고
			• 봉사연주 후 출연료(50만원)전액을 구세군냄비에 전달
2010 11월	재능기부 가수 김태우씨 인터뷰	한국 구세군 아트홀	• 김태우씨를 섭외하기 위해 인터뷰 관련내용 멜로 보내기 • 단원들 각자 인터뷰 관련 질문지 취합, 인터뷰 준비 • 예정된 봉사공연 후 재능기부 가수 김태우씨의 봉사관련 인터뷰, 이후 파트별 공동기사 작성 및 기고
2010 12.19	장애우 들과 함께하는 행복플러스 작은 음악회	행복 플러스 카페	• 장애우들을 초청하여 함께 나눔 음악회 주최 • 장애우 친구들에게 선물증정 • 장애우들이 겪는 많은 어려움 등을 함께 공유하고 우리나라 장애우들을 위한 시설이나 정부지원 부족을 토론하는 장을 마련한 후 공동기사로 기고
2010. 12.22	군포요양원 송년행사 연주 및 봉사활동	군포전문 요양원	• 송년행사에 봉사연주 및 연주 후 몸이 불편하신 어르신들에게 안마 및 청소봉사 및 말동무 등을 해드리는 봉사활동을 함
2011 5.6	효 잔치 어버이날행사 봉사연주 및 일반 봉사활동	군포보건 소 전문요양 원	• 어버이날 행사 봉사연주 및 연주 후 몸이 불편하신 어르신들에게 안마, 청소, 목욕, 말동무 등 일반 봉사 활동을 함 • 봉사연주 외에도 몸소 어르신들과 함께하는 일반봉사 활동을 통해 효에 대해 생각하고 개별기사로 기고
2011 7.15	미평화봉사단들과 함께하는 연주 및 봉사활동	국제교류 문화원	• 한국에서 봉사활동을 수행한 미 평화 봉사단원 재방 행사에 지원하여 봉사 연주팀으로 뽑힘. • 행사취지에 맞게 곡목 정한 뒤 개별연습 후 연합연습. • 1365청소년 자원봉사자 공연 & 대화의 시간 (멘토-멘티의 시간으로 1대1 영어로 대화하며 자원봉사 활동에 대해 서로 알아가며 배우는 시간을 가짐) • KBS 2 TV 다큐 '희망릴레이' 편에 '푸른울림'이 출연

2011 8.21	전국자원봉사대회 프로그램 우수상 상금으로 미지(mizy) 청소년문화교류 센터에서 주최 희망운동화그리기	행복 플러스 카페 세미나실	• 전국 자원봉사대회에서 받은 프로그램 우수상 상금으로 희망운동화 그리기 행사를 지원하기로 결정 • 봉사활동 인원 모집(50명) • 봉사당일 미즈센터 에서 일일교육을 담당한 최영란 선생님의 희망운동화 관련 취지 및 봉사교육 실시 • 각자 주어진 운동화에 메시지를 담아 정성껏 그림으로 사랑을 전달, 청계천에 전시 후 네팔에 전달
2011 10.9	제2회 대한민국 나눔 대축제 행사에 초청되어 봉사연주	올림픽 공원	• 나눔 대축제에 초청되어 취지에 맞는 곡 선택 및 연합연습 • 봉사연주 후 여러 가지 나눔 축제에 동참하여 봉사와 나눔의 다양성을 배우는 시간이 되었음 • 봉사활동 후 자체 평가 및 보완할 점을 서로 토론함.
2011 11.28	제3회 구세군: 아름다운 동행 사령관상 수상과 시상축하 연주	대한 구세군 본영 본사	• 대한본영 구세군에서 푸른울림이 가장 큰상인 사령관상을 수상하게 되었다고 전달받음. • 시상 축하봉사 연주팀으로 초청되어 지정된 곡목 연습 후 봉사연주를 함
2011 12.24	두타와 함께하는 희귀병어린이를 위한 모금활동과 봉사연주	두타 정문	• 희귀병에 걸린 어린이들을 위한 모금활동과 더불어 크리스마스 관련 곡으로 봉사연주를 기획, 진행함 • 거리봉사연주로 드럼과 일렉 기타를 보강하여 진행 • 봉사연주 후 개별 기사로 기고.
2012 2.12	사랑하는 사람들과 함께하는 작은 음악회	행복 플러스 카페	• 발렌타인데이를 맞이하여 사랑하는 사람을 초대하는 일일찻집 기획. • 판매대금을 장애인 협력시설인 행복플러스 가게에 기부
2012 2.25	군포요양원에서 일반봉사	군포 전문노인 요양원	• 일반봉사를 위해 사전 봉사활동 교육을 실시 • 어르신들 목욕보조 및 마사지 해드리기, 책 읽어드리기 방청소 및 빨래 정리, 식사 시 보조 활동 등을 함.

2012 5.13	통일을 여는 발걸음 새터민을 위한 거리봉사연주 및 모금	양천구 목동 교보문고 앞	• 모금함과 북한말 맞추기 판과 상품 등을 준비 • 모금을 한 사람들 중 북한말을 맞추면 선물을 증정함으로써 시민들의 관심과 흥미를 유도함 • 새터민 어린이들의 안타까운 상황을 알리기 위해 홍보물을 자체 제작하고 배포하여 시민들의 이해를 도움 • 거리봉사연주는 단체곡 및 개별곡도 준비하여 연주함 • 거리모금과 봉사연주 후 쓰레기 줍기 봉사를 진행함.
2012 6.12	유병우 전 일본총영사, 터키대사님 인터뷰	김포 대사님 자택	• 유병우 대사님에 대한 인터뷰 질문지를 각자 작성해서 인터뷰 순서와 일정을 기획함 • 유병우 대사님과의 인터뷰를 통해 외교관의 직업에 대해 알아보고 꿈을 함께하다. • 인터뷰 후 대사님께 답례로 푸른울림의 연주를 들려드림
2012 8.14	장애우 협력시설 한여름날의 콘서트	행복 플러스 카페	• 장애우들을 위한 콘서트를 기획 • 개별곡 및 단체곡으로 40분간 공연 후 그 수익금 전액을 장애우 협력시설에 기부함
2012 11.27	구세군 대한본영 자선냄비 레드엔젤 재능기부단으로 선정 및 발대식초청 봉사연주	구세군 대한본영	• 2009년부터 봉사를 해온 구세군 자선냄비에서 [푸른울림]을 재능기부단으로 선정하여 레드엔젤-84 단원으로 임명함. • 발대식에서 선서식을 한 후 재능기부로 봉사연주를 함. • 조이풀 합창단 연주 때 협연을 해 줌 • 레드엔젤 임명식과 봉사연주를 마치고 책임감 있는 봉사연주단으로서 해야 할 다짐들을 함께 나누는 시간을 가짐
2013 5.10	자선냄비 발대식에 초청	중구 정동 구세군 중앙회관	• 자선냄비본부가 구세군 대한본영에서 파트가 분류되어 발대식을 함 • 친선대사인 양준혁 선수, 한기범 선수, 선우림 아나운서, 가수 선우 팝페라 가수 이사벨 등과 함께 재능기부단을 대표하여 [푸른울림]이 초청받아 행사 참여

2013 6.1	청와대 초청연주 꿈도단 기자단 발대식에 초청받아 청와대에서 봉사연주	청와대 대정원	• 청와대 초청을 받고 선배기자로서 후배들에게 꿈과 희망을 줄 수 있는 곡 선정을 위해 기획 회의 • 드림하이 곡으로 선정 후 구로구 연습실, 연세대학교회관, 청와대 대정원 대기실에서의 연합연습 및 개별 연습 • 연주 후 이수근 사회자의 [푸른울림]인터뷰를 통해 [푸른울림]에 대해 설명하고 우리들의 소감을 전함 • 드림하이 곡 연주와 인터뷰를 마친 후 발대식 관람 및 쓰레기 정리
2013 8월	광명노인요양센터 봉사연주 및 식사보조	광명노인 요양센터	• 노인요양센터에서 주의해야할 점과 봉사활동 사전교육 • 어르신들이 좋아 하실 수 있는 곡 선정과 자원봉사자를 초청(예술고등학교)하여 트로트 곡을 함께 공연함 • 봉사연주 후 봉사자가 기증한 선물 등을 어르신들께 드림 • 식사시간 때 식사 도우미봉사로 어르신들의 식사를 보조함
2013 11.25	제 5 회 구세군 자선냄비 '아름다운 동행' 봉사연주	대한본영 구세군 회관	• 크리스마스 분위기에 어울리는 캐롤송 위주로 곡을 선정하여 개별 연습 후 연합 연습 • 공연장소 사전 방문, 공연기획과 자리배치를 위해 무대 조감도 만들어 제출, 소품준비 상의 • 구세군 측에서 개시한 자선냄비로고송을 조이풀과 협연
2013 11월	제 3차 Give me a pen 사랑의 학용품 나누기 캠페인참가	사랑나눔 스마일 톤즈	• 남 수단의 오지마을 톤즈에 대해 알아보기 • 톤즈 마을을 지원하기 위한 기부 물품을 모집 • 각자 학용품이나 책 등 물품 들을 준비해서 정리하기 • 정성껏 쓴 편지와 함께 모은 물품 들을 전달
2014 1월	아프리카 신생아를 위한 생명의 모자뜨기 봉사	각 가정	• 인터넷에 올려놓은 손뜨개 동영상 시청 • 2주 동안 2~3개의 손뜨개 모자완성 후 제출 • 신생아들이 자라서 읽을 수 있도록 사랑을 담아 영어편지를 작성 후 전달
2014 2.15	광명노인 요양센터봉사	광명노인 요양센터	• 어르신들과 함께 그림그리기, 다리펴기 운동 시켜드리기 • 종이접기, 안마 해 드리기, 식사보조 등 다양한 활동

푸른울림 주요 경력 및 수상 내역

시작년월~종료년월	이력사항
	2009.11.22~현재	구세군자선냄비 봉사연주 거리모금활동
	2010.05.07~현재	군포, 김포, 광명시립 요양원 봉사연주 및 식사보조봉사
	2010.07.18~현재	장애우 협력시설 행복플러스 카페에서 일일찻집 봉사연주 및 장애우를 위한 음악회 개최
주요 경력 및 수상 내역	2011.07.08~현재	청소년 자원순환활동 및 홍보 관련 봉사연주
	2011.08.19	'2011 청소년 자원봉사 체험수기 및 우수프로그램 공모전' 〈 프로그램 청소년부문 우수상 〉 수상
	2011.11.28	"구세군자선냄비와 함께하는 아름다운 나눔상" 〈 구세군사령관상 〉 수상
	2011.12.22	" 청소년 자원순환리더십 프로젝트 순환도전" 〈 대상 – 환경부 장관상 〉수상
	2012. 6.29	" Global Youth Service Day" 활동증명서 수상
	2012. 11.27	" Red Angle 84 " 임명장 수상

블루마블 사수대

<2011년 제 1회 자원 순환 연대 리더쉽 프로젝트> 참가

1. 목적 및 필요성

○ 블루마블 사수대는 환경을 사랑하는 중학교 학생들이 모여 만든 연합 팀입니다. 블루마블 사수대가 자원 순환 연대 리더쉽 프로젝트에 참가한 목적은 사람들에게 환경오염에 대한 심각성을 알리고 자원의 재활용과 재사용을 통한 노력으로 우리가 사는 지구를 덜 오염시키고 훼손으로부터 회복시키고자 하는 것이고 또한 "zero waste 운동"을 적극적으로 홍보하여 자원을 소중함을 깨닫고 실천하게 하는 것입니다.

○ 블루마블 사수대의 활동은 환경이 오염되었다는 것을 알고 있지만 깨끗한 환경을 위해 적극적으로 실천하지 않는 사람들에게 다양한 실천방법을 제시해주고 함께 노력해야 한다는 것을 알게 하는 것입니다.

2. 활동기간

○ 2011년 7 월 1일 ~ 2011년 10월 31일

3. 주요 추진일정(아이디어 회의, 조사 등)

날짜	활동내용
7/20	1차 아이디어 회의 (팀 구성, 팀 이름 정하기)
8/1	자원 순환 워크숍 참여 (우리팀원이 질문자로 내정되어 적극적으로 참여)
8/7	2차 회의 (워크숍 내용 팀원들에게 전달 –연합팀으로 구성한 장점을 이용하여 환경 홍보에 대한 단체 활동과 개별 활동을 함께 해나가기로 결정)
8/13	EM만들기 및 거리홍보, 설문 조사, 바자회를 위한 재활용 바자회용품 만들기 3차 회의 (환경 활동 실천하여 보고서 올리기, 인터뷰 계획)

8/21	재활용품 바자회 열기 4차 회의 (학교별 홍보활동―포스터 및 전단지 작성, 잔반 줄이기 운동, zero waste운동, 환경 캠페인 곡 고르기, 홍보 활동 위한 에듀신문 발행 계획)
8/27	과대포장 UCC제작자 인터뷰 및 거리캠페인 팀원 활동 보고 및 5차 회의 (캠페인 곡―드림하이 각자 연주 연습, 에듀넷 신문―구체적인 역할 분담, 기사 등록 및 신문 내용 구성)
9/4	환경로고송 개사, 노래, 연주연습 및 6차 회의 (개인별 활동 보고―주한 외 국인 인터뷰, 분리수거 및 식당 인터뷰, 빈병 캠페인, 쓰레기 줄이기 운동, 환경관련 책 읽기, EM활용하기, 일회용품 줄이기, 카페에서 홍보하기 등)
9/11	e―폐기물 위험성 알리기 위한 홍보 자료 만들고 홍보., 드림하이 연주 및 녹음. 7차 회의 (UCC 계획, 홍보 사진 촬영, 팀원 활동 보고)
9/18	8차 회의 (에듀넷 신문 기사 점검, 각자 필수 기사 및 자율 기사 작성 홍보 영상자료 만들기) 과대포장 막기 캠페인 홍보자 이상민 씨와 인터뷰
10/2	개사한 드림하이 노래 연습 9차 회의 (에듀넷 신문 편집 회의―사진, 동영상, 편집 분담, UCC콘티 만들기, 푸른 울림 카페 홍보, 거리 청소 계획)
10/16	깨끗한 거리를 위한 팀원들의 청소 활동, 및 홍보 영상 촬영
10/23	10차 회의 (에듀넷 신문 편집 완료 발행 준비, UCC 음악 정하고 각자 활동 보고서 작성해서 팀장에게 보내기)
10/30	에듀넷 어린이 신문 발행, UCC 제작완성, 보고서 요약정리. 카페와 푸른 누리 청와대 어린이 신문, 그리고 각 학교에 에듀넷 신문을 통한 블루마블 사수대 활동 소개.

< 환경 순환 프로젝트 홍보 중인 카페 >

우리 팀은 푸른 누리 1기 기자 출신들로 평상시에 오케스트라 봉사연주를 하고 있으며 팀 구성원끼리 카페를 운영하고 있는데, 이번에 자원순환 사회연대의 프로젝트를 하면서 카페에도 우리의 환경순환 운동 소식을 올려 열심히 홍보하고 있는 중이다. 우리 카페는 청와대 어린이 기자단이 활동하고 있는 카페이기 때문에 다른 기자들이나 친구들에게 우리의 캠페인 활동에 대해 널리 알릴 수 있다.

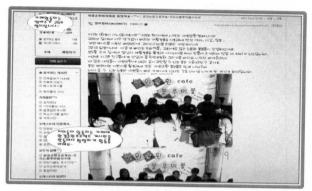

카페주소- http://cafe.naver.com/rlwkdmlthtlr

< 에듀넷 신문 발행 (팀원 전체 활동) >

그 동안 각자 또는 함께 활동한 사실들을 기사로 써서 에듀넷 신문에 환경신문을 발행하였다. 에듀넷 신문은 방송통신 심의위원회에서 지정한 청소년 권장사이트이며 전국의 학생들이 온라인을 통해 발간된 신문을 읽고 정보를 공유하고 있다.

○ 기획 의도 : 블루마블 사수대 팀원은 청와대 어린이 1기 기자 들이 함께 만든 팀이라 늘 기사를 통해 정보를 알리는 일을 해왔다. 그래 서 자원 순환 연대 프로젝트 활동을 하면서 배우고 경험한 일들을 기사로 써서 에듀넷 사이트에서 전국의 학생들을 대상으로 온라인으로 발행되는 에듀넷 어린이 신문에 블루마블 사수대 신문을 발행 하기로 하였다.

<에듀넷신문 찾는 방법-에듀넷신문 홈페이지→검색→신문 찾기→블루마블사수대>

○ 내용 : 블루마블 사수대가 7월부터 10월까지 자원 순환 프로젝트 활동한 내용을 팀 모두가 구체적으로 기사를 써서 알렸다. 팀 소개부터 인터뷰, 홍보 활동, 친 환경 활동, 동시, 독후감, 동영상이 들어가 있어 팀원 활동과 자원 순환 연대에 대해 알 수 있다.

○ 활용 효과 : 에듀넷 어린이 신문이 전국의 학생들에게 열려있는 신문이고 에듀넷 어린이신문을 발행하고 있는 학교가 많아 자원 순환 연대 리더쉽 프로젝트 활동에 대해 적극적으로 홍보하여 앞으로 대회에 참가하려는 학생들에게 정보를 줄 수 있다.

〈 유튜브에 올린 환경관련 UCC 〉

유튜브에 올린 UCC http://www.youtube.com/watch?v=YoHZso0QEys

O기획의도 : 미디어 시대에 발맞추어, 직접적인 홍보보다는 이미지 에 중점을 두고, 스토리가 있는 UCC를 제작하여 시청자들에게 조금은 딱딱하고 어려운 "환경 자원 순환 '에 대해 보다 알기 쉽고 재미있게 이해할 수 있도록 제작하였다.

O 내용 : 연합 중학생으로 구성된 팀으로, 여러 가지 아이디어 회의를 거친 후 함께 활동한 사진과 영상을 순차적으로 스토리에 맞게 편집했다. 자원순환을 할 수 있는 여러 가지 방법을 알려주기 위해 길거리 홍보 및 각자 학교와 집에서 실천할 수 있는 다양한 방법을 시도해 보았으며 인터뷰, 설문조사, 캠페인, 바자회 등을 통해 환경사랑을 직접 실천하고 환경 자원 순환 메시지를 전달하고자 노력했다. 우리 팀은 무엇보다도 '푸른울림' 이라는 봉사연주를 하고 있는 연합팀이기도 해서, 드림하이라는 드라마 ost 인 'Dream high 환경가사로 개사하고 이곡을 직접 연주, 노래까지 부른 영상을 넣어서 좀 더 친근하게 환경 실천에 다가 갈 수 있도록 유도했다.

O 기대효과 : 미디어 시대에 알맞게 UCC 를 유튜브, 에듀넷 신문, 인터넷 카페 '푸른울림' 에 올림으로써 이와 연계되어 있는 페이스북, 싸이월드, 트위터 등을 통한 빠른 파급으로 인해 환경파괴의 심각성을 깨닫고 환경을 지켜나가는 노력의 지속적인 효과를 기대해 본다. 음악과 자막, 영상을 함께 활용함으로써 이미지로써 형상화 할 수 있도록 유도함으로써 환경 자원순환의 이미지 홍보에 효과적이다.

O 활용결과 및 효과

1. 영상을 통한 빠른 이해전달의 효과 : 말이나 글보다도 더 쉽게 설을 해줌으로써 시청자들의 이해를 돕는데 큰 효과를 가져왔다. 예를 들면 OO 초등학교에서 이 UCC를 환경관련 영상으로 자율시간에 틀어주었고, 이에 초등학생들도 분리수거 및 자원순환에 대해서 쉽게 전달이 되었다는 평을 받았다.

2. 매체를 이용한 파급효과 : 미디어 시대에 알맞게 UCC를 유튜브, 인터넷 카페인 '푸른울림'에 올림으로써 이와 연계되어 있는 페이스북, 싸이월드, 트위터 등을 통한 빠른 파급으로 인해 주위의 친구들이나 이웃들의 관심과 격려를 받았다. 이로써 환경파괴의 심각성을 깨닫고 환경을 지켜 나가는 지속적인 노력이 점차적으로 늘어가고 있다 .

3. 음악, 자막을 영상에 적절하게 활용한 이미지 홍보효과 : 음악과 자막 영상을 함께 활용함으로써 이미지로써 형상화 할 수 있도록 유도했기 때문에 환경 자원순환의 이미지 홍보를 적극적으로 할 수 있었다.

4. 결과 및 활동 마무리

제 1회 : <제 1회 청소년 자원순환 활동 공모전 >에서
　　　　　대상 (환경부장관상) 수상

제 2회 : <제 2회 청소년 자원순환 활동 리더십 프로젝트> 공모전 워크숍 개회식 때, 국회에 초청받아 전년도 대상 수상 팀으로서 우수사례 프레젠테이션 발표 및 직접 개사한 '드림하이'를 연주공연을 함으로써 청소년들에게 자원순환과 재활용에 대한 의지를 고취시키는 역할을 함.

현　　재 : 카페 및 학교활동에서 자원순환과 환경문제에 대해 홍보활동 및 역할 분담으로 지속적인 활동을 하고 있음.

5. 참가자

팀장 : 김태리　(하나고 2)

팀원 : 김민경　(미림여고 2)　김채은A (서울국제고 2)
　　　 김채은B (덕성여고 2)　박영지　(하나고 2)
　　　 이지욱　(우신고 2)　　 임지원　(이화여고 2)
　　　 한　결　(목동고 2)

6. 자원순환을 위한 블루마블 사수대의 활동

EM만들기(8/18)

재활용품 바자회(8/21)

직접 만든 환경홍보물 전달,
거리설문조사 및 홍보활동(8월)

과대포장 UCC 제작자
권상민씨인터뷰(8/27)

환경로고송 개사 및 연주(9/4)

e-폐기물관련 홍보활동(9/11)

환경순환 프로젝트 홍보 카페

에듀넷신문에 환경신문 발행

  깨끗한 거리청소 및 홍보활동	 학교 내 홍보, 인터뷰, 설문지활동
 각 가정에서의 실천 사례	 드림하이ost 개사한 환경곡 녹음
 <제1회공모전>대상(환경부장관상)수상	 드림하이ost 개사한 환경곡 연주
 <제2회 청소년 자원순환활동 리더십 프로젝트> 에서 전년도 대상 수상 팀으로 초청 받아 우수사례로 활동 내용 프레젠테이션 발표	 초청을 받아 국회에서 워크숍 개회식 때 전년도 대상 수상 팀 우수사례로 직접 개사 '드림하이' 연주 공연을 함

푸른울림을 소개합니다 (가나다 순)

길여은

(연송고 2)

김민경

(미림여고 2)

김채은A

(서울국제고 2)

김채은B

(덕성여고2)

김태리

(하나고 2)

박영지

(하나고 2)

이원종

(안산동산고2)

이지욱

(우신고 2)

임지원

(이화여고 2)

한 결

(목동고 2)

김종현

(청담고 1)

정준엽

(고양외고 1)

박근모

(청원고 1)

이지혁

(우신중 3)

이원상

(고창중 2)

한윤성

(월촌중 2)

한지성

(월촌중 2)

정재엽

(백신중 2)

임시현

(성재중 1)

함께 만들었어요

(가나다 순)

기획팀

김민경, 김종현,
김태리, 김채은,
이원종, 정준엽,
한 결

편집팀

길여은, 김채은1,
이원종, 이지욱,
임지원, 정재엽,
한지성

출판팀

박근모, 박영지,
이원상, 이지욱,
이지혁, 임지원,
정준엽

디자인팀

길여은, 김민경,
김태리, 임시현,
한윤성

광고 홍보팀

김종현, 김채은,
김채은1, 박근모,
박영지, 이원상,
정재엽, 한 결

출판에 도움준 멘토

김현우
김현정

♣ 함께 나누는 교육정보 ♣

- 청와대 어린이 기자단 모집: http://kidnews.president.go.kr/kidclub/main.php
- 2기 어린이. 청소년(중등부) 외교관학교: http://diplomaticarchives.mofa.go.kr/index.do
- 서울시 어린이. 청소년 참여위원회 위원 모집: http://www.seoul.go.kr/main/index.html
- [여성부] '청소년을 세계의 주역으로 ' 국제회의 참가단: http://iye.youth.go.kr/iye/index.do
- 제 1기 전국 고교생 법치세상 캠프: http://lawpark.go.kr/new/
- [국립민속박물관]청소년 자문단 모집: http://www.nfm.go.kr/Education/eTotal_list.nfm
- [여성가족부]청소년나라사랑 중국체험프로그램: http://iye.youth.go.kr/iye/index.do
- [서울대] 생명. 환경과학교육센터 학습체험: http://lesec.snu.ac.kr/main/?skin=1211
- [MIZY센터] 2014년 청소년운영위원회: http://www.mizy.net/
- [반크]청년 공공외교 대사 모집: http://diplomat.prkorea.com/notice/notice_v.jsp?sno=4291
- [국립 어린이,청소년도서관]청소년 블로그 기자단: http://www.nlcy.go.kr/index.jsp
- [서울대학교 자연과학대학]제21회 자연과학 공개강연: http://cns.snu.ac.kr/
- METEOR 청소년외국어봉사단 Junior 모집: http://www.meteorteens.com/sub/apply.php
- [교육부]교육기부 프로그램: http://www.teachforkorea.go.kr/
- [언론중재위원회] 인턴쉽: https://edu.pac.or.kr:6009/board/board_write.asp?bbs_code=15
- 코치봉사단원 모집(남문 무료급식 도움 활동): http://www.gysc.or.kr/
- 대한민국 교육박람회: http://www.edufair.net/edufair2014/sp_main/main.asp
- 교육부 블로거 기자단 모집: http://if-blog.tistory.com/3411
- [여성가족부]여행상자 8기 통신원 모집: http://blog.daum.net/moge-family/7115
- [서울대평생교육원 청소년방학과정]미리 들어보는 대학 강의: http://snui.snu.ac.kr/main/
- 고교-대학 연계 심화과정: http://up.kcue.or.kr/
- 날개나눔 리더십 컨퍼런스: http://www.wingsharers.com/
- 대한민국 창의체험 페스티벌: http://festa.kofac.re.kr/
- [환경부]환경부 블로그 기자단: http://blog.naver.com/mesns/110172816643

- •[교육부]대한민국 행복교육기부박람회: http://www.teachforkorea.go.kr/
- •[KAIST]창의적 글로벌 리더 프로그램: http://admission.kaist.ac.kr/web/under/camp_s
- •공군항공우주캠프: http://www.yfk.or.kr/notice/notice_view.asp?idx=2&gbn=2&num=176
- •MBC 1318사라의 열매 캠프: http://welfare.imbc.com/camp/2013/main/index.html
- •한톨 나눔 축제: http://www.hantol.or.kr/nano/main/main.asp
- •[미래창조과학부]정책 블로그 기자단: http://blog.daum.net/withmsip/10
- •Korea Junior Water Prize 대회: http://projectwet.kr/Home/Kjwp
- •Google Science Fair: https://www.googlesciencefair.com/ko/
- •정보보안 아이디어 공모전 'KISBIC': http://211.115.80.197/kisbic/main.web
- •재료연구소 소재이야기 공모전: http://sangsang.kims.re.kr/main/intro.html
- •한국정보 올림피아드: http://www.digitalculture.or.kr/sub06/InfoOlympiad.do
- •전국학생과학발명품경진대회: http://www.science.go.kr/
- •EBS[공부 못하는 아이로 산다는 것은] '아무거나 공모': http://cafe.naver.com/ebscontest
- •[안중근의사 기념관] 학생 글짓기 대회: http://ahnjunggeun.or.kr/?p=9628
- •한국학생 골드버그 창작대회: http://www.koreagoldberg.kr/?r=home
- •대한민국청소년박람회 '청소년기획단' 모집:

  https://www.kywa.or.kr/pressinfo/notice_view.jsp?no=8972
- •2014 숲사랑소년단 Green Ranger 단원모집:

  http://greenranger.e-bizs.net/main/sub03_1_v.php?sid=68&bConf=2
- •[서울특별시립 청소년미디어 센타] 스스로넷 뉴스 청소년기자 모집:

  http://ssro.net/info/center_view.jsp?sno=856
- •국립과천과학관 무한상상! 나눔 기자단 모집

  http://www.sciencecenter.go.kr/gnsm_web/?sub_num=175&state=view&idx=4645
- •UNEP한국위원회 Eco Dynamics원정대

  http://fun.kia.com/kr/event/event_view.aspx?no=64
- •서울대 "창의적 빗물" 대회http://www.rainforall.org/bbs/board.php?bo_table=t51&wr_id=47